KB121360

로크미디어가
유혹하는
재미있는 세상

ROK
MEDIA
로크미디어

더 파이널

더 파이널 11

2022년 7월 20일 초판 1쇄 인쇄
2022년 7월 25일 초판 1쇄 발행

지은이 유성
발행인 김정수 강준규

기획 이기헌 왕소현 박경무 강민구 조익현
책임편집 백승미
마케팅지원 이원선

발행처 (주)로크미디어
출판등록 2003년 3월 24일
주소 서울시 마포구 성암로 330 DMC첨단산업센터 318호
Tel (02)3273-5135 **편집** 070-7863-8595 **Fax** (02)3273-5134
홈페이지 rokmedia.com **E-mail** rokmedia@empas.com

ⓒ 유성, 2021

값 8,000원

ISBN 979-11-354-7711-9 (11권)
ISBN 979-11-354-6920-6 04810 (세트)

유성 퓨전 판타지 장편소설 ⑪

더 파이널

CONTENTS

원정군의 목표(2)

퍼퍼퍼펑!

태영과 원정군이 돌입한 직후, 적 기지 내부에서도 연이어 포성이 울리기 시작했다.

그제야 적 전차도 대응 사격을 시작한 것이다.

- 숫자가 꽤 많군. 괜찮은 건가?

"아마도."

그러나 태영은 태연한 얼굴로 대답했다.

태영 일행이 파악한 적 전차는 약 30대, 반면 원정군의 전차는 단 2대. 확실히 쪽수로만 따지면 결코 괜찮다고 할 수 없는 전력 차이다.

그러나 전투는 쪽수로만 하는 게 아니다.

현대전, 특히 기갑전은 쪽수보다 성능이 중요한 법.

"너도 저 위에서 이 중위가 하는 말 들었잖아. 전차라고 다 같은 전차는 아니라고 말이야. 그 말처럼 같은 전차라도 메이드 인 차이나와 메이드 인 코리아는 전혀 다르지."

─메이드 뭐?

그리모어는 이해하기 힘들겠지만, 현대인이라면 누구나 안다.

그 차이가 뭔지.

게다가 봉우리에 배치된 전차는 단순한 메이드 인 코리아가 아니다.

발테아르에서 이계의 기술을 접목해 개조된 개량형 K─9!

그 가장 큰 차이가 바로 현대 기갑전의 핵심이라고 할 수 있는 레이더다.

한지영이 K─9을 미스릴로 도배해 놓은 건 그저 방어력을 올리기 위해서가 아니다.

그렉 덕에 대량 입수한 이계의 희귀 광물을 조사하던 도중 미스릴에 마력만이 아닌 전자기파도 흡수하는 성질이 있다는 걸 확인해서다.

즉, 미스릴로 코팅하면 스텔스와 같은 효과를 발휘할 수 있다는 의미다.

더구나 지금은 K─9이 배치된 산봉우리는 몽땅 다크 포그에 휩싸여 있는 상황.

퍼퍼퍼펑-!

놈들이 이제야 대응 사격을 개시하는 이유가 그 때문이다.

레이더는 물론 육안으로도 위치를 파악할 수 없으니 포격이 날아온 뒤에야 대략적인 위치를 가늠해 반격하는 것이다.

그러나 그런 건 딱히 위협이라고 할 만한 일조차 되지 않았다.

"박 중사, 현재 상황은?"

-문제없습니다!

K-9에 타고 있는 박 중사 일행은 그 정도도 예상하지 못하는 초짜가 아니니까.

더구나 K-9은 포격 직후에 바로 고속 이동이 가능하도록 설계되어 있었고, 정지 뒤에는 30초 이내에 다시 포격을 재개할 수 있는 전차다.

그리고 눈뜬장님 상태가 되어 버린 적과 달리 마력 탐지까지 가능한 레이더까지 완비!

콰쾅! 콰쾅!

-적 전차 10대 파괴 완료! 이 정도는 땅 짚고 헤엄치기나 다름없습니다!

"그렇게 보이기는 하는군. 하지만 땅 짚고 헤엄치다가도 깨진 유리병 따위에 손을 베기도 하는 법이다. 눈먼 포탄에 맞지 않도록 주의해라."

-그런 실수는 하지 않습니다!

그 차이는 연이어 적 전차의 포탑 위로 뿜어 올라오는 불길로 확인할 수 있었다.

그리고 그건 태영 역시 마찬가지였다.

"큭! 대체 이게 무슨 난리야?"

"저 산에 어떻게 적 포대가 있는 거야? 아니, 대체 적 포대가 몇 대나 있기에 우리 전차가 순식간에 10대나 당해 버리는 거야?"

"포격만이 아니다! 정문 쪽에 배치된 녀석들과 모두 연락이 안 돼! 검은 안개 탓에 보이지는 않지만, 적군이 기지 안으로 들어온 게 분명해!"

"대체 적이 얼마나 되는 거야? 저 검은 안개는 또 뭐고? 왜 갑자기 저딴 게……."

"빌어먹을! 그걸 내가 어떻게 알아?"

놈들이 우왕좌왕하며 떠들어 대는 다크 포그도 태영에게는 문제가 되지 않았다.

삐이이이─!

청영의 눈을 통해 기지 전체를 내려다보고 있으니까.

그리고 이계든 현대든 결국 전투의 최종적인 승패는 보병이 결정짓는 법!

"지시 사항을 전달하겠다!"

점차 범위를 넓혀 가는 다크 포그를 따라 성큼성큼 기지 내부로 들어가던 태영이 몸을 돌리며 명령했다.

"이 중위, 박 중사와 소대 병력을 이끌고 벽 위로 올라가 데드릭 부대가 점령한 기관포를 넘겨받는다. 기종이 달라도 사용할 수는 있겠지?"

"물론입니다."

"좋아. 이후 별도의 지시 사항이 있을 때까지 기관포로 아군을 엄호하는 임무를 수행한다! 엄호가 시작되면 적군도 다시 기관포 탈환을 시도할 터. 베릴, 너는 나머지 대원과 함께 놈들을 막는다. 알바인, 무잠족 대원들의 환수를 요소요소에 배치해 아직 파악하지 못한 적의 이동 루트를 파악하며 베릴을 지원하라."

"네, 가자!"

대답과 동시에 이 중위와 박 중사, 베릴, 알바인이 곧바로 정문 옆의 관제탑으로 연결된 사다리 쪽으로 뛰어갔다.

"자레드 경, 적 기지 좌측에 여러 종류의 저장소와 파이프 따위가 얽혀 있는 지역이 있다. 무슨 시설인지는 모르겠지만, 굳이 알 필요도 없겠지. 좁고 복잡한 지형인 만큼 유격전에 숙달된 소수 정예에게 유효한 장소다."

"저희에게 적합한 곳이군요."

"나도 그렇게 생각한다. 경은 흑철 기사단을 이끌고 별도의 지시 사항이 있기 전까지 그 시설을 파괴, 적을 교란하는 임무를 맡기겠다."

"맡겨 주십시오!"

자레드는 한마디 반론도 없이 바로 몸을 돌렸다.

그리고 뒤에서 대기하고 있던 30여 명의 흑철 기사단과 함께 말을 타고 돌진!

"이 중위, 좌측 11시 방향이다."

-네, 알겠습니다!

투콰콰콰! 투콰콰콰!

후방에서 굉음이 울린 건 그때였다.

정문 위쪽의 벽을 점거한 뱀파이어 일족, 데드릭 일행에게 기관포를 넘겨받은 이 중위 부대의 엄호 사격이었다.

"헉! 이, 이건 기관포다! 위쪽이야!"

"큭! 정문 위쪽의 기관포를 놈들이 점거한 거야!"

빗발치는 탄환이 떼 지어 몰려드는 중공군을 긁고 지나갔다.

"쓸어버려라!"

흑철 기사단이 다크 포그 밖으로 뛰쳐나간 건 그다음이었고, 선두에서 소리치는 자레드의 말처럼 뿔뿔이 흩어지는 놈들을 쓸어버리듯이 짓밟으며 질주했다.

"적이다!"

"놈들이 연료 탱크와 마력로가 있는 곳으로 이동한다! 막아라!"

그리고 주위의 적이 마치 자석에 끌리는 쇳가루처럼 흑철 기사단을 따라 움직일 때.

"드미트리 경! 에단 경!"

"네!"

"휘하 병력을 모두 이끌고 우측을 맡는다! 우측은 적의 병영이 집중되어 있지만, 혼란에 빠져 아직 체계적으로 대응하지 못하고 있다! 3시 방향으로 나가 흑철 기사단을 따라 움직이는 놈들의 허리를 끊고 이동해 신속하게 해당 지역을 점거, 놈들이 지휘체계를 갖추기 전에 각개격파 한다!"

"알겠습니다!"

드미트리와 에단이 휘하 70여 기사를 이끌고 돌진!

투콰콰콰! 투콰콰콰!

자연히 그 앞으로도 이 중위 일행의 기관포가 먼저 적군을 긁으며 지나갔다.

그러나 뭐든 익숙해지기 마련.

같은 상황이 반복되자 놈들도 바로 각종 장애물 뒤로 몸을 피하며 다크 포그 밖으로 뛰어나오는 기사들을 향해 총격을 퍼부었다.

그러나 태영도 아무 생각 없이 그들을 후발 주자로 내보낸 게 아니다.

태영은 과거에 그라디오스 후작 휘하의 기사들과 함께 수차례 전투를 치러 본 적이 있어서 알고 있기 때문이다.

"신경 쓸 것 없다! 계속 돌진하라!"

팅! 팅! 팅!

에단의 앞에서 떠오른 거대한 방패에 불똥만 튀기는 탄환!

백기사 에단이 괜히 그라디오스 후작의 방패로 불리는 게 아니라는 말이다.

적기사 드미트리 역시 마찬가지다.

그가 그라디오스 후작의 꿰뚫는 검으로 불리는 이유도 간단하다.

막을 수 없으니까.

"꺼져라!"

위이이잉! 콰콰콰콰—!

거대한 검의 형상으로 변해 뻗어 나가는 검기!

수십 명이 뭉쳐 있든, 그들이 어떤 방어구를 입고, 또 어떤 장애물에 숨어 있든, 그 검기 앞에서는 모두 박살 나 흩어질 뿐이었다.

-압도적이군.

"압도적이지. 되레 그 탓에 저평가받을 정도로 말이야."

-웅? 그건 또 무슨 말이야? 저평가라니? 저런 걸 보고 누가 그런 생각을 해?

"저 둘은 개인의 무력보다 용병술이 더 뛰어나. 하지만 네 말대로 검술과 방어술이 너무 압도적인 탓에 정작 그 뛰어난 용병술을 알아보는 사람은 많지 않지. 뭐 드미트리와 에단이 항상 선두에서 가장 먼저 기술을 사용하는 것도 그런 점을 노리는 것이지만. 적이 휘하 부대의 전력을 제대로 파악하지 못하면 여러모로 도움이 될 테니까."

ㅡ듣고 보니 그런 것 같기는 하군. 하지만 이번에도 그런 효과가
있어서인지는 모르겠군. 저 녀석들은 종이 인형이냐?

놈들은 그 예시를 그대로 보여 주고 있었다.

에단과 드미트리의 압도적인 방어력과 돌파력에 허둥대다
가 그 뒤를 따르는 휘하 기사들의 검기에 종이 인형처럼 썩
썩 잘려 나가며 말이다.

ㅡ놈들의 전차라는 것도 애먼 곳만 쏴 대며 하나둘 박살 나고 있
고. 대가리 숫자가 많다고 해서 어떨까 했는데 이건 그냥 대가리 숫
자만 많은 거잖아.

"그 나라의 특징이지."

태영이 피식 웃으며 중얼거렸다.

ㅡ그럼 그냥 저 녀석들만으로도 충분한 거 아니야?

그러나 그렇게 말할 일은 아니었다.

전투에서는 머릿수도 결코 무시할 수 없는 전력이니까.

그러나 그보다 더 경계해야 할 것은 이제 그 머릿수에 세
컨드 보이스라는 조직까지 얹어졌다는 점이다.

'여기도 마찬가지다. 여기서 진행되는 일이 하오룽에게 들
은 대로라면 그 나라의 병사만 있을 리가 없어. 놈들과 손을
잡은 세컨드 보이스도, 아니 실질적으로 이 시설을 운영하는
주축은 놈들이다. 놈들이…….'

태영이 상대해야 하는 진짜 적이고, 태영이 대해를 가로질

러 와 얻고자 하는 정보 역시 놈들이 가지고 있을 것이다.

그리고 놈들이 어디에 있을지도 명확!

"자, 그럼 이제 우리도 슬슬 움직여야 하지 않겠습니까?"

태영의 뒤에 아직 카자드가 남아 있는 이유다.

물론 카자드만은 아니다.

그 옆에는 내내 거무튀튀한 기운을 뿜어 올리는 울란을 포함해 왈드 공작이 선별한 70여 기사가 모여 있었다.

그리고 라르고와 하울, 일라, 다란이 이끄는 수인족도 대기하고 있었고…….

ㅡ 저 녀석들은 아직 들키지 않았다고 생각하는 건가?

그런 모양인지 여전히 가면을 쓴 채 드미트리와 에단이 있을 때는 입 한 번 벙긋하지 않는 워트와 젬, 리디아.

그리고 그 뒤에는 발론이 이끄는 워 울프 일족과 이 중위 일행에게 기관포를 인계하고 박쥐로 변해 내려오는 데드릭과 뱀파이어 일족이 포진해 있었다.

모두 합하면 약 120명.

원정군의 반에 대항하는 병력을 남겨둔 이유는 하나, 이번 전투의 승패는 원하는 정보를 얻을 수 있느냐에 달려 있고, 그 정보를 얻기 위해 어디를 쳐야 할지는 명확하기 때문이다.

"움직여야지."

고개를 끄덕이며 몸을 돌리는 태영의 정면.

적 기지의 중심에 자리 잡은 교도소의 본관에 해당하는 건물이었다.

그리고 다른 병사들의 눈에는 이미 광장 대부분을 집어삼킨 다크 포그 탓에 보이지 않겠지만, 청영과 시각을 공유한 태영의 눈에는 선명하게 보였다.

그 앞에 겹겹이 모여든 적군이 말이다.

"아직 세컨드 보이스의 조직원은 보이지 않는 것 같군. 아직 수습할 수 있는 수준이라고 생각해서 그런지는 모르겠지만, 우리에게는 나쁠 것 없지. 우리가 가장 걱정해야 할 상황은 놈들이 자료를 챙겨 도망치는 쪽이니까."

"깔짝깔짝 병력을 움직여 주변만 기습한 건 놈들이 궁지에 몰렸다는 생각을 하지 못하게 한 것이었군요."

"흑철 기사단과 에단, 드미트리 경이 이끄는 기사단을 두고 깔짝댄다고 하는 말은 동의하기 어렵지만, 뭐 그런 거지. 본진 공격을 시작하면 속도전이 될 테니까."

"입구에서 버벅댈 시간은 없다는 말이군요. 그럼 제가 먼저 시작해도 되겠습니까?"

"쓸데없는 말을 하는군."

태영이 피식 웃으며 중얼거렸다.

"내 허락을 받을 생각도 없었으면서 말이야."

태영이 돌아보는 카자드의 발밑에는 이미 완성되어 있었기 때문이다.

지면에 새겨진 거대한 마법 술식이 말이다.

"그럼 실례하죠."

그리고 카자드가 살짝 고개를 숙이며 가볍게 발을 굴렀을 때였다.

위이이잉-!

기음이 울리며 마법 술식을 따라 빛이 퍼져 나가기 시작했다.

순간 갑자기 폭풍처럼 휘몰아치는 마력에 발테아르의 병사들이 움찔했지만, 태영은 가볍게 고개를 끄덕이며 말했다.

"경이 일부러 공들여 마법 술식까지 만들 정도니 대강 예상했지만, 이건 확실히 기대해도 되겠군."

카자드의 주위에서는 빛기둥이 솟아 나오고 있었다.

이전에 노월 왕성이 습격을 받았을 때 수백 마리의 가오리 떼를 한순간에 증발시켜 버린 수백 개의 마력탄.

바로 광범위 전략 마법 '인피니티 소드'였다.

"공들여 그린 술식만큼 공들여 배운 마법이기도 하죠. 하지만 그 원인 제공자인 공왕님에게는 이제 새로운 볼거리조차 안 될 테니 굳이 숨길 이유도 없어서 말입니다."

가벼운 목소리로 대답하는 카자드가 한 걸음 내딛는 것과 동시에 펼쳐진 장면도 그때 본 장면과 같았다.

콰콰콰콰-!

광선처럼 뿜어져 날아가는 수백 개의 마력탄!

그 마력탄이 쏟아진 건물 앞은 융단폭격이 떨어진 것처럼 연이어 폭발이 일어났고, 그때마다 형체도 알아보기 힘든 시체가 팝콘처럼 튀어 올랐다.

그리고 잔연처럼 흩어지는 검은 안개 너머로 보이는 뻥 뚫린 건물 입구!

ㅡ……한 방에 전멸이군.

"뭐 이런 무식한 마법사 앞에서 쪽수만 불려 놓으면 당연히 그렇게 되겠지."

그리하여 병력을 이끌고 진군!

불려 놓은 쪽수만큼 즐비한 시체를 지나 건물 내부로 진입했을 때였다.

투투투투! 투투투투!

안으로 발을 들여놓는 것과 동시에 사방에 울리는 총성!

채채채챙ㅡ!

"그게 할 일이 없다는 말은 아닐 테고 말이야."

그리모어 아래로 우수수 떨어지는 탄환을 내려다본 태영의 입술이 추켜져 올라갔다.

돌격 앞으로!

건물 내부는 홀처럼 되어 있었다.

각종 보안장치가 설치된 입구 앞은 거대한 공동처럼 개방되어 있었고, 양쪽 벽에 층층이 나눠진 복도가 붙어 있는 구조였다.

투투투투! 투투투투!

그리고 그 모든 곳에서 탄환이 날아왔다.

바리케이드처럼 넓은 홀 곳곳에 쌓여 있는 기물 뒤는 물론 층층이 나눠진 복도의 난간에서도, 그야말로 모든 방향에서 탄환이 날아들었다.

게다가 평범한 탄환도 아니었다.

순식간에 벌집처럼 변해 버린 입구 앞의 바닥과 벽에서 끊임없이 튀어 오르는 파란 불꽃은 마력이 담긴 탄환이라는 증거다.

쉐에에엑! 콰쾅-!

거기에 때때로 RPG 탄까지 날아와 폭발!

넝마처럼 너덜너덜해진 바닥과 벽을 아예 통째로 날려 버리기도 했다.

- 하! 살짝 머리만 내밀었는데도 그야말로 들이붓듯이 퍼부어 대는군. 과잉 대응은 겁먹은 조무래기들의 특징이지.

"그래도 효과적인 건 사실이지. 아무리 뛰어난 검사라도 앞은 물론 좌우, 머리 위에서까지 날아드는 수천 발의 탄환을 모두 막아 내며 돌진할 수는 없으니까."

그건 태영도 예외는 아니었다.

아직 입구 밖으로 완전히 나간 게 아니라 탄환이 날아드는 방향이 한정적임에도 양이 양인지라 모두 막아 낼 수는 없었다.

물론 아무리 마력이 담긴 탄환이라도 드래곤 본으로 만든 갑옷을 뚫을 정도는 아니라 살짝 충격이 전해질 뿐이지만, RPG 탄에 적중되면 그 정도로 끝나지는 않을 것이다.

이에 일단 일 보 후퇴.

태영이 입구 안쪽으로 물러나자 카사드가 슬쩍 입술을 추켜 올리며 물었다.

"곤란합니까?"

"그렇게 보이나?"

"글쎄요. 공왕님은 워낙 재주가 많으니 곤란할 정도의 일은 아니겠죠. 단지 조언을 드리자면 검만으로 해결하기 힘든 상황에서는 마법이 도움이 될 때가 많다는 겁니다. 그리고 아시다시피 저는 제법 재주가 많은 마법사입니다. 단, 저라도 이런 상황에서 쓸 수 있는 마법은 한정적이라 이 건물이 좀 훼손되는 건 어쩔 수 없겠지만 말입니다."

"필요해지면 부탁하지."

"시간이 없다고 말씀하시지 않았습니까?"

"그래서 하는 말이다."

태영이 물러난 건 뚫을 자신이 없어서가 아니다.

카자드의 말처럼 태영도 꽤 재주가 많은 마검사라 어떻게든 뚫고 들어갈 수 있다.

단지 굳이 그렇게까지 할 필요가 없어서였을 뿐이다.

지금 태영은 일군의 지휘관이고, 그 휘하에는 더 적합한 병력이 있으니까.

"선두는 우리가 맡지."

그제야 입을 여는 워트, 정확히는 그 뒤에서 대기 중인 병사들이다.

그리고 고개를 끄덕이는 태영의 대답을 전달하듯이 워트가 그들을 돌아봤을 때였다.

화악-!

그중 10명의 몸이 안개로 변했다.

그리고 한 덩어리로 뭉쳐 소나기처럼 탄환이 빗발치는 입구 밖으로 밀려 나가 분산!

"뭐, 뭐야? 방금 저 안에서 안개가……."

"안개가 이쪽으로 올라온다! 아, 아니, 사람이다! 안개가 사람으로 변하고 있어!"

"이, 이게 대체…… 컥!"

"이런 빌어먹을! 적이다! 쏴라! 공격해! 놈들을 죽여라!"

투투투투! 투투투투!

"아, 안 됩니다! 총으로는 안개를 막을 수가 없습니다!"

"무턱대고 쏘란 말이 아니야! 놈들이 어떻게 안개로 변하는지는 모르겠지만, 공격할 때는 사람으로 변한다! 그때를 노려서 공격해!"

"그, 그래도 안 통합니다! 분명 총에 맞았는데도…… 헉! 안 돼! 오, 오지 마! 컥! 으아아악!"

"말도 안 돼! 대체 저놈들은……."

뱀파이어다.

안개로 변해 놈들이 포진한 위층 난간을 자유롭게 날아다니고, 그 상태로는 아무리 총을 난사해도 'Miss'만 뜨고, 사람으로 변해 맞아도 몇 발 정도는 끄떡없는 상급 뱀파이어.

시대의 변화를 읽지 못하고 여전히 총에만 의지하는 병사를 상대로는 사실상 무적이라고 해도 과언이 아닌 존재들이었다.

"하덴, 너도 가라."

"넵, 주인님! 우하하하! 졸개들아, 비켜라! 하덴 님이 간다!"

거기에 이어지는 태영의 명령에 전직 뱀파이어 로드도 환호성을 지르며 참전!

"으아아악!"

한층 빨라지는 비명에 카자드가 흥미로운 얼굴로 중얼거렸다.

"호오, 델트란에서는 그다지 눈에 띄지 않았어도 기묘한 마력이 느껴져 평범한 사람이 아니라는 건 알고 있었지만, 뱀파이어라니…… 저도 딴에는 꽤 경험이 많다고 자부하는 몸이지만, 뱀파이어를 수하로 부리는 사람을 보기는 처음이 군요. 솔직히 좀 충격적입니다. 그럼 저쪽에 평범한 사람으로 보이는 저들도……."

그리고 고개를 돌리다가 쓴웃음을 떠올렸다.

"……기가 막히는군요."

이미 변하고 있었기 때문이다.

데드릭과 뱀파이어처럼 겉보기는 일반인처럼 보이는 발론과 이하 10명이, 마치 껍질을 찢고 나오듯이 몸에 걸친 옷을 찢으며 거구의 워 울프로 말이다.

참고삼아 말하자면 뱀파이어와 워 울프의 일족이 방어구

를 착용하지 않은 이유가 그 때문이다.

뱀파이어가 안개화할 수 있는 건 일반 옷뿐이고, 워 울프는 뭘 입든 어차피 전투 모드로 돌입하면 찢어질 테니까.

굳이 필요도 없었다.

안개화한 뱀파이어에게 대미지를 입힐 정도의 공격이라면 어차피 방어구도 큰 도움이 되지 않을 테고, 워 울프도 마찬가지.

"지금이다. 가라."

아오오오―!

워트의 명령에 포효를 터뜨리며 뛰어나가는 발론과 워 울프.

입구 앞에는 여전히 소나기 같은 탄환이 쏟아져 나가자마자 몸 곳곳에서 피가 튀어 올랐지만, 워 울프는 움찔하는 기색조차 없었다.

늑대 인간은 은으로 만든 무기 외에는 대미지를 주기 힘들다는 건 이계의 상식!

놈들이 워 울프를 대비해 그런 걸 준비해 두고 있었을 리는 없다.

뭐 설사 미리 알고 준비해 두고 있었다고 해도 어차피 '그 나라 산'이니 은 함량은 0.1%도 안 됐을 것 같지만 어쨌든.

"저, 저놈들은 또 뭐야? 총에 맞고도 끄떡도 없잖아?"

"헉! 이 높이를 단숨에…… 컥!"

빗발치는 탄환을 무시하고 뛰어나온 워 울프는 벽에 발톱을 박으며 올라가자 위층 난간 너머에서 연이어 피가 튀어 올랐다.

"으아아악!"

꼬리에 꼬리를 잇는 비명! 비명! 비명!

뱀파이어처럼 워 울프 역시 일반 총병을 상대로는 무적이나 다름없는 존재인 것이다.

그러나 그건 말했듯이 일반 총병에 한정된 얘기.

"젠장, 어디서 저런 놈들이…… 이대로는 안 되겠다! 인민군이라는 놈들만으로 저자들을 막을 수 있으리라고는 애초에 기대도 하지 않았지만, 저놈들이 정말 뱀파이어와 워 울프라면 저놈들의 대가리 숫자를 줄이는 것 외에는 아무 의미도 없어! 하지만 아직 놈들은 소수다! 방어선이 무너지기 전에 놈들을 해치워라!"

"각자 위치로!"

이어지는 고함과 함께 안쪽에서 방패와 검을 들고 몰려나오는, 이계의 전사가 상대라면 얘기가 달라진다.

펑! 펑! 화르르륵!

거기에 간간이 마법사까지 섞여 있다면 말할 필요도 없다.

"어이, 너희들은 놈들을 상대하지 말고 물러나 계속 입구쪽에 화력을 집중해라! 전투에는 상성이 있는 법! 너희가 놈들을 막는 사이에 우리가 놈들을 처리해 주겠다!"

이 말도 사실이지만.

―잘은 모르겠지만, 지금 떠들어 대는 놈은 굉장히 자기중심적인 성격인 모양이군. 상성이라는 말이 그대로 제 놈에게도 적용될 수 있다는 것도 모르는 걸 보면 말이야.

"그럼 알게 해 줘야지."

곧 태영이, 아니 청영이 알게 해 주었다.

삐이이이! 퍼펑―!

태영에게 찍힌 방패병 뒤쪽의 마법사 위로 내리꽂히며.

"크흭! 이, 이게 무슨…… 쿨럭!"

그리고 유리처럼 깨져 나가는 마법 술식과 함께 놈이 피를 토하며 휘청거릴 때.

"그리모어! 티리온!"

활로 변한 그리모어에서 뻗어 나간 마력 화살이 놈의 머리에 박혀 들었다.

"무, 무슨 일이……."

"저 매다! 어떻게 했는지는 모르겠지만, 저 매도 적이 조종하고 있는 거야! 저놈을…… 헉! 저, 저게 다 뭐야? 기, 깃털?"

삐이이이! 콰콰콰콰―!

그리고 청영은 그 주위에서 와글대는 놈들에게 '깃털 폭풍'을 선사해 주고 다시 상승!

각종 장애물 사이를 비행하며 날카로운 눈으로 주위를 훑었다.

"뭐 저런……."

당연히 그런 장면을 본 마법사들은 황급히 마법 술식을 해제.

술식이 필요 없는 하급 마법으로 대체했지만, 그런 마법은 뱀파이어와 워 울프에게 큰 위협이 되지 않았다.

"막는 것도 아니고 술식 그 자체를 깨 버리는 기술에, 이 거리에서 수십 명의 병사 속에 묻혀 있는 자의 머리를 정확히 관통하는 활 솜씨라니…… 상대가 적이니 불평할 일은 아니지만, 마법사로서는 마냥 웃으며 바라볼 수만은 없는 장면이군요."

태영과 청영의 콤보 공격을 지켜본 카자드의 감상평이었다.

"나도 마냥 즐겁지만은 않아. 웬만하면 경 앞에서는 쓰고 싶지 않은 기술이었으니까."

"제 마음이 불편해지는 게 걱정돼서 그런 건 아니겠죠."

"우리가 그 정도로 가까운 사이는 아니잖아. 되레 그 반대지. 경이라면 한 번만 봐도 대처법을 찾을 테고, 그건 내게 좋은 일이 아니게 될 확률이 더 높지."

"부정하지 않겠습니다. 저도 이런 상황이 아니었다면 공왕님 앞에서 이런 기술을 사용하지는 않았을 테니까요."

카자드가 피식 웃으며 고개를 끄덕였다.

그 앞에서는, 아니 정확히 말하면 수십 미터 앞에 모여 있는 적병 앞에서는 네 자루의 검이 날아다니고 있었다.

마법사인 카자드가 조종하는 검이 분명하지만, 마치 기사가 들고 휘두르는 것처럼 정밀하게 놈들을 몰아붙이고 있었다.

"뭐 바쁘니까 서로 그런 건 못 본 척하기로 하죠."

위이이잉! 콰콰콰콰—!

심지어 그 상태로 넓은 지면을 용암 구덩이로 만들어 버리는 고위 마법까지 사용.

"헉! 아, 안 돼! 으아아아—!"

한데 뭉쳐 있던 적병을 그대로 집어삼켰다.

─하! 망할 마법사 같으니, 저런 짓을 하면서 잘도 지껄이는군.

태영도 마냥 웃으며 지켜볼 수만은 없는 장면이었다.

그리고 그건 뒤에서 지켜보는 태영과 카자드 휘하의 병사들도 마찬가지였지만 어쨌든.

"울란 경, 이대로 전투가 끝날 때까지 지켜만 보고 있을 생각입니까?"

"아, 아닙니다! 자, 이제 모두 진격한다!"

"네! 돌격!"

울란이 제국 기사들이 방패로 부쩍 줄어든 탄환을 막으며 입구 밖으로 쏟아져 나간 건 그다음이었다.

"라르고! 하울! 일라! 다란! 그리고…….."

"물론 우리도 데드릭과 발론 일족의 덤으로 따라온 건 아니야! 네가 던전을 터는 동안 우리도 놀고만 있지도 않았고! 리디아, 젬, 가자!"

"좋아! 이제 드미트리와 에단 경도 없으니 우리도 제대로 실력 발휘를 해 보자고!"

─······정말 아직 안 들켰다고 생각하는 모양인데?

뭐가 됐든.

"가라, 수인족 전사들이여! 우리는 일족의 대표이자 주인님의 충성스러운 병사! 위대한 주인님의 명성에 흠을 내는 조잡한 싸움을 하는 놈이 있다면 내 발톱에 먼저 찢길 것이다!"

"주인님의 적에게 죽음을!"

크와아아! 아오오오! 냐아아옹! 컹컹컹컹!

워트와 리디아, 젬과 함께 대기하고 있던 수인족 전사들도 각자 포효를 터뜨리며 돌진!

제국 기사와 한데 뭉쳐 몰려오는 적군과 충돌했다.

콰콰콰콰─!

그리고 거친 쇳소리가 울리는 것과 동시에 양측의 전력 차는 명확하게 드러났다.

이곳은 놈들의 주요 거점 중 하나.

당연히 이곳에 있던 놈들도 나름의 수준을 갖추고 있었겠지만, 상대는 제국의 실세인 왈드 공작과 태영이 고르고 골라 온 정예 전사들!

"큭! 이, 이놈들이…… 막아라! 난전 상태가 되면 인민군 녀석들의 엄호도 받지 못하게 돼 버린다! 검이든 방패든 일단 놈들의 돌격부터 막아라!"

"하, 하지만…… 크악!"

충돌과 동시에 적군의 선두가 단숨에 허물어졌다.

그리고 놈들은 아직 파악이 제대로 안 되는 모양이지만, 설사 막았다고 하더라도 엄호 사격 따위는 바랄 수 없는 상황이었다.

투투투투!

"으악! 오지 마! 오지 말라고! 나, 난 아직 죽기 싫어!"

양측에 겹겹이 둘러쳐진 난간에 배치된 인민군은 제 앞가림하기도 바쁜 상황이기 때문이다.

물론 그래도 뱀파이어에 물리고, 워 울프에게 찢겨 우수수 떨어질 뿐이었다.

적 마법사 역시 마찬가지.

"한 번 마법 술식이 파괴되는 장면을 봤다고 바로 겁을 집어먹고 파이어 애로 따위나 날려 대는 꼴이라니…… 같은 마법사로서 여러모로 가르쳐 주고 싶은 생각도 들지만, 아쉽게도 그럴 기회는 없군요."

이미 가르침을 받았기 때문이다.

태영과 같은 마법사이면서도 마법사부터 처리해야 한다고 생각하는 카자드에 찍혀서 말이다.

그리하여 서로 웃으며 봐 줄 수 없는 태영과 카자드도 참전! 아니, 참전하려 할 때였다.

"큭! 아, 안 돼! 이 이상 버티기는 무리다!"

"퇴각! 일단 퇴각하라!"

분위기를 파악한 놈들이 먼저 물러나기 시작했다.

이에 원정군 병사들은 떨어져 나오는 놈들을 처리하며 추격! 그대로 홀을 가로지르자 작은 감옥이 다닥다닥 붙어 있는 거대한 수감동까지 밀고 들어갔다.

그리고…….

─ 뭐야? 이 불쾌한 것들은?

○

"서드 님!"

한 병사가 다급한 목소리로 소리쳤다.

그러자 미로처럼 얽힌 복잡한 기계가 한쪽 벽면을 채우고 있는 넓은 방의 끝부분, 자줏빛 로브를 걸친 사내가 몸을 돌렸다.

그리고 마치 기름 막이 쳐진 것처럼 번들대는 눈으로 병사를 훑으며 중얼거렸다.

"허둥대는 꼴을 보니 상황이 좋지는 않은 모양이군."

"네, 그게…… 놈들이 정면으로 밀고 들어와 중앙 회랑에 인민군을 배치하고 통로 쪽에 방어선을 쳐 두었지만…….”

“결론만 말해라.”

“놈들이 상상 이상으로 강해서 뚫렸습니다!”

“밖의 상황은?”

“어렵기는 그쪽도 마찬가지인 것 같습니다! 벽에 배치되어 있던 기관포는 한참 전에 놈들에게 점거되었고, 전차 부대도 산봉우리 쪽에서 날아오는 포격에 대부분 파괴됐습니다! 다른 시설의 부대가 어떤 상황인지는 아직 보고받지 못했지만…….”

“보고도 제대로 못 할 상황이라는 말이겠지. 그건 지원도 기대하지 못할 상황이라는 말일 테고 말이야. 인민군이 이계 최강의 군대라고 떠들어 대는 말을 곧이곧대로 믿은 건 아니지만, 한심하군.”

로브의 사내가 불쾌한 목소리로 중얼거렸다.

“어떻게 하시겠습니까?”

“어떻게 하고 자시고 할 것도 없다. 놈들이 누구든, 무슨 목적으로 이곳을 공격하고 있든, 그리 쉽게 내줄 수는 없지. 놈들이 정문 회랑을 지나 이곳으로 오고 있다면 곧 수감동에 도착할 터. 그럼 할 일은 하나밖에 없지 않나?”

“그럼…….”

“수감동의 모든 문을 개방해라.”

이어지는 말에 병사의 얼굴이 당혹감에 물들었다.

"하, 하지만 아직 놈들을 막고 있는 아군 병사가 있습니다. 게다가 문을 모두 개방하면 설사 놈들을 막아 내도 뒷감당하기가……."

"그런 말을 할 때라고 생각하나?"

로브의 사내가 날카로운 목소리로 병사의 말을 잘랐다.

그리고 몸을 돌리며 말을 이었다.

"지금 필요한 건 시간이다. 뒷감당 따위는 그 뒤에 생각해도 늦지 않아. 좋은 쪽이든, 나쁜 쪽이든 말이지."

↻

웨에에엥-!

수감동에 날카로운 소리가 울려 퍼졌다.

"이 소리는……."

태영이 움찔하며 고개를 돌리자 그리모어가 심드렁한 목소리로 중얼거렸다.

-밖에서 들리던 소리와 비슷하군. 긴급 사태를 알리는 소리겠지. 인제 와서 이런 소리를 울려 대면 그야말로 뒷북이라는 생각밖에 들지 않지만 말이야.

"그런 게 아니야."

태영이 눈매를 좁히며 자르듯 대답했다.

수감동에 울리는 소리는 카자드가 밖에서 들었다는 사이

렌은 물론, 태영이 들어 본 어떤 사이렌과도 달랐다.

일정 간격으로 끊어지고, 그때마다 높낮이가 달라지는 소리.

사이렌이라기보다는 신호음에 가깝게 느껴졌다.

그리고 그 소리에 먼저 반응을 보인 건 꾸준히 숫자가 줄어들며 수감동 중간 지점까지 물러나던 20여 명의 적병이었다.

"이, 이 소리는 설마……."

놈들이 당황한 목소리로 떠듬대고 있었다.

그러나 태영은 더는 놈들의 반응 따위에는 관심이 없었다.

그때 태영의 눈이 향한 곳은 놈들의 양쪽, 거대한 수감동에 다닥다닥 붙어 있는 철창 안.

그리모어가 '불쾌한 것들'이라고 말했던 기괴하게 뒤틀린 살덩이였다. 아니, 그리모어가 그 말을 할 때까지는 그렇게밖에 보이지 않았지만.

꿈틀!

─뭐지? 방금 그건…… 설마 살아 있는 건가?

"그저 고깃덩어리였다면 일부러 철창 안에 가둬 두지는 않았겠지."

태영이 보던 살덩이만이 아니었다.

고개를 돌리는 태영의 눈에 스쳐 지나가는 철창 안의 모든 살덩이가 꿈틀대고 있었다.

그리고 반대편에서 절망적인 얼굴로 그 모습을 바라보는 적군에 시선이 멈추는 순간, 모든 상황을 이해할 수 있었다.

"전군, 방어태세로 전환하라!"

지이이잉! 철컹!

철창이 쇳소리를 일으키며 개방된 건 그때였다.

크와아아아ー!

동시에 거대한 수감동을 통째로 뒤흔들며 울려 퍼지는 괴성!

철창 안에서 꿈틀거리던, 아니 철창 밖으로 뛰쳐나오는 기괴한 살덩이들이 터뜨리는 소리였다.

웬만한 공항 청사와 맞먹는 규모의 수감동에 다닥다닥 붙은 수천 개의 철창 속에서.

"저, 정말……."

"안 돼! 이럴 수는 없어!"

창백한 얼굴로 바라보던 적군의 입에서 결국 비명이 터져 나왔다.

놈들은 수감동 중간 부분까지 물러나던 터라 살덩이들이 쏟아져 나오자 그 한복판에 서게 되었고…….

크와아아아ー!

그대로 파묻혀 버렸기 때문이다.

기괴하게 일그러진 검붉은 살덩이 사이로 송곳니를 드러내며 몰려드는 놈들 속에 말이다.

그리고 곳곳에서 피가 치솟아 오르기를 잠시, 다시 우수수 흩어지는 놈들의 뒤로 보이는 건 핏자국뿐이었다.

"먹어 버린 건가? 같은 편을?"

"같은 편이라는 자각이 있었으면 먹지도 않았겠지."

"대체 저놈들은……."

"저놈들이 뭔지는 중요하지 않아! 지금 중요한 건 놈들이 우리라고 같은 편으로 생각할 리는 없다는 거다!"

웅성대는 병사들 틈에서 워트의 목소리가 들려왔다.

그 말대로 곧 피에 젖은 채 주위를 훑던 놈들의 눈이 일제히 입구 앞에서 방어 태세로 전환하는 원정군을 향해 모여들었다.

그리고 다시 괴성을 터뜨리며 몰려들었을 때!

위이이잉! 콰콰콰콰ㅡ!

원정군 주위에서 10여 개의 불기둥이 치솟아 올라왔다.

일찌감치 상황을 파악한 카자드가 부지런히 자아낸 술식으로 발동시킨 광범위 화염 마법이었다.

타이밍도 적절!

한데 뭉쳐 달려들던 백여 마리가 몽땅 불길에 삼켜졌다.

"……불쾌하군."

그러나 카자드는 되레 인상을 찌푸렸다.

불길을 뚫고 나오는 놈들은 순식간에 시커멓게 타들어 간 살점이 뚝뚝 떨어져 나왔지만, 카자드가 기대한 효과는 그 정도가 아니었기 때문이다.

게다가 살점이 떨어져 나간 부위는 눈에 보일 정도로 빠르게 회복되고 있었다.

"마법 저항력에 회복 능력까지 갖추고 있다는 건가?"

"마법사에게는 좋은 상황이라고 할 수 없겠군."

"딱히 그런 건 아닙니다만……."

태영의 말에 카자드가 입맛을 다시며 대답했을 때였다.

"방패!"

콰콰콰쾅–!

거친 고함과 함께 울리는 쇳소리!

불길을 뚫고 나온 놈들이 원정군을 둘러싸듯이 포진한 제국 기사들이 추켜 올리는 방패와 충돌하는 소리였다. 그리고…….

콰직! 콰직!

"이, 이놈들 방패를……."

놈들이 아가리 속에서 방패가 종잇장처럼 뜯어져 나가기 시작했다.

"젠장! 놈들에게 파묻혔던 적군이 흔적도 없이 사라진 게 이래서였던 건가? 방패까지 씹어 먹는 괴물이라니……."

기사들의 얼굴에 당혹감이 번졌지만, 잠깐이었다.

"방패로 막는 건 무리다! 팔까지 놈들의 아가리 속에 넣어 주고 싶지 않으면 방패 따위는 버리고 공격으로 전환한다!"

이어지는 고함에 기사들이 일제히 던지듯 방패를 놈들의
아가리 속으로 쑤셔 넣었다.

그리고 한 걸음 물러나며 추켜 올리는 검에서 뿜어져 올라
오는 소드 오러!

모든 동작이 군무처럼 동시에 이루어졌다.

"파쇄!"

그리고 이어지는 구령에 70여 개의 소드 오러가 놈들을 향
해 뻗어 나갈 때.

한 줄기 섬광이 그사이를 가로질렀다.

바로 태영이었다.

"타키온!"

그 끝에서 기사들의 검광보다 몇 배나 강렬한 오러를 뿜어
올리는 그리모어가 뽑혀 나왔고, 그대로 10여 미터 공간을
휩쓸었다.

칭! 콰콰콰콰―!

그 뒤를 따라 휘몰아치는 폭풍!

태영을 중심으로 반으로 썰려 버린 놈들이 터지듯 사방으
로 날아갔다.

―흠…….

그러나 그리모어에서도 카자드처럼 찜찜한 목소리가 흘러
나왔다.

바로 느낄 수 있었기 때문이다.

놈들의 몸이 압도적인 소드 오러로도 입맛대로 썰어 버리기 힘들 정도로 단단하다는 걸 말이다.

그 탓에 '타키온'에 썰린 놈은 불과 6마리.

"이런 놈들을 일격에 6마리나……."

그래도 소드 오러를 사용하면서도 놈들을 일 격, 아니 이 격, 삼 격에도 시원하게 썰어 버리지 못하는 기사들은 충분히 놀란 표정으로 바라보고 있었다.

그러나 적어도 그들은 그런 표정이나 짓고 있을 처지는 아니었다.

"좀 귀찮게 됐군요."

그때 뒤에서 카자드의 목소리가 들려왔다.

"놈들의 정체가 뭔지는 모르겠지만, 일단 평범한 몬스터가 아닌 것만은 분명합니다. 하지만 의식 수준은 그냥 짐승, 아니 그 이하. 놈들이 아무리 강해도 조직적으로 대응하면 충분히 상대할 수 있을 겁니다. 문제는……."

카자드의 손 앞에서는 서너 개의 마법 술식이 중첩되며 떠오르고 있었다.

"회복력이죠."

그리고 태영을 돌아보며 슬쩍 입술을 추켜 올리는 순간, 그 앞으로 붉은 불길이 치솟았고, 이내 청백색으로 바뀌어 광선처럼 뿜어져 놈들을 관통!

세 마리를 순식간에 녹여 버렸다.

"물론 제게는 딱히 곤란할 것도 없는 일이지만 말입니다. 태워도 바로 재생하는 놈이라면 화력을 높이면 그만이니까요. 공왕님도 그런 것 같고 말입니다."

카자드가 그사이 태영에게 달려들다가 분쇄육으로 변한 놈들을 둘러보며 말을 이었다.

"하지만 저나 공왕님 외에는 힘들어 보이는군요. 아니, 둘이 더 있는 것 같지만, 그런다고 크게 달라질 건 없겠죠."

측면에서 거대한 대검으로 놈들을 쪼개 놓는 울란과 후미에서 순식간에 놈들을 걸레짝처럼 찢어 놓으며 돌아다니는 하덴을 보고 하는 말이다.

그러나 카자드의 말대로 나머지 병사들은 꽤 힘든 전투를 이어 가고 있었다.

밀리고 있다는 말은 아니다.

접점에서 튀어 오르는 피는 99%가 놈들의 피일 정도로 전투 자체는 압도하고 있었지만, 그 비정상적인 회복력 탓에 실제로 쓰러지는 놈은 몇 마리 되지 않는 것이다.

그러나 태영이 신경 쓰이는 건 그쪽이 아니었다.

"그리모어, 절망의 낫."

─응? 괜찮겠어? 저 녀석 앞에서 변형해도?

"그런 걸 따질 상황은 아니지. 그리고…… 아마 카자드도 이미 알고 있을 거야."

─알고 있을 거라고? 어떻게?

"어떻게든."

태영의 말처럼 카자드는 그리모어가 낫으로 변하는 모습을 보고도 놀라지 않았다.

카자드는 이미 이전에 태영이 그리모어에 마법을 축적하는 모습을 본 적이 있었고, 과거에 카자드가 번번이 태영보다 먼저 그리모어를 찾아간 이유가 그 때문이니까.

그때 이미 알아봤을 것이다.

물론 그래도 대놓고 그리모어의 실체를 까발리듯이 변형시키는 건 그리 달가운 일은 아니지만, 말했듯이 그런 걸 따질 상황은 아니었다.

–[절망의 낫]의 이펙트 스킬 [절망]이 발동되었습니다.
–효과를 발휘하는 동안 적의 체력과 저항력, 회복 속도가 최대 50%까지 꾸준히 감소합니다.

부지런히 그리모어에게 무기를 흡수시킨 건 필요할 때 사용하기 위해서였으니까.

그리고 역시나.

카자드는 그리모어가 변형되는 모습을 보고도 놀라는 반응을 보이지 않았다.

"호오, 처음 봤을 때부터 혹시나 했는데, 역시 제가 알고 있는 검이었던 모양이군요. 형태 변환이 가능한 무기는 많지 않으니까. 그런데 이 기이한 마력은…… 그렇군요."

그와 함께 퍼져 나가는 마력도 마찬가지였다.

바로 눈으로 확인할 수 있어서다.

병사들 앞에 놈들의 시체가 쌓이는 속도가 두 배 이상 빨라지는 것으로 말이다.

"이 정도면 충분히 상대할 수 있겠군요."

"그런 건 처음부터 알고 있었어. 문제는 그래도 저렇게 많은 놈을 해치우려면 적지 않은 시간이 필요하다는 거다."

한 차례 낫을 휘둘러 서너 마리의 목을 날리며 대담한 태영이 통신기를 꺼내 들었다.

"자레드 경, 현재 상황을 보고하라!"

―공왕님, 저희는 지시하신 대로 좌측 시설을 닥치는 대로 파괴하는 중입니다. 그사이 적군은 대강 정리했고, 현재는 몇몇 잔당만 남아 있습니다!

"그럼 일단 활동을 중지하고 다시 병력을 소집, 우리가 들어온 본관 건물의 좌측 벽 앞에서 대기하라!"

―네, 알겠습니다!

"드미트리 경, 그쪽 상황은?"

―이쪽도 자레드 경 측과 같습니다! 전투 중에 꽤 많은 적병이 이 지역을 벗어났지만, 전의를 잃고 도망치는 놈들이라 추격하지는 않았습니다!

"좋아, 그럼 경들도 다시 부대를 재정비하고 우측 벽 앞에서 대기하라!"

태영이 자레드와 드미트리에게 빠르게 지시 사항을 전달했다.

"박 중사, 보고해라!"

－넵! 조금 전 마지막 남은 적 전차를 해치웠고, 저희 쪽의 피해는 없습니다! 그렇지 않아도 이대로 전차를 몰고 진군해야 할지 여쭤보려던 중입니다!

"일단 현재 위치에서 포격을 재개해라! 목표는 적 기지의 본관 두 번째 건물 끝부분! 포격으로 양쪽 벽을 뚫는다!"

바로 이를 위한 준비였다.

－네! 위치 재확인! 1호기는 우측 3시 방향! 2호기는 좌측 11시 방향이다! 발사!

콰쾅! 콰쾅!

그리고 통신기에서 박 중위의 고함이 울리는 것과 동시에 터져 나오는 폭음!

순간 태영 일행을 향해 꾸역꾸역 몰려오는 놈들의 뒤쪽, 반대쪽 건물과 연결된 지점의 양쪽 벽이 들썩이며 굵은 균열이 번졌다.

그리고 채 10초도 되지 않아 다시 폭음이 울렸을 때, 거대한 시멘트 덩어리가 터져 나가며 허물어졌다.

"저 안의 괴물들은……."

"보면 모르나? 적이다! 그리고 그것만 알면 충분해! 흑철 기사단, 돌격하라!"

"진입하라!"

좌우에서 흑철 기사단과 드미트리, 에단이 이끄는 제국 기사들이 쏟아져 들어오기 시작했다.

❧

쿠쿠쿠쿠-!

굵은 균열이 번진 양측 벽 위에서는 여전히 크고 작은 시멘트 덩어리가 쏟아지고 있었지만, 병사들은 아랑곳하지 않고 몰려 들어왔다.

그건 일대로 연막처럼 퍼지는 먼지 속에 파묻힌 놈들도 마찬가지였다.

기괴하게 일그러진 살덩이 어딘가에 박힌 눈알에는 당황하는 기색 따위는 없었다. 그저 어딘가에서 갈라지는 살덩이 사이로 송곳니를 드러내며 달려들 뿐이었다.

그러나 딱 거기까지였다.

"거신의 방패!"

그 앞에서 떠오르는 거대한 방패의 형상!

앞서 달려오던 놈들이 연이어 방패를 들이받으며 퉁겨 나갔다.

그러나 그것도 잠시, 곧 그 뒤로 파도처럼 밀려드는 놈들과 한데 뭉쳐 다시 몰려들었고, 겹겹이 쌓이기 시작했다.

카카카칵!

그 접점에서 격렬하게 울리는 마찰음!

기하급수적으로 늘어나는 놈들이 미친 듯이 송곳니와 발톱으로 긁어 대자 방패 곳곳에서 균열이 번지기 시작했다. 그리고…….

콰쾅-!

그 중심을 뚫고 나오는 거대한 검의 형상과 함께 터져 나갔다.

"에단, 봤나?"

"그래, 자네도 근래는 꽤 나태하게 보낸 모양이군. 자네도 잘난 척 좀 해 보라고 애써 저렇게나 모아 줬는데도 제대로 박살 낸 놈은 고작 대여섯 마리뿐이라니, 그 거대한 검기는 대체 뭐였나 싶군."

"저놈들이 이상한 놈들이라는 생각은 안 하는 거냐?"

"모르겠군. 난 방어 전문이라. 하지만 자네가 애원한다면 공격으로 전환해 줄 수도 있지."

"우리가 같은 전장에 선 게 꽤 오랜만이기는 한 모양이군. 이렇게나 말이 안 통하는 걸 보면 말이야. 하지만 덕분에 의욕은 생기는군."

"그런 의도였네."

"하!"

피식 웃는 에단의 얼굴에 코웃음을 날려 주며 고개를 돌리는 드미트리의 검기다.

위이이잉! 콰쾅-!

그리고 한층 거대해진 검기로 놈들을 관통!

그대로 아랫부분을 휩쓸자 다시 겹겹이 쌓여 가던 놈들이 와르르 쏟아져 내렸다.

"상황은 보는 그대로다! 놈들은 중갑병 이상의 방어력을 가지고 있고, 에단의 방패를 뚫을 정도의 공격력도 가지고 있다!"

"뚫린 적 없다."

"그 두 가지를 참고해서…….."

에단의 말을 씹으며 주위를 둘러보던 드미트리가 다시 놈들을 돌아보며 소리쳤다.

"놈들을 쓸어버려라!"

"와아아아!"

동시에 그사이 벽을 넘어 들어와 진형까지 갖춘 기사들이 일제히 함성을 터뜨리며 돌격!

무수한 검기로 흩어져 있는 놈들은 베어 가르며 진군하기 시작했다.

반대쪽에서도 마찬가지였다.

흑철 기사단에는 드미트리와 에단처럼 화려한 장면을 보여 줄 수 있는 기사는 없었지만, 한 명 한 명의 실력은 제국 기사보다 위!

"놈들의 반응은 몬스터 이하! 그저 본능에 따라 움직이는 놈들을 상대로 화려한 검기나 복잡한 전술 따위는 필요 없다! 피하고 베면 그만이다! 언제나 그랬듯이, 흑철 기사단의 왜 전장의 악몽으로 불리는지 보여 줘라!"

드미트리 측과 비교하면 소소하지만, 그 못지않은 속도로 진군해 왔다.

당연히 태영 일행의 사기도 급상승!

"밀어붙여라!"

덩달아 올라간 공격력으로 놈들을 밀어붙였다.

처음으로 원정군 전체가 결집해 치르는 전투가 시작된 것이다.

그리고 이때, 가장 두각을 드러내기 시작한 부대는 바로 발테아르군. 그중에서도 라르고와 하울, 일라, 다란이 이끄는 수인족 전사들이었다.

"놈들의 송곳니나 발톱 따위를 겁낼 필요는 없다! 우리의 주인은 드래곤마저 굴복시킨 위대한 전사! 그 위광이 우리와 함께한다!"

이런 이유 때문이다.

라르고가 말한 위광은 수인족이 입고 있는 드래곤 본 아머.

일격에 방패와 갑옷을 통째로 쪼개는 태영도 마법의 힘을 빌려서야 겨우 파괴한 드래곤의 뼈로 만들어진 갑옷이다.

방패를 껌처럼 씹어 대는 놈들도 드래곤의 뼈는 무리!

딱딱딱! 딱딱딱!

애써 물어도 이딴 소리만 울릴 뿐이었다.

방어력이 갖춰지니 다른 부대보다 부족한 공격력도 문제가 되지 않았다.

수인족은 방패 겸용으로 두툼하게 만들어진 팔을 일부러 놈들의 아가리에 쑤셔 넣고 놈들의 목을 집중 공격!

부대 단위로는 최강의 전투력을 발휘하는 흑철 기사단보다 빠른 속도로 놈들을 처리해 나갔다.

"데드릭, 발론, 별개 행동을 자제하고 수인족을 보조해라!"

여기에 빠르게 전장의 분위기를 읽은 워트가 뱀파이어와 워 울프 일족을 투입!

안개로 변한 뱀파이어로 놈들을 교란하고, 워 울프의 힘으로 놈들이 지나치게 많이 몰리는 상황을 차단하며 전황을 주도해 나갔다.

"양측으로 방어진 펼쳐서 발테아르군의 활동 범위를 확보하라!"

그러자 제국 기사들도 이에 발맞춰 진형을 전개!

자연스럽게 흐름이 만들어지자 놀라운 정도의 시너지 효과를 발휘하기 시작했다.

물론 그건 어디까지나 부대 단위의 얘기.

개인적으로 봤을 때는 당연히, 태영과 카자드의 화력을 따라올 사람은 없었다.

난전이지만, 그래서 더 확연하게 드러날 수밖에 없었다.

약간의 거리를 두고 득실대는 놈들의 한복판을 가로지르는 두 사람이 보여 주는 화력은 그야말로 어나더 레벨!

콰콰콰콰—!

카자드는 걸음을 옮길 때마다 사방으로 백색 불길을 뿜어졌고, 그 뒤에는 숯으로 변해 버린 놈들이 남겨질 뿐이었다.

거대한 낫을 휘둘러 대는 태영 역시 마찬가지.

그때마다 서너 마리가 두부처럼 썰려 나갔다.

물론 워낙 단단한 놈들이라 상처만 입고 물러난 놈들이 더 많기는 했지만, 그중에서 한두 놈은 곧 온몸에서 피를 뿜어 올리며 쓰러졌다.

태영이 휘두르는 낫은 그림 리퍼를 해치우고 얻은 것이고…….

-폐허의 죽음이라고 불리는 그림 리퍼의 낫입니다. 상시 저주 효과가 발생하고, 사용자보다 약한 적이 직접 베일 경우, 즉사할 확률이 존재합니다.

그 낫에는 이런, 즉사 효과가 붙어 있어서다.

─뭐랄까, 처음 경험해 보는 것이라 흥미롭기는 하지만, 그리 좋은 기분은 아니군. 써는 맛도 별로지만, 상처만 입었던 놈들이 피를 뿜으며 쓰러질 때마다 내 몸속에서 불쾌한 마력이 꿈틀대는 게 느껴져.

그런 불쾌함은 태영도 느끼고 있었다.

게다가 즉사 효과라는 덤이 있어도 낫은 구조상 공격 속도가 느린 탓에 실제로 놈들을 처리하는 속도는 검과 별 차이도 있었다.

그럼에도 굳이 낫을 사용하는 이유는 그 앞에 붙은 상시 저주 효과.

적의 체력과 저항력, 회복 속도를 감소시키는 '절망' 때문이다. 그로 인해 얻어지는 이득을 생각하면 불쾌함 따위와 비교할 수 없으니까.

그러나…….

"조금만 참아."

─뭐 필요하다면 참긴 해야겠지만, 조금이라고 말하기는 좀 그렇지 않아? 내가 절망의 낫으로 바뀐 뒤부터 꽤 안정됐고, 저 흑철기사단이라는 시커먼 녀석들과 그라디오스 후작의 졸개들까지 들어와 전황이 좋아졌지만, 아직 놈들의 숫자가 줄어든 기미도 안 보이잖아. 그렇다고 저놈들이 도망갈 것 같지도 않고. 다 해치우려면 적어도 1시간은 걸리지 않겠어?

"그렇겠지."

- 그런데?

"난 그때까지 기다릴 생각이 없어. 아니, 기다리면 안 돼. 그때는…….

크와아아-!

그때 옆으로 두 마리가 송곳니를 들이밀며 달려들었다.

그러나 태영이 몸을 돌리기도 전에 백색 불길에 휩싸이며 떨어졌다.

"도와줄 필요까지는 없었는데."

"그냥 오는 길에 방해가 돼서 치웠을 뿐입니다."

순식간에 숯으로 변해 버린 놈들을 밟으며 다가오는 사람은 카자드였다.

그리고 슬쩍 주위를 둘러보며 말을 이었다.

"저는 공왕님처럼 오지랖이 넓은 사람은 아니라서 말입니다."

"이걸 오지랖이라고 하는 건가?"

"아슬아슬하죠. 하지만 여기서 조금만 더 나가면 확실히 오지랖이 되겠죠. 공왕님을 찾아온 이유도 그래서입니다."

"경도 함께하겠다는 말인가?"

"불편하십니까?"

"아니, 경이 먼저 말해 줘서 고맙군. 나도 어떤 일이 벌어질지는 모르지만, 어떤 일이 벌어지든 경만큼 도움이 되는 사람은 없으니까. 일단 목적이 같을 때는 말이야."

"최선을 다해 보죠. 공왕님 말씀대로 지금은 목적이 같으니까."

카자드가 빙긋 웃으며 대답했다.

- 뭔 소리야?

태영과 카자드가 같은 생각을 하고 있었다는 말이다.

현재 이 교도소의 전력은 거의 괴멸.

태영이 보고받은 대로 외부의 적은 흑철 기사단과 드미트리의 기습으로 괴멸되었고, 남은 놈들도 모두 도망친 상태다.

그리고 본관의 적군도 태영 일행에게 괴멸.

그나마 남아 있던 20~30명의 적군도 철창에서 뛰어나온 놈들 탓에 핏자국으로 변해 버렸다.

이는 곧 누군가 철창을 열도록 지시한 놈이 있다는 의미고, 놈은 통제도 할 수 없는 놈들까지 동원할 정도로 위기를 느끼고 있다는 말이다.

즉, 이놈들은 마지막 카드.

조금 전 그리모어에게 놈들을 해치울 때까지 기다려서는 안 된다고 한 말이 그 때문이다.

'그때까지…….'

놈이 태영에게 줄 자료를 쌓아 두고 기다려 줄 리는 없다.

이놈들로도 막기 힘들다고 판단하는 순간 십중팔구 발탄 대수해의 세븐이라는 놈처럼 도주와 동시에 자료 폐기를 시도할 터!

이를 막기 위해 뭘 해야 할지는 태영은 물론, 카자드도 알고 있었다.

전투는 여유가 생겼지만, 최종 목적을 달성하는 데는 되레여유가 없어졌다는 말이다.

그러니 이 이상의 대화는 시간 낭비!

"워트!"

태영이 몸을 돌리며 소리쳤다.

"나와 카자드는 자리를 비울 예정이다! 이제부터 그쪽의지휘는 네게 맡기겠다! 내가 이곳을 벗어나면 놈들의 회복속도가 이전처럼 빨라질 테니 미리 준비해서 대응해라!"

"뭐? 갑자기…… 젠장, 알았어!"

- 저 녀석은 왜 성질이야?

태영의 말이 뭘 의미하는지 알고 있어서다.

"청영!"

삐이이이-!

그리고 이어지는 고함이 한차례 '깃털 폭풍'을 쏟아 내며선회해 안쪽으로 날아가는 청영 역시, 이제 뭘 해야 하는지알고 있어서다.

"카자드 경!"

"저는 준비가 끝났습니다."

위이이잉! 콰콰콰콰-!

이에 카자드가 백색 불길을 뿜어내는 것과 동시에 태영도 돌진!

숯으로 변해 흩어지는 놈들을 가로지르는 태영의 손에서 검으로 돌아간 그리모어가 검집에 들어갔고, 폭발적으로 가속하며 다시 뽑혀 나왔다.

"타키온!"

번쩍! 콰콰콰콰—!

번뜩이는 검광에 그 앞으로 몰려들던 놈들이 갈라지고, 음속을 돌파한 검속이 일으키는 돌풍에 휘말려 날아갔다.

그리고 우수수 바닥에 쏟아졌을 때.

그 앞에서 불쑥 나타난 카자드가 다시 백색 불길을 뿜어냈다.

그리고 숯으로 변한 놈들을 가로질러 날아간 태영이 다시 그 앞에서 폭풍을 일으키는 검광으로 주위를 휩쓸고, 다시 그 앞에서 뿜어지는 백색 불길!

태영과 카자드의 연쇄 돌파다.

"고, 공왕님, 카자드 경까지……."

그리고 단숨에 200여 미터를 뚫고 좌우에서 당황한 얼굴로 돌아보는 자레드와 드미트리, 에단이 있는 곳까지 나왔을 때.

"뒤를 맡긴다!"

투퉁—!

그 속도는 그야말로 섬광이 되었다.

수감동을 지나자 개조된 흔적이 뚜렷한, 각종 기계로 채워진 공간이 나왔다.

층층이 나눠진 철제 난간에는 서류 따위를 든 사람들이 분주히 뛰어다니고 있었고, 그중에는 간간이 총을 든 병사도 보였다.

"헉! 저, 저게 뭐야?"

"사람이다! 적이야! 어떻게 놈들이 여기까지……."

"일단 쏴라! 저놈들을…… 컥!"

그러나 둘을 막기에는 턱없이 부족한 숫자였다.

티리온으로 바뀐 그리모어에서 뿜어지는 마력 화살과 레이저처럼 뻗어 나가는 카자드의 마법에 뻥뻥 구멍이 뚫리며 떨어질 뿐이었다.

"이 와중에 부지런히 옮기는 걸 보니 나름 중요한 서류 같은데, 일일이 챙기는 것도 일이겠군요."

카자드가 병사와 함께 우수수 쏟아지는 서류를 바라보며 중얼거렸다.

"그럴 필요는 없어."

그러나 태영은 눈길도 주지 않고 그 사이를 가로질렀다.

이미 파악이 끝났기 때문이다.

삐이이이-!

앞서 보낸 청영의 눈으로.

잠시 후 도착한 커다란 철문이 달린 건물 안, 미로처럼 얽혀 있는 파이프로 채워진 반대쪽 벽에서 태영과 카자드를 돌아보는 자줏빛 로브를 입은 사내를 말이다.

그리고, 보는 순간 확신할 수 있었다.

"저놈이군요."

"그래, 저놈이 놈들의 대가리지."

쾅-!

폭음과 함께 태영이 몸이 빛줄기처럼 뻗어 나갔다.

각개전투

길 가다 갑자기 만난 적이 아니다.

일부러 찾아온 적이고, 그 사이의 과정도 짧지 않았다.

그리고 이곳으로 들어오기 전에 이미 청영을 통해 놈이 어떤 상대인지도 확인했다.

'속전속결!'

그 결과 나온 결론이고 망설일 이유 따위는 없었다.

그리하여 돌입과 동시에 돌격!

넓은 공간의 중심을 가로지르며 그리모어를 쥔 손에 힘을 주었을 때.

─주인!!

투투투투! 투투투투!

좌우에서 거친 총성이 터져 나왔다.

건물 내부를 뒤덮듯이 얽혀 있는 파이프 탓에 태영이 들어온 문 쪽에서는 볼 수 없었던, 사각지대에 숨어 있던 병사들이었다.

태영의 눈가가 살짝 찌푸려졌지만, 잠깐이었다.

쾅—!

마력을 집중한 발로 바닥을 내리찍으며 방향 전환!

태영이 직각으로 방향을 꺾어 돌진해 오자 진로 앞쪽으로 십자포화를 퍼붓던 놈들이 흠칫하며 황급히 총구를 돌렸다.

"타키온!"

그러나 태영보다 빠르지는 못했다.

그리고 놈들이 몸을 숨긴 파이프도 막아 주지 못했다.

격렬한 오러에 휩싸인 그리모어가 한 줄기 섬광이 되어 가로지르자 그 모든 것이 일도양단!

콰콰콰콰! 퍼펑! 푸슈슈슈—!

빛의 궤적을 따라 갈라지는 파이프에서 정체불명의 액체와 증기가 뿜어져 나왔다.

그리고 거기에 그 사이사이에서 도미노처럼 갈라지는 병사들의 몸에서 뿜어져 올라오는 피가 더해졌을 때.

투투투투!

반대쪽에서 탄환 날아들었다.

그러나 그 탄환은 이미 죽어 버린 동료를 한 번 죽이는 것 외에는 의미가 없었다.

그때 태영은 벌집으로 변하는 놈들 뒤에 다닥다닥 붙어 있
는 파이프를 밟으며 올라가고 있었다.

그리고 벽을 찍으며 몸을 날렸지만, 이번 타깃은 총질해
대는 놈들이 아니었다.

푸확! 푸확!

놈들은 이미 이런 상황이었기 때문이다.

줄줄이 피를 뿜으며 쓰러지는 놈들을 가로지르는 푸른 빛
의 원반, 카자드가 날린 윈드 블레이드였다.

따라서 이제 남은 놈은 하나!

-……이미 기습이라고 하기에는 너무 늦지 않아?

물론 늦은 감이 있기는 하다.

그사이에 걸린 시간은 불과 2~3초지만, 전장에서는 결코
짧은 시간이라고 할 수 없다. 특히 지금처럼 상대가 만만해
보이는 놈이 아니라면 더.

그러나 말했듯이 태영은 이곳에 도착하기 전에 이미 로브
의 사내를 목격했다.

당연히 그 양쪽에 병사들이 매복해 있다는 것도 알고 있
었다.

'놈은 틀림없이 세컨드 보이스의 마법사다. 그것도 아마
발탄 대수해에 있던 놈보다 더 지위가 높은 놈일 테니 그만
큼 실력도 높을 터. 매복한 병사가 없어도 기습이 통할 확률

은 낮아.'

그때 이미 답은 나와 있었다.

태영이 무턱대고 돌진하고, 되레 기습을 받아 병사들부터 처리하느라 그리모어의 말처럼 이미 기습도 뭣도 아니게 됐는데도 놈을 향해 날아가는 이유가 그 때문이다.

그 정도면 충분할 테니까.

놈이 태영의 수준을 파악하고, 지금 그 앞에서 떠오르는 술식처럼 거기에 맞춘 마법을 준비할 시간이 말이다.

삐이이이! 쩌쩡-!

그래야 깨부술 수 있을 테니까.

어둠 속에서 솟아 나온 청영이 마법 술식을 관통!

유리처럼 깨져 나가는 술식 너머에서 휘청대며 물러나는 놈도, 그사이 거리를 좁혀 그리모어를 날리는 태영도, 모두 머릿속으로 그렸던 그대로의 장면이었다.

단 하나.

－역시 주인, 처음부터 모두…… 엇? 주인!

그리모어의 당혹성과 함께 놈의 반대쪽 손에서 떠오르는 빛을 제외하면 말이다.

'마법을…….'

놈이 사라진 건 그때였다.

그러나 놈의 손에서 떠오른 빛은 그대로 남아 있었다.

펑! 콰콰콰콰-!

그리고 그리모어가 스쳐 지나가는 것과 동시에 폭발!

태영은 황급히 몸을 날려 직격은 피했지만, 산탄처럼 뿜어진 파편이 허리에 허벅지에 박히며 2차 폭발!

마치 쇠뭉치로 내리치는 듯한 통증이 전해졌다.

그러나 신음을 흘릴 여유도 없었다.

- 주인, **뒤쪽이다!**

그리모어의 고함을 따라 고개를 돌리자 여러 개의 빛의 원반이 날아오고 있었다.

앞에서도! 그리고 그 옆에서도!

그리고 겹쳐지는 순간!

퍼퍼퍼펑-!

"정말 보조를 맞춰 주기 힘든 분이군요. 제게 언질만 한마디 해 줬어도 지금보다는 좀 쉬웠을 텐데 말입니다."

연이어 폭발하는 원반과 함께 카자드의 목소리가 들려왔다.

"그럴 만한 시간이 있었나?"

"시간의 문제가 아니라고 생각합니다만……."

그러나 태영과 카자드의 눈은 다른 방향으로 움직이고 있었다.

우측 벽에 복잡하게 얽힌 파이프 사이에 설치된 난간 위에서 내려다보는 로브의 사내였다.

그리고 태영과 카자드가 놈을 바라보는 순간.

콰콰콰콰-!

그 앞으로 화염의 비가 쏟아졌다.

그러나 태영과 카자드는 이미 그 자리에 없었다.

일단 태영은 '블링크'를 발동해 이동! 파이프를 밟으며 단숨에 놈이 있는 3층 높이의 난간까지 뛰어오르며 검기를 날렸다.

그러나 그 검기는 애먼 파이프만 갈라 놓을 뿐이었다.

- 젠장, 마법사와의 전투란 정말이지…….

짜증 섞인 그리모어의 목소리처럼 놈이 마법사인 탓이다.

그러나 이쪽이 할 말은 아니었다.

마법사는 이쪽에도 있으니까.

푸화아아아-!

태영이 돌아보는 방향이 백색 화염에 뒤덮이는 이유가 그 때문이다.

'블링크'가 남긴 마력의 흔적은 상대가 사라진 위치에서만 추적이 가능하다.

그러나 카자드는 태영의 시선으로 놈의 이동 방향을 캐치!

불길로 그 주변을 몽땅 휩쓸어 버린 것이다.

"큭!"

역시나 놈은 다시 나타나자마자 화염에 휩싸였다.

그러나 그것도 잠시.

이내 놈의 몸을 휘감던 불길이 터지듯 사방으로 흩어졌다.

놈의 오른손에서 회오리를 일으키며 뿜어져 올라오는 바람 속성 마법의 힘이었다. 그리고 그때, 왼손에서는 또 다른 형태의 마력이 집중되고 있었다.

－두 가지 마법을 동시에…….

그러나 그리모어처럼 놀란 반응을 보일 일도 아니다.

'나도 놈이 청영의 스펠 브레이크에 당하고도 바로 마법을 사용하는 모습을 좀 전까지는 미처 생각하지 못하고 있었지만…….'

정확히 말하면 '스펠 브레이크'는 마법을 사용하지 못하게 만드는 기술이 아니다.

그저 마법 술식을 파괴하는 기술.

'스펠 브레이크'에 당한 마법사가 마법을 사용하지 못하게 되는 건 그때 일어나는 마력의 역류를 제어하지 못해 일어나는 결과일 뿐이다.

바꿔 말하면 마력의 역류를 제어할 수 있다면 그런 영향을 받지 않는다는 말이다. 그리고 가장 쉽게 제어하는 방법은 역류하는 마력을 다른 방향으로 분출하는 것이다.

물론 그게 말처럼 쉬운 일은 아니다.

이는 방금 그리모어가 한 말처럼 두 가지 마법을 동시에 사용할 수 있어야 한다는 의미.

중앙대륙에서도 그런 게 가능한 마법사는 손가락에 꼽을 정도밖에 되지 않는다.

그리고…….

'그중 한 명이 누군지는 확실하지.'

"호오, 이중 영창인가?"

놈을 흥미로운 표정으로 바라보는 이 사내, 카자드.

이미 본 적이 있기 때문이다.

서방 대륙으로 넘어올 때 선단에 몰려들던 해양 몬스터 위로 떨어지는 낙뢰를 말이다.

기본적으로 마법은 물, 불, 땅, 바람의 4대 원소를 다루는 기술.

번개 속성의 마법은 그중 두 가지를 합쳐야 만들어 낼 수 있는 마법이다.

지금 놈의 손의 양손에 모이는.

"그런 건 나도 좀 하지."

또 카자드의 양손에 모이는 바람과 물 속성의 마력을.

그리고 두 사내의 양손이 합쳐지는 순간!

콰지지지지! 퍼펑—!

양쪽에서 뿜어져 나온 굵은 뇌전이 충돌!

거대한 폭발을 일으키며 수백 줄기로 나눠진 스파크가 사방으로 터져 나갔다.

"큭! 어, 어떻게…….""

휘청거리며 물러나는 놈의 얼굴이 당혹감에 물들었다.

그리고 곧 더 당황한 얼굴이 되었다.

당연히 태영도 마냥 지켜보고만 있지는 않았으니까.

게다가 둘만큼은 아니라도 태영 역시 일단 마법을 사용하는 몸!

뇌전이 충돌할 때 태영은 '블링크'를 발동시켰고, 놈이 물러날 때는 이미 수 미터 앞에서 그리모어를 휘두르고 있었다.

푸확—!

그리고 놈의 뺨에서 튀어 오르는 피!

'……얕다!'

판단과 동시에 태영은 휘두르는 자세 그대로 그리모어를 다시 검집에 넣었다.

그리고 놈을 향해 내디뎠던 발을 축으로 몸을 회전시켰다.

그때 이미 놈은 '블링크'를 사용한 뒤였고, 그 마력의 흔적이 이어진 곳이 바로 태영이 몸을 돌리는 방향이기 때문이다.

쾅—!

그리고 20여 미터 앞에서 놈이 나타나는 것과 동시에 바닥을 찍으며 돌진!

– 어? 주인, 이 거리라면…….

"큭! 빌어먹을! 어디서 이런 놈들이…… 하지만 어림없다!"

투콰콰콰—!

놈이 손에서 기관포 같은 마력탄이 뿜어져 나오기 시작했다.

그러나 태영은 되레 더 속도를 올렸다.

알고 있기 때문이다.

"몇 번이나 말해야 합니까? 그렇게 대책 없이 움직이면 보조를 맞추기 힘들다고 말입니다."

입으로는 뭐라고 떠들든 이 정도도 따라오지 못할 카자드가 아니라는 걸 말이다.

그리고 예상대로!

퍼퍼퍼펑-!

태영의 앞에서 연이어 폭발하는 마력탄!

"저, 저 거리에서 이걸 전부……."

"타키온!"

폭광 사이를 가로지른 태영에서 그리모어가 뽑혀 나온 건 그때였다.

그리고 떠들대는 놈의 목을 닿는 순간!

파캉-!

쇳소리가 울리며 스파크가 터져 나왔다.

─그사이에…….

마법을 사용한 건 아니었다.

그리모어가 충돌하는 것과 동시에 놈의 로브 안에서 일렁이다 사라지는 푸른 불길.

걸어 두고 있었다는 증거다.

고위 마법사의 안전장치 중 하나인 '트리거 오브 스크롤', 미리 설정해 둔 상황이 벌어졌을 때 자동으로 연결된 마법 주문서를 발동시키는 마법을 말이다.

그 마법이 바로 그리모어가 일으킨 빛이 물결처럼 퍼지며 떠오르는 원형의 배리어.

'뭐 이 정도 수준의 마법사라면 당연히 이런 안전장치 하나쯤은 마련해 두고 있었겠지. 그리고 이런 놈이 최후의 보루로 삼은 만큼 낮은 레벨의 배리어도 아니겠지만…….'

소드 오러는 최강의 검기(劍技) 중 하나!

파직—!

배리어 위로 굵은 균열이 번졌다.

태영의 공격에 움찔하던 놈이 황급히 팔을 들어 올리는 이유다.

그러나 태영이 더 빨랐다.

"와일드 오러!"

그대로 배리어의 표면을 긁으며 지나가는 그리모어에서 폭발적인 오러가 뿜어져 올라왔다. 그리고 회전하는 태영을 따라 원을 그리며 날아와 충돌!

쩌쩡! 콰콰콰콰—!

"컥—!"

산산이 흩어지는 배리어 속에서 놈이 피를 뿜으며 튕겨져 날아갔다.

그러나 벽과 충돌하기 직전에 우뚝 멈추더니 수직으로 치솟아 올라가기 시작했다.

'블링크'로 도망치다가 뜨거운 맛을 본 탓에 부유 마법 쪽으로 방향을 바꾼 모양이다. 그러나 뭐가 됐든!

"더는 도망치지 못한다!"

팡! 팡! 팡!

태영이 '에어 워크'로 대기를 밟으며 놈에게 따라붙을 때였다.

펑─!

갑자기 놈의 뒤쪽 벽이 폭발했다.

그리고 산탄처럼 터져 나오는 잔해와 함께 불쑥 솟아 나오는 거대한 물체!

순간 고개를 들어 올리는 태영의 앞으로 반투명한 방패의 형상이 연이어 떠올랐고…….

콰쾅─!

일제히 터져 나갔다.

태영은 그 충격으로 다시 10여 미터나 밀려 나온 뒤에야 제대로 볼 수 있었다.

─저건…… 발인가?

터져 나간 벽에서부터 바닥까지, 그 벽에 뒤엉킨 기계와 파이프 따위를 찢듯이 가르며 떨어져 태영의 앞에 겹겹이 떠오르던 방패를 내리찍은 물체가 바로 그것.

검날, 아니 도끼 같은 발톱이 박혀 있는 발이었다.

그리고 그 발이 꿈틀대며 그 거대한 발톱으로 움푹 파인 바닥을 움켜쥐었을 때.

콰직! 콰직! 퍼펑—!

들썩이던 벽이 통째로 터져 나갔다.

그리고 쏟아지는 파편 속에서 어슬렁대듯이 걸어 나오는 거대한 형상.

그 몸은 수감동에서 쏟아져 나온 놈들처럼 검붉은 살덩이가 기괴하게 뒤엉켜 있었다.

그러나 크기는 20여 미터에 달했고, 인간과 같은 모습이었던 놈들과 달리 짐승에 가까운 형태를 하고 있었다.

크르르르.

그리고 두리번대듯이 주위를 훑는 세 개의 머리.

"이놈은……."

"키메라군요."

그때 뒤에서 카자드의 목소리가 들려왔다.

"물론 자연적으로 발생하는 몬스터의 혼종은 아니겠지만, 어쨌든 이런 상황에서 대장처럼 보이는 놈이 아직 여기서 얼쩡대던 건 믿는 구석이 있어서였다는 말이겠죠. 그리고……."

위잉! 콰쾅—!

놈의 발이 바닥을 긁으며 날아들었다.

막을 수 있는 공격도 아니었고, 피하기도 쉽지 않았다.

놈이 긁어 대는 바닥 주위로 연이어 불길의 소용돌이가 치솟아 오르기 시작했다.

놈의 머리 위까지 떠오르는 마법사의 짓이었다.

"이쪽보다 연계도 더 좋은 것 같고 말입니다. 그럼 이미 답은 나온 것 같은데, 공왕님은 어떻습니까?"

"그런 것 같군."

카자드의 말대로 두어 번의 공격만으로도 답이 나왔다.

광범위한 공격 범위를 가진 놈과 마법사를 붙여 둔 채로 싸워 봤자 좋을 게 없다고 말이다.

그럼 방법은 하나!

"어느 쪽으로 하시겠습니까?"

이어지는 말에 태영이 살짝 눈살을 찌푸리며 몸을 돌렸다.

"난 못 날아."

"그렇군요."

빙긋 웃으며 대답하는 카자드는 이미 마법사와 같은 높이에 떠 있었다.

꽈콰콰콰! 퍼펑-!

거대한 발이 바닥을 긁으며 날아왔다.

두꺼운 시멘트로 덮인 바닥이 껍질처럼 벗겨지며 말려 올라갔다.

쇠로 된 구조물도 예외는 아니었다.

키메라의 발톱은 마치 분쇄기처럼 닿는 모든 것을 찢고 날려 대며 밀려들었다.

태영이 그 잔해를 피해 물러나자 위에서 다시 목소리가 들려왔다.

"혹시나 해서 여쭤보는 건데, 괜찮으시겠습니까?"

"경에게 그런 말을 듣게 될 줄은 몰랐군."

"저도 어색하기는 합니다만, 공사 구분 정도는 해야죠. 아니, 굳이 따로 구분할 필요도 없겠군요. 공왕님께 변고가 생기면 공적으로도 곤란해지겠지만, 사적으로도 꽤 아쉬워하게 될 테니 말입니다."

"그럼 나도 혹시나 해서 물어보지. 저놈을 혼자 상대해도 괜찮겠나?"

"그게 페널티라는 생각은 들지 않습니다만……."

"나도 같은 생각이다."

"그렇군요."

카자드가 피식 웃으며 고개를 끄덕였다.

그리고 폭음을 일으키며 다가오는 키메라를 따라 날아오는 마법사를 돌아보는 순간!

펑! 펑! 펑! 펑!

그 사이에서 연이어 폭발이 일어났다.

카자드의 등 뒤에서 솟아 나온 무수한 얼음 기둥이 마법사가 떨어뜨리는 불덩이와 충돌하며 일으키는 폭발이었다.

그리고 불티와 얼음 가루로 변해 쏟아져 내릴 때.

돌연 불티가 다시 불길을 일으키며 모여들더니 거대한 화염의 회오리를 일으켰다.

그러나 카자드는 이미 사라진 뒤였고, 마법사도 마찬가지였다.

콰쾅! 콰지지지-!

동시에 10여 미터 떨어진 곳에서 일어나는 폭발!

두 줄기의 뇌전이 충돌하며 일으킨 폭발이었다. 그리고 사방으로 흩어지는 스파크와 함께 떨어져 나왔다가 다시 충돌! 충돌! 충돌!

"마법으로 나를 상대할 수 있다고 생각하는 거냐!"

나선형을 그리며 상승하는 뇌전 속에서 거친 고함이 터져 나왔다.

"내가 질문하기 전에 스스로 자문해 보기를 추천하지. 제대로 된 답을 찾아봤자 달라질 것도 없겠지만."

"신에게조차 버림받은 인간 따위가……."

"과묵한 성격인 줄 알았는데, 조금 전까지 입을 꾹 다물고 있던 건 도망치기 바빠서였을 뿐이었나? 뭐 상관없지. 나도 대화를 싫어하는 편은 아니니까."

"닥쳐라!"

"혼자만 얘기하고 싶어 하는 성격인 건가? 그것도 나쁘지 않지. 하지만 하고 싶은 말을 다 하려면 꽤 많이 노력해야 할 거다. 나도 힘 조절에는 그리 능숙한 편이 아니라서 말이야. 그러니 먼저 장소를 바꾸도록 하지. 좁은 곳에서는 실수해 버릴지도 모르니까."

"네놈이……."

"말해 두지만, 네게 선택권은 없다."

그 말을 끝으로 잠시 떨어져 있던 뇌전이 다시 충돌!

콰쾅—!

격렬한 스파크를 일으키며 그대로 천장을 뚫고 솟아 올라갔다.

그리고 그때.

콰쾅—!

그 아래의 벽도 터져 나갔다.

쏟아지는 시멘트 덩어리와 함께 확 뿜어져 올라오는 먼지 구름 속에서 한 사내가 퉁겨 나왔다.

"그래, 차라리 밖이 낫지."

주르륵 미끄러지던 몸을 멈추며 시선을 들어 올리는 사람은 태영이었다.

– 뭐 저 건물 앞에 있는 쇠붙이는 주인에게 장애물밖에 되지 않

으니까. 아니, 주인에게만 장애물이라고 해야겠지만 어쨌든, 그런 말을 할 때는 아니지 않아? 문제는 핵심은 그게 아니잖아.

"그렇긴 하지."

태영이 고개를 끄덕이며 입가에 묻은 피를 쓸어내렸다.

그러나 입가만 닦는다고 될 일은 아니었다.

그 아래, 왼쪽 어깨를 덮은 갑옷은 이음새가 '패왕의 뼈 갑주'라는 이름이 무색할 정도로 덜렁대고 있었고, 그 주위는 온통 피로 물들어 있었다.

단 한 번.

방금 그리모어가 말한 것처럼 태영에게만 장애물이 되는 기계 탓에 피할 틈이 없어져 정면으로 충돌한 결과였다.

─충돌했다기보다는…….

"뭐가 됐든!"

태영도 당하기만 한 건 아니었다.

아니, 전투 자체는 태영이 압도! 한 방 맞는 전까지 십여 번의 검격을 먹여 주었다.

게다가 건물 위에서 화려한 불꽃놀이를 보여 주는 카자드와 마법사만큼은 아니라도 태영 역시 일단 마법 사용자.

그 검격에 얼음과 화염 마법 콤보를 더해 먹여 주기도 했다.

쿠콰콰콰─!

갈라진 벽을 허물어뜨리며 나오는 키메라의 한쪽 다리가

검게 그을려 있는 이유다.

그리고 그게 그리모어가 말한 문제의 핵심이다.

-빌어먹을, 정말 욕 나오게 하는군.

딱 그런 느낌이니까.

마법검 콤보는 파괴력만 놓고 얘기하면 태영이 가진 기술을 최강!

본 드래곤의 뼈마저 부술 정도였고, 그 위력은 이번에도 그때도 고스란히 발휘됐다.

놈의 종아리 부분을 1미터 넘게 날려 버린 것이다.

그러나 말했듯이 지금 놈의 다리에는 그을린 자국만 남아 있을 뿐이었다.

아니, 그마저도 두어 걸음 내딛는 사이에 사라졌다.

기능적으로도 문제가 없어 보였다.

콰콰콰콰! 퍼펑-!

그 다리로 20여 미터에 달하는 몸을 도약하고, 내리꽂히며 지면을 함몰시키고 있으니까.

"라이트 웨이브!"

이에 태영은 몸을 날리며 다시 검기 방출!

물결처럼 퍼져 나가는 검기에 놈의 옆구리에 세 줄기의 상처가 만들어졌다.

그러나 곧바로 다시 봉합.

몸을 돌린 놈이 다시 달려들 때는 이미 흔적도 보이지 않았다.

퍼펑-!

그리고 다시 터져 올라오는 흙기둥!

-젠장, 뭐든 정도가 있어야지! 난 저런 미친 회복력을 가진 놈이 있다는 말은 들어 본 적도 없다고! 대체 어디서 저런 놈이 튀어나온 거야? 감옥에서 몰려나온 놈들도 회복 속도가 빠르기는 했지만, 저건 해도 너무하잖아!

"거기서 튀어나온 거지."

태영이 비처럼 쏟아지는 흙더미 사이를 굴러나오며 대답했다.

그리고 몸을 일으키는 것과 동시에 '차지 대시'를 연발해 거리를 벌리며 말을 이었다.

"카자드도 말했잖아. 놈은 키메라지만, 자연적으로 만들어진 몬스터의 혼종은 아니라고. 만들어진 놈이라는 말이야. 그래서 감옥에 갇혀 있던 놈들도 비정상적인 회복력을 가지고 있던 거고."

-뭐? 그럼…….

"놈들은 그 과정에서 생긴 부산물에 불과하다는 말이야. 아마 저놈이 그 결과물일 테고. 결국, 근본은 같다는 말이지."

-미친!! 그럼 대체 몇 마리나 뭉개 넣었다는 거야?

아마 '마리'보다는 '명'으로 세야겠지만 어쨌든.

중요한 건 몇 놈을 갈아 넣었는지가 아니라 그 결과로 얻은 놈의 능력, 어떤 대미지를 입어도 바로 재생해 버리는 회복력이다.

심지어 한참 전부터 그리모어를 '절망의 낫'으로 바꿔 놓고 있는데도 말이다.

-아니, 그보다! 그래서 이제 어쩔 거야? 언제까지나 도망만 다닐 수도 없겠지만, 공격해 봤자 소용도 없잖아! 저 자식, 사실상 무적 아니냐고!

그러나 태영은 단호하게 고개를 저었다.

"세상에 무적 같은 건 없어. 저놈이 감옥에 있던 놈들의 집합체라면 더. 하다못해 다른 곳보다 회복이 느린 부분이라도 있을 거야."

태영이 불편한 낫을 들고 모양 빠지게 이리저리 굴러다니면서도 어차피 통하지도 않을 공격을 계속 이어 온 이유가 바로 그런 믿음 때문이었다.

그러나…….

-그런 건 나도 알아! 하지만 없었잖아! 저 자식의 머리부터 발끝까지 한 방씩 다 먹여 봤지만, 다 똑같이 회복했잖아!

"그래, 삽질이었지."

태영이 대답처럼 결과적으로 삽질이었다.

그러나 그게 태영의 믿음이 깨졌다는 의미는 아니었다.

"조금 전에 알았거든. 굳이 그럴 필요가 없었다는 걸 말이

야. 아까 못 봤어? 놈에게 맞았던 어깨의 상처…… 아니, 이
제 없어졌군."

 ─ 아직 상처가 보이는데 없어지기는 뭐가 없어져? 멍만 좀 가셨
구먼.

"그거야."

 ─ 그거라니? 뭐가?

"네가 멍이라고 한 거. 나도 처음에는 욱신거릴 뿐이라서
멍이라고 생각했지만, 그게 아니었어."

 ─ 무슨 말인지 모르겠군. 얻어맞은 곳이 시커멓게 변했는데 멍
이 아니라면…… 어? 아니, 잠깐? 그럼 혹시…….

움찔하는 그리모어의 목소리에 태영이 입꼬리를 말아 올
리며 끄덕였다.

"그래, 마기다."

태영이 한 방 맞고 알아낸 게 이거다.

 ─ 마, 마기라니? 방금 주인이 그랬잖아! 저놈은 감옥에 있던 놈
들을 반죽해서 만든 놈이라고! 그런데 어째서…….

"그게 핵심이지."

태영이 아는 한 마기를 가진 존재는 노월 왕국에서 나타
난, 아니 나타나다가 다시 들어간 마인뿐이다.

애초에 태영이 놈들을 마인이라고 부르게 된 이유가 그 때
문이니까.

즉, 놈들이 인간과 닮은 존재라 그렇게 부르게 된 게 아니

라는 말이다. 그리고 실제로, 과거 태영이 본 마인은 모두 다른 형태를 하고 있었다.

그러나 놈이 마인일 리는 없다.

'마인은 마기 덩어리 그 자체. 놈들이 뿜어내는 마기는 맞고 나서야 알아차릴 정도가 아니다. 노월 왕국에서 고작 팔하나만 내밀었을 때도 발동하던 검은 마도서가 아무런 반응도 보이지 않는 것도 그래서겠지. 뭣보다 놈이 진짜 마인이라면…….'

크와아아아! 콰쾅-!

저렇게 성난 포효를 질러 대면서도 번번이 맨땅만 퍼 올리고 있지는 않을 것이다.

그렇다면 답은 하나!

"마인도 아닌 놈에게 마기가 있다면 생각할 수 있는 건 하나밖에 없어. 저놈은 마인과 관련된 뭔가를 핵으로 삼아 결합돼 있다는 말이다."

-그럼…….

"할 일도 하나밖에 없다는 말이지."

다시 주위를 휩쓰는 발을 피해 물러난 태영이 살짝 자세를 낮추며 대답했다.

"그리모어, 검!"

그리고 그리모어가 검으로 바뀌는 순간!

쾅-!

세차게 내디딘 발아래로 흙기둥을 뿜어 올리며 뻗어 나갔다.

내내 멀찍이 도망치며 검기만 날려 대던 태영이 먼저 돌진해 오자 되레 놈이 움찔하며 멈춰 섰지만, 그것도 잠시.

콰쾅─!

바로 그 위로 발을 내리찍었다.

그러나 그때 태영은 이미 치솟는 흙기둥을 지나가고 있었다. 그리고 놈의 배 아래를 가로질러 뒷다리를 밟으며 위로!

촤촤촤촤─!

그 궤적을 따라 놈의 다리가 쩍 벌어지며 피가 폭포수처럼 쏟아져 내렸다.

그러나 그 역시 잠깐이었다.

태영이 갈라 놓은 상처는 마치 지퍼를 올리듯이 다시 빠르게 봉합되었다.

그사이 위로 올라와 등줄기를 타고 달리는 태영의 뒤로 갈라지는 상처도 마찬가지였다.

그러나 그런 건 아무래도 상관없는 일이다.

팡! 팡! 팡!

놈의 몸 위를 질주하는 진짜 이유는 바로 이것!

태영이 발을 내디딜 때마다 그 아래에서 물결처럼 퍼지는 빛, '라이트 웹'이다.

그 빛으로 놈의 몸을 훑으며 어깨 아래쪽까지 왔을 때!

'……여기다!'

확실하게 느낄 수 있었다.

놈의 등으로 스며드는 빛의 파장에, 그 안 어딘가에 박혀 있는 이물질의 존재를.

그리하여 바로 집도 시작!

"그리모어, 도끼!"

위이이잉! 콰직! 퍼펑-!

양손 도끼로 내리찍자 놈의 몸이 들썩이며 한쪽으로 확 기울어졌다.

그리고 그대로 뒤집히며 등을 바닥에 붙인 채로 거칠게 비비대기 시작했다.

그러나 태영은 그 직전에 대기를 밟으며 위로!

-딱 등에 붙은 벌레를 떼어 내려는 개새끼 같은 모양새군. 뭐 저놈 입장에서는 확실히 벌레 정도로밖에는 보이지 않겠지만, 좀 곤란해진 건가?

"딱히."

10여 미터 높이에서 몸을 돌리며 놈을 내려다보았다.

"어디로 가든 목적지에 도착하기만 하면 되는 거니까. 그리모어, 와일드 오러!"

콰지지지-!

그리고 대기를 폭발시키며 낙하!

폭발하듯이 뿜어져 올라오는 '와일드 오러'에 휩싸인 도끼로 놈의 가슴을 내리찍었다.

그리고 거기에 더해지는 도끼의 이펙트 스킬 '충격'!

펑! 푸화아아아─!

피와 살점이 터져 오르며 놈의 가슴이 웅덩이처럼 벌어졌다.

그러나 깊이는 불과 1미터.

그마저도 우물처럼 차오르는 피와 함께 빠르게 복구되기 시작했다.

그러나 대처 방법도 없이 일을 벌였을 리가 없다.

"청영!"

그런 비상식적인 회복력을 가진 놈이라 청영의 '깃털 폭풍' 따위는 아무런 의미도 없었지만, 청영의 공격 수단이 그것만 있는 게 아니니까

삐이이이! 번쩍─!

위에서 내리꽂힌 청영이 태영의 등으로 흡수되는 것과 동시에 거대한 형체가 버둥대는 키메라를 밟은 자세로 떠올랐다.

바로 태영이 입은 '패왕의 뼈 갑주'의 본래 주인, 본 드래곤이었다.

그리고 긴 목을 아래로 향하며 태영이 뚫어 놓은 놈의 가슴에 머리를 들이밀었을 때!

푸화아아아─!

그 아가리 사이에서 시커먼 사기의 브레스가 뿜어져 나왔다.

크아아아-!

키메라가 괴성을 터뜨리며 격렬하게 몸을 흔들었다.

그 몸속에서 벌어지는 장면은 더 격렬했다.

놈의 벌어진 가슴 속으로 쏟아져 들어가는 시커먼 기류는 드래곤마저 언데드로 만들어 버릴 정도로 강한 저주의 결정체!

사기의 브레스는 놈의 몸을 마치 밀랍처럼 엄청난 속도로 녹이며 파고들어 갔다.

그러나 다음 순간, 그 속도는 급격히 떨어졌다.

-칫, 위치가 안 좋았나?

본 드래곤은 위에서 브레스를 내리꽂는 상황.

그 탓에 웅덩이처럼 파인 놈의 가슴 속에 액화한 살점이 그대로 고여 브레스를 막는 보호막 같은 역할을 해 주기 시작해서다.

게다가 '잠재된 영혼의 힘'으로 불러낸 본 드래곤은 시간제.

빠르게 약해지는 사기의 브레스와 함께 점점 흐려지던 본 드래곤이 사라졌을 때.

콰쾅-!

버둥대던 놈의 다리가 바닥에 내리찍었다.

그리고 거칠게 지면을 긁어 대며 다시 몸을 일으키기 시작했다.

놈의 몸 아래로 브레스에 의해 한층 넓어진 놈의 가슴으로 액화한 살점이 콸콸 쏟아졌다.

그 안쪽은 수 미터 넓이의 공간이 뚫려 있었다.

그러나 태영이 뚫어 놓은 상처 속에 본 드래곤의 브레스를 불어 넣은 결과라기에는 부족한 감이 있었고, 그마저도 점액질 같은 살점이 뒤엉키며 빠르게 복구되고 있었다.

크르르르.

그리고 위협적인 울음을 흘리며 태영을 돌아보는 세 개의 머리!

-젠장! 본 드래곤이 뿜어낸 게 그때와 같은 위력의 브레스였다면 저 자식도 저따위 건방진 눈으로 쳐다보고 있지는 못했겠지만…… 인스턴트 본 드래곤만으로는 안 되는 건가?

"꼭 그렇지도 않아."

놈을 피해 물러난 태영이 몸을 돌리며 중얼거렸다.

"아무 효과가 없었다면 네 말대로 놈이 건방진 눈으로 보고만 있을 리가 없으니까."

-뭐? 그럼…….

"움직이지 않는 게 아니라 못하는 거라는 말이지."

크와아아! 콰쾅-!

그때 바로 앞에 놈의 발이 내리꽂혔다.

그리고 지면을 들어 엎듯이 바닥을 긁으며 뻗어왔다.

－잘만 움직이잖아!

"그래, 움직이는군. 하지만 반응 속도나 움직임은 확실히 이전보다 느려졌어. 즉, 아무리 놈이라도 그 정도로 파괴된 몸을 재생하며 멀쩡할 때와 같은 힘과 속도로 움직이지는 못한다는 말이다. 이 정도는 놈의 사정 범위 안이라도 얼마든지 피할 수 있어."

－하지만 피한다고 어떻게 되는 것도 아니잖아! 저 속도면 1분도 안 돼서 회복될 거 아니야! 그럼 놈의 속도도 이전처럼 빨라질 테고, 주인의 공격도 바로 재생해 버리니 아무런 의미도 없잖아!

"아니, 이걸로 충분해."

사방으로 흩어지는 흙더미를 뚫고 들어온 태영이 고개를 들어 올리며 대답했다.

그 위에서 들썩대는 놈의 가슴에 뚫린 구멍은 이미 반 이상 회복되어 있었고, 남은 공간에도 끊임없이 흘러나오는 점액질이 차오르고 있었다.

순간 태영의 입술이 바짝 추켜져 올라갔다.

"네 말대로 청영의 힘으로 불러낸 본 드래곤의 브레스는 이전보다 약해진 건 사실이지만, 단점만 있는 건 아니니까. 청영!"

삐이이이－!

그리고 청영의 울음과 함께 태영의 갑옷 위로 떠 오르는 본 드래곤!

단점만 있는 게 아니라는 말의 의미가 이것이다.

태영과 싸울 때의 본 드래곤은 한 번 브레스를 뿜은 뒤에 다시 충전할 때까지 10여 분이나 걸렸다.

그러나 지금은 굳이 그럴 필요가 없었다.

청영의 '잠재된 영혼의 힘'은 연속으로 2회까지 발동할 수 있는 기술! 즉, 100% 충전 상태라면 본 드래곤의 브레스도 바로 재사용이 가능하다는 말이다.

게다가 말했듯이 지금 놈은 움직임도 느려진 상태.

놈의 몸 아래에서 솟아 나온 본 드래곤의 머리는 확대되는 몸에 떠밀리듯이 치솟아 올라가 다시 가슴의 상처에 쑤셔 박혔다.

푸화아아악-!

그 속에서 뿜어지는 사기의 브레스!

아물어져 가던 놈의 상처를 다시 녹여 버렸다.

게다가 이전과 달리 지금 놈의 배는 아래를 향해 있는 상황! 액화한 살점이 바로 아래로 쏟아지며 이전보다 몇 배나 빠르게 공간이 벌어졌다.

그러나 거기까지.

정점을 찍고 점차 약해지는 브레스의 기세와 함께 본 드래곤의 몸도 점차 희미해지기 시작했다.

그리고 무수한 빛무리로 변해 흩어졌을 때.

그 아래로 키메라의 몸이 떨어졌다.

"청영, 물러나라!"

삐익! 콰콰─!

그리고 그대로 소리치는 태영을 깔아뭉갰다.

그러나 그때 이미 놈의 가슴에는 수 미터 되는 구멍이 뚫려 있는 상태였고, 태영은 놈의 몸이 떨어지는 것과 동시에 그 구멍으로 돌입!

콰쾅! 콰콰콰콰─!

놈이 발광하듯이 배를 바닥에 비비대 봤자 헛짓거리에 불과했다.

그러나 놈의 배 속도 안전지대라고는 할 수 없었다.

격렬하게 흔들리는 놈의 몸에 휩쓸려 살점에 부딪힐 때마다 곳곳에 점액질이 달라붙었고, 바로 살로 변하며 태영의 몸을 덮어 갔다.

─이 자식…… 이대로 주인을 흡수해 버리겠다는 건가?

"누구 맘대로! 마력 폭발!"

펑─!

태영이 황급히 '마력 폭발'을 발동했다.

동시에 몸에 넓인 점액질이 터지듯 떨어져 나갔지만, 잠깐이었다.

자극을 받아서인지 꿈틀대는 상처 사이에서 더 많은 점액질이 쏟아져 나와 되레 사태는 더 악화할 뿐이었다.

－젠장! 무슨 콧물도 아니고…… 안 되겠어! 주인이 왜 놈의 몸속으로 들어왔는지는 알겠지만, 더는 무리야! 이대로 움직이지도 못하게 되기 전에 탈출해야 해!

"그럴 수는 없어! 놈의 핵은 바로 앞이야! 지금 포기하고 나가면 다시 이 거리까지 파고들 방법은 없어!"

－그럼 뭐든 해 보든가! 이대로는…… 욱! 뭐, 뭐야? 이런 젠장! 나까지…… 욱! 욱! 싫다고! 이런 놈의 몸속에 파묻히기는!

그리모어가 살점에 파묻혀 가며 소리쳤다.

물론 그리모어만이 아니었다.

이미 태영의 발은 발목까지 차오른 살점에 묻혀 움직이지 않았고, 팔도 마치 촉수처럼 휘감긴 핏줄에 당겨져 움직여지지 않았다.

－큭! 이미 늦…… 아니, 아니야! 아직 방법은 있어! 주인, 마력 폭발이다! 아직 공간은 충분히 있으니 마력 폭발로 잠깐만 떼어 내도 탈출할 기회는 있어!

그러나 그리모어의 말대로 아직 기회는 있었다.

단, 그리모어와 달리 태영은 그 기회를 밖으로 나가 다시 이전처럼 무의미한 전투를 계속하는 데 쓸 생각이 없었다.

'놈의 몸속에서 이런 골 때리는 상황이 될 줄은 나도 예상하지 못했지만…….'

이런 상황이 되고 나서야 새삼 깨닫게 되어서다.

뭐든 배워 두면 언젠가는 쓸데가 있다는 지극히 상식적인 교훈을 말이다.

얼마 전 '엘더 슬레이어'가 3레벨로 올라 습득한 두 가지 스킬 '집광'과 '분광'도 마찬가지다.

'집광'과 '분광'은 그 이름처럼 빛을 모아 공격력으로 바꿔 방출하는, 기본적으로는 '마력 폭발'과 다를 게 없는 스킬이었다.

물론 엘더 슬레이어, 그것도 레벨 3이 돼서 배운 스킬인 만큼 위력은 '마력 폭발'과 비교할 수 없었다.

'그게 지금 같은 상황을 상정해 만들어진 스킬은 아니겠지만, 뭐든 쓰기 나름! 분광의 힘이면 이 정도쯤은 문제가 아니다!'

그러나 아무 때나 사용할 수 있는 '마력 폭발'과 달리 '분광'은 '집광', 즉 그 전에 태양광을 충전해야 사용할 수 있었다.

그만큼 시간이 걸리고, 그마저도 밤에는 사용할 수 없다는 말이다.

그러나 이가 없으면 잇몸!

조금 전 '파마의 랜턴'을 발동시켰음에도 밝아지는 기미조차 보이지 않는 이유가 그 때문이다.

모두 빨려 들어가고 있어서다.

-주인! 어이, 주인! 젠장, 얼굴까지 살점에 덮여서 이제 대답도 못 하는 거냐? 아니, 잠깐? 그럼 숨도 못 쉴 거 아니야? 주인! 어

이, 주인! 괜찮은 거냐?

그리모어의 말처럼 얼굴이 점액질로 덮여 가는 태영이 눈을 감고 집중하는 '집광'에 의해, 이렇게 소리치는 그리모어 속으로 말이다.

'……분광!'

그리고 태영의 머릿속에서 떠오르던 단어가 이렇게 바뀌는 순간!

위이이잉! 콰콰콰콰―!

그리모어에서 거대한 빛의 폭발이 일어났다.

아니, 폭발로 보였지만, 떨어져 나가는 점액질 사이로 드러나는 태영의 눈에는 명확히 보였다.

그리모어에서 실타래처럼 퍼져 나오는 무수한 빛줄기!

수천수만 줄기의 빛이 살점을 태우는 것이다.

이에 엉겨 붙던 살점의 속도가 급속도로 떨어지며 가닥가닥 끊겨져 나가기 시작했고, 점액질은 순식간에 말라붙어 가루로 변해 흩어졌다.

그리고 그 빛에 떠밀리듯이 처음 들어왔을 때부터 넓게 벌어지는 살점!

"지금이다! 그리모어, 절망의 낫!"

―……어? 어! 나, 낫!

화들짝 놀라는 목소리와 함께 그리모어가 '절망의 낫'으로 변형되었다.

콰지지직! 푸확-!

거대한 칼날이 살점을 가르며 파고들어 갔다.

말라붙은 표면에 새로운 상처가 생기자 그 안에서 다시 점 액질이 뿜어져 나왔다.

그러나 그 양도, 엉키는 속도도 확연하게 느려져 있었다.

'분광'의 영향인지, 그저 회복 속도를 저하하는 '절망의 낫' 의 이펙트 스킬 탓인지는 모르겠지만, 딱히 어느 쪽인지는 상관없다.

크와아아아-!

내부까지 울리는 괴성을 질러 대는 키메라의 발광도 의미 없다.

태영의 의식은 오직 한 점!

팡-!

살점을 가르며 내딛는 발에서 퍼지는 '라이트 웹'에 잡히는 이물질에 집중되어 있었다.

'다 왔어! 바로 앞이다! 거리는 불과 1미터!'

"분광!"

그리고 다시 낫을 박아 넣으며 빛을 뿜었을 때.

쭉 갈라지는 살점 너머로 수 미터 넓이의 또 다른 공간이 나타났다. 그리고 마치 촉수처럼 사방에서 뻗어 나온 살점에 뒤덮인 채 떠 있는 검은 두개골!

-그래, 주인의 말대로야. 이제 나도 확실히 느껴지는군. 저 두

개골에서 흘러나오는 이 기분 나쁜 감각은 분명 노월 왕성에서 날 뛰던 거대 가오리의 등을 뚫고 나왔던 팔이 뿜어내던 기운과 같아.

저게…….

"이놈의 핵이다!"

태영이 좁아지는 살점 사이에서 몸을 날리며 낫을 휘둘렀다.

쩡-!

그리고 두개골이 갈라지는 순간!

-아니, 이 몸이 밥이지!

그리모어의 말대로 두개골에서 터지듯 검은 기운이 뿜어져 나왔고, 태영이 휘두르는 낫에 갈가리 찢기며 빨려 들어갔다.

-그리모어가 [타락한 피의 종족의 잔영]을 흡수했습니다.

-[타락한 피의 종족의 잔영]을 흡수한 영향으로 마(魔) 속성의 힘이 증가했습니다.

-그리모어의 영격(靈格)이 30만큼 상승했습니다.

이어 태영의 눈앞으로 메시지가 떠올랐을 때였다.

쩡-!

돌연 그리모어를 움켜쥔 태영의 손에서 파열음이 터져 나왔다.

동시에 가방이 들썩이며 한 권의 책이 솟아 올라왔다.

검은 표지의 책은 바로 디비니티.

노월 왕국에서 마인이 나타났을 때도 지금처럼 '순환의 반지'에 반응해 자동으로 발동해 태영을 도왔던 마도서였다.

-인제 와서 뭔 뒷북이야?

그리고 확실히, 그리모어의 말처럼 뒷북이라는 생각밖에 들지 않았지만, 이유 없이 나온 것은 아니었다.

촤라라락! 촤촤촤촤—!

거칠게 넘어가는 책장 사이에서 시커먼 팔이 솟아 나왔다.

그리고 태영이 갈라 놓은 두개골을 움켜쥐고 다시 책 속으로 빨려 들어갔을 때.

우득! 우득! 와드드득!

책장 사이에서 섬뜩한 뼈 소리가 흘러나왔다.

디비니티가 닫히고, 그 표지의 모퉁이를 따라 마치 장식 같은 뼈가 떠오른 건 그다음이었다.

-[순환의 반지]가 업그레이드되었습니다.

-[순환의 반지]로 인한 마력 상승이 30%로 상향되었습니다.

-[순환의 반지]의 이펙트 스킬 [오픈 북]이 Lv.2로 상향되었습니다.

-[오픈 북]의 레벨이 상승함에 따라 강한 마기를 감지할 때 발동되는 '디비니티'에 기록된 Lv.2의 마법이 해금되었습니다. 이후 '디비니티'는

상황에 따라 Lv.1과 Lv.2의 마법 중 하나를 선택해 발동됩니다.

 -뭐, 뭐야? 그럼 이 녀석도…… 마인을 먹고 성장한다는 말이
야?

그리모어가 황당한 목소리로 중얼거렸다.

그러나 그렇게 물어본들, 태영도 '디비니티'에 대해서는
아는 게 없으므로 대답해 줄 말도 없었고, 그럴 처지도 아니
었다.

말했듯이 그 두개골은 키메라의 핵.

태영이 두개골을 갈라 놓는 것과 동시에 살점이 쩍쩍 갈
라지며 무너지기 시작해서다.

물론 그렇다고 딱히 문제라고 할 만한 일은 아니었다.

이제 그딴 건 그저 살덩이.

그리모어를 다시 검으로 바꾼 태영은 단숨에 그 중심을 뚫
고 밖으로 솟아 올라왔다.

그리고…….

본의 아닌 동행

삐이이이-!

밖으로 나오자 청영이 날아왔다.

태영이 살짝 고개를 끄덕여 주고 시선을 돌리자 그리모어
의 목소리가 들려왔다.

-뭐랄까, 꽤 안쓰러운 모양새로군.

"뭐 이렇게 되겠지."

그 앞에서는 키메라의 몸이 쏟아지고 있었다.

마치 오븐에 들어간 초콜릿처럼 끈적하게 변해 흘러내렸
고, 그 사이로 드러나는 뼈대도 맥없이 분리되며 주저앉
았다.

-종합 평가 레벨이 상승했습니다!

　-종합 평가 레벨이 상승했습니다…….

　그 앞으로 엔딩 롤처럼 떠오르는 메시지.
　-그 와중에도 줄 건 다 주니 따지고 싶지는 않지만, 여유로웠다고 해야 할지 아슬아슬했다고 해야 할지 모르겠군.
　"확실한 건 끔찍했다는 거지. 너는 모르겠지만 이 녀석, 악취가 장난이 아니라고. 하지만…… 아직 그런 말을 할 때는 아니지."
　태영이 건물 위쪽으로 고개를 돌리며 대답했을 때였다.
　퍼퍼퍼펑-!
　어둠 속에서 연이어 폭발이 일어났다.
　폭죽처럼 흩어지는 불길 사이로 두 줄기의 빛이 가로지르고 있었다.
　아니, 정확히 말하면 두 줄기의 빛이 먼저다.
　두 빛은 눈으로 따라잡기도 힘든 속도로 밤하늘을 가로지르고 있었고, 폭발은 그 궤적을 따라 터져 나오고 있었다.
　물론 모든 폭발이 그런 건 아니었다.
　때로는 그 앞에서도 터져 나왔고, 어떨 때는 전혀 다른 방향에서도 터져 나왔다.
　그러나 그런 폭발도 곧 다른 곳에서 뿜어져 올라오는 불이나 얼음, 혹은 뇌전과 연결되어 급격히 세를 불리며 일대를 휩쓸었다.

위아래에서 동시에.

콰콰콰콰—!

그리고 한데 뒤엉키며 폭발!

서로의 몸을 갉아 대듯이 무수한 불길과 얼음 파편, 스파크를 일으키며 사라졌다.

그리고 그 중심에서 일어난 또 다른 폭발과 함께 공멸!

"커헉!"

비명이 터져 나온 건 그때였다.

"마, 말도 안 돼. 한낱 인간 따위가 어떻게 이런 마력을……."

뿌옇게 피어오르는 안개 아래로 떨어지다가 우뚝 멈춰서 당혹감에 물든 얼굴을 들어 올리는 사람은 자줏빛 로브의 사내였다.

"마치 본인은 인간이 아닌 것처럼 말하는군."

"나는……."

"인간이지. 어쭙잖은 힘 탓에, 어쭙잖은 착각에 사로잡힌. 나를 아는 사람들이 종종 착각하고는 하는데, 나는 인간을 싫어하지 않아. 되레 꽤 좋아하는 편이지. 하지만 뭐든 그렇듯이 항상 예외는 있는 법이고, 내 경우에는 너 같은 놈들이 거기에 해당한다고 할 수 있지."

카자드가 그 앞으로 천천히 내려오며 대답했다.

그 모습이 결과를 대변해 주었다.

그를 바라보는 사내, 서드는 넝마처럼 찢어진 로브 곳곳이 피로 물들어 있었다.

그러나 카자드는 처음 그대로. 조금 숨이 거칠어져 있었지만, 여전히 여유로운 얼굴이었고, 복장 역시 소매 끝이 약간 그을려 있을 뿐 말끔한 정복 차림이었다.

"대체 네놈은 뭐냐?"

"마법사치고는 머리가 둔한 편인 모양이군."

"뭐?"

"내가 누구인지는 네게 아무런 의미도 없는 일이다. 그보다 지금 네가 해야 할 일은 주제 파악이지. 자기가 어떤 존재인지도 제대로 모르고 죽는 것만큼 허망한 일도 없으니까. 여러모로 꽤 함량 미달이다 싶지만, 너도 일단은 마법사. 같은 마도를 추구하는 사람으로서 가능하면 그 전에 깨달아 주기를 바랐지만……."

카자드가 슬쩍 아래로 시선을 돌렸다.

동시에 서드의 눈도 아래로 향했고, 그 눈이 불안하게 흔들렸다.

반쯤 허물어진 건물 옆에서 흘러내리는 점액질의 정체가 뭔지 알고 있었고, 왜 그렇게 됐는지도 이해할 수 있었기 때문이다.

"키메라가……."

"더는 시간을 들일 수 없을 것 같군. 네가 말한 키메라라는 건 아무래도 상관없지만, 그 옆에 있는 사람이 오해하게 만들고 싶지는 않으니까 말이야."

이어지는 말에 떠듬대던 서드가 움찔하며 다시 카자드를 돌아보았다.

"마치 봐주고 있었다는 말처럼 들리는군."

"들켰군."

카자드가 피식 웃으며 대답했다.

"그래도 너무 낙담할 필요는 없다. 말했듯이 너도 인간이고, 인간은 사람마다 제 그릇이라는 게 있는 법이니까. 그리고……."

"닥쳐라!"

서드가 와락 얼굴을 일그러뜨리며 소리쳤다.

순간 그의 손 앞에서 엄청난 속도로 마법 술식이 구축되기 시작했다.

동시에 그 앞으로 같은 형상의 마법 술식이 떠올랐고, 또! 또! 또! 마치 복사되듯이 다섯 장의 술식이 연이어 떠올랐다.

"설사 네놈이 정말 봐주고 있었다고 하더라도! 그 오만함이 네놈이 죽는 이유가 될 것이다!"

그리고 거친 고함과 함께 서드가 그 술식을 앞으로 향하는 순간!

"사람 말을 끝까지 들어야지."

카자드가 피식 웃으며 고개를 저었다.

"낙담할 필요가 없다고 말한 이유가 그래서다. 적어도 그 수준에서는 꽤 노력하는 편이라는 것 정도는 나도 인정하니까. 그렇게 볼썽사나운 몰골이 되는 와중에도 그런 걸 준비할 정도로 말이야. 아니, 그런 걸 준비하느라 그런 몰골이 됐다고 해야 하나? 그런 점에서 보면 전혀 주제 파악을 못하고 있었다고 말할 수는 없겠지만, 기왕 할 거면 상대도 좀 봐야지. 나라고 놀고만 있을 리가 없지 않나?"

그러나 서드는 카자드를 보고 있지 않았다.

"이, 이럴 수가……."

그의 눈이 향한 건 자신의 몸 주위에 떠 있는 네 개의 빛이었다.

좀 전까지는 보지 못한 것이다.

그리고 지금도 옅은 빛을 뿜으며 떠 있을 뿐이지만, 그의 눈에는 보였다.

그 빛에서 깨알처럼 작은 빛이 흘러나오고 있었다.

주먹 크기도 안 되는 빛에서 나오는 것이라고는 믿어지지 않을 정도로 많은 빛은 바로 마법 술식이었다.

그리고 분해하고 있었다. 아니, 지워 버리고 있었다.

서드가 온몸이 넝마로 변하는 동안에도 조금씩 마력을 떼어 내 비장의 카드로 구축해 온 마법 술식을, 이해할 수 없는 속도로 말이다.

"서, 설마 너는……."

그리고 불신에 찬 서드의 얼굴에 경악으로 물들었을 때.

펑-!

남아 있던 술식이 터져 날아갔다.

그리고 유리처럼 깨져 쏟아지는 빛 조각을 뚫고 나오는 손!

"컥!"

"내가 듣고 싶은 건 그런 게 아니다."

숨 막히는 비명을 터뜨리는 서드의 목을 움켜쥔 건 카자드였다.

서드의 얼굴이 창백해졌다.

그리고 그때, 충격에 휩싸인 채 흔들리는 서드의 눈에 무수한 생각이 스쳐 지나갔고, 다시 카자드의 얼굴에 초점이 맞춰지자 놀랍도록 빠르게 가라앉았다.

"퍼스트의…… 혜안은 놀랍군."

"퍼스트? 이름부터가 대가리 같은 느낌이 팍팍 드는군. 일단 거기부터 시작하도록 하지."

"……들을 수 있으리라고 생각하나?"

"물론, 네놈들은 조금만 건드려도 펑펑 터져 버리는 민감한 대가리를 가지고 있는 것 같지만, 그런 건 이미 경험해 봤으니까. 그리고 항상 그렇듯이 경험만큼 좋은 선생은 없는 법이지. 같은 실수를 하지 않는……."

피식 웃으며 대답하던 카자드가 움찔하며 미간을 찌푸렸다.

"……없군."

"물론 없지. 나는 네가 경험해 봤다는 놈들과는 위치가 다르니까."

대신 서드의 얼굴에 웃음이 번졌다.

"그래, 이제 알겠군. 네가 정말 나를 봐주고 있었고, 왜 그랬는지도 말이야. 덕분에 나도 네 말대로 주제 파악을 하게 됐다. 하지만 나도 내 말을 철회할 생각은 없다."

파직!

서드의 말과 함께 그 목에 걸린 목걸이의 보석이 깨져 나갔다.

이에 카자드가 움찔하며 물러날 때.

촤촤촤촤!

흩어지는 파편 속에서 십여 줄기의 쇠사슬이 뿜어져 카자드의 몸을 휘감았다.

"큭! 이건……."

"그게 뭔지는 네가 더 알겠지. 그러니 다시 말해 주마. 너는 그 오만함 탓에 죽게 될 것이다. 아니, 사라지게 된다는 말이 더 적합하겠지. 방금 말한 대로 나는 이제 주제 파악을 한 덕에 너를 죽일 수 없다는 것을 알게 됐으니까."

히죽 웃는 서드의 머리 위로 검은 구체가 떠 올랐다.

파지지지-!

그리고 스파크를 일으키며 점차 커지기 시작했다.

쩌쩡-!

그때 카자드를 휘감은 쇠사슬 중 하나가 파열음을 울리며 터져 나갔다.

순간 서드의 얼굴에서 웃음이 사라졌다.

"어떻게…… 그건…….”

"말했을 텐데? 네가 뭘 하든 상대를 봐 가면서 해야 한다고 말이야.”

쩌쩡-!

카자드의 말과 함께 다시 쇠사슬 하나가 터져 나갔다.

그러나 정작 카자드의 얼굴에는 여유가 없었다.

아직 그 몸에는 여덟 개의 쇠사슬이 휘감겨 있었고, 그러는 사이 서드의 머리 위로 떠 오른 검은 구체는 한층 빠른 속도로 커지고 있었다.

"그런다고 달라질 건 없다! 네가 그만한 힘을 가지고 있다면 더더욱! 대업을 위해 여기서 사라져 줘야 한다!”

팡! 팡! 팡!

결연한 표정으로 소리치는 서드의 뒤로 짧은 폭발음이 들려온 건 그때였다.

대기를 밟으며 날아오는 태영이었다.

그리고 서드가 움찔하며 고개를 돌리는 순간!

"시끄러운 놈이군."

텅-!

그 머리가 허공으로 치솟아 올라갔다.

그리고 휑해진 목 위에서 그 뒤를 따르듯이 핏줄기가 뿜어져 올라왔을 때, 여러 상황이 동시에 펼쳐졌다.

파지지지! 퍼펑-!

그 시작은 서드의 머리 위에서 커지던 검은 구체의 폭발이었다.

순간 피를 뿜어 올리던 서드의 몸이 덜컥대며 구체 속으로 빨려 들어갔고, 쇠사슬로 연결된 카자드도 와락 당겨졌다.

이에 태영은 다시 발아래로 마력을 폭발시키며 회전!

"안 돼! 그만둬! 떨어져!"

"뭔 소리인지는 모르겠지만, 할 말이 있으면 나중에 듣지. 그리모어, 와일드 오러!"

콰지지지-!

쇠사슬을 향해 뻗어 나가며 격렬한 오러를 뿜어 올리는 그리모어를 휘둘렀다.

아니, 휘두르려는 찰나.

구체가 폭발한 곳에서 시커먼 어둠이 확 퍼져 나왔다.

그리고, 모든 것이 사라졌다.

삐이이이-!

그 앞에서 울음을 터뜨리며 날아오던 청영도, 그 너머로 보이던 무너진 건물도, 심지어 중력마저 사라져 어디가 위고 어디가 아래인지조차 구분할 수가 없었다.

그리고 휩쓸려 가기 시작했다.

아니, 그런 느낌이 들 뿐, 실제로 어디로 이동하고 있는지조차 알 수 없었다.

"갑자기 이게 무슨…… 여기는……."

"공간의 틈입니다."

그때 바로 뒤에서 카자드의 목소리가 들려왔다.

그리고 태영이 고개를 돌렸을 때.

쩌쩌쩌쩡-!

폭음이 울리며 카자드의 몸에 감겨 있던 쇠사슬이 일제히 터져 나갔다.

그러나 카자드는 여전히 어두운 얼굴로 한숨을 불었다.

"실수했군요, 저도, 공왕님도."

"그건 좀 더 들어 보고 생각해 보지. 방금 그 말은 뭐지?"

"말 그대로입니다. 그 서드라는 자가 만들던 건 일종의 차원 포탈입니다. 단, 출구가 없는 불완전한 포탈이죠. 하지만 마법적으로 보면 가장 완전한 마법이라고 해야 할지도 모르겠군요. 어떤 존재든 가둘 수 있으니까. 하지만……."

"하지만?"

"차원 포탈은 마법으로 만들 수 있는 게 아닙니다. 디멘션 던전처럼 대부분 차원의 엇갈림으로 만들어지는 일종의 자연재해에 가깝죠. 물론 인위적으로 만드는 방법이 없는 것도 아니지만, 상당한 시간과 노력이 필요한 일입니다. 그에 필요한 재료도 있어야 하고요. 놈들이 마인이라는 존재를 아무 때나 불러내지 못하는 것처럼 말입니다. 그런데 불완전하다고 해도 차원 포탈을……."

"지금 할 말은 그런 게 아니잖아! 하지만이라며? 방금 그 대목에서 하지만으로 시작하는 얘기라면 당연히 여기를 나가는 방법에 관한 얘기가 나와야 하는 거 아니야!"

"그런 방법이 있으면 그런 말이나 하고 있지 않았겠죠."

카자드가 쓴웃음을 지으며 말했다.

"출구를……."

"만들 수 없습니다. 이유는 앞서 말한 바와 같고요."

"하지만 여긴 공간의 틈이라고 했잖아. 바꿔 말하면 공간과 연결되어 있다는 말이고, 우리는 방금 들어왔어. 즉, 여기 어딘가에 우리가 있던 공간이 있다는 뜻! 놈과 같은 방법은 아니라도 뭔가 다시 차원을 열 방법이 있을 거 아니야!"

"차원에 대한 이해가 부족하군요. 뭐 무리도 아니라고 생각합니다만…… 말하지 않았습니까? 여긴 무의 공간이라고. 이곳에 시간과 공간의 개념 따위는……."

－뭐라는 거야?

태영도 모르겠다. 그리고 또, 알고 싶지도 않다.

"내가 강의나 들으려고 한 말 같아?"

"저도 강의나 할 생각은 없습니다. 말 몇 마디로 이해시킬 수 있으리라는 기대도 하지 않고 말입니다."

"그럼 그딴 말은 집어치우고……."

울컥한 얼굴로 카자드를 째리며 말하던 태영이 움찔하며 입을 다물었다.

삐이이이-!

귓가에 익숙한 울음이 들려온 건 그때였다.

"……청영?"

-응? 청영이라니? 뭔 소리야? 여기서 갑자기 청영은 왜 찾아?

"왜 찾냐니? 방금 들었잖아."

-뭘?

"못 들었다는 거야?"

-그러니까, 대체 뭘 들었냐고 묻는지도 모르겠다만?

그리모어가 심드렁한 목소리로 대꾸했다.

이에 태영은 카자드를 돌아봤지만, 그 역시 어깨를 으쓱이며 고개를 저을 뿐이었다.

-애초에 여기는 공간의 틈인가 뭔가 하는, 다른 차원이라며? 갑자기 눈앞이 깜깜해져서 주인이 이곳에 들어올 때의 상황은 나도 제대로 보지는 못했지만, 주인이 그 서드라는 놈을 해치우러 가기 전에 청영은 다른 병사들 쪽으로 보냈었잖아. 만약 정말 주인이 청영의 울음을 들었다면…….

"둘 중 하나지."

태영이 미간을 좁히며 그리모어의 말을 끊었다.

"하나는 놈이 만든 포탈이라는 게 폭주해 청영이나 다른 병사들까지 몽땅 이곳으로 쓸려 들어왔을 때."

"무슨 말을 하고 있는지는 모르겠습니다만, 그럴 확률은 없습니다."

그때 물끄러미 바라보던 카자드가 고개를 저었다.

"아까도 말했듯이 차원의 균열은 일종의 자연재해, 인간이 범접할 수 없는 영역의 힘이 작용한 결과입니다. 그럼에도 일정 시간, 그것도 수많은 우연이 겹쳐졌을 때야 겨우 잠깐 발생하고 사라지는 건 그 이상의 복원력이 작용해서입니다. 하물며 인간이 만들어 낸 균열이 그런 복원력을 상회하는 힘을 발휘해 폭주한다니, 우연이라도 그런 일이 발생할 확률이 존재한다면 세계 따위는 이미 수십 번은 더 멸망했을 겁니다."

─하! 아는 게 많아서 좋겠네. 그렇게 아는 게 많은 놈이 왜 이런 곳에서 둥둥 떠다니고 있는지 몰라.

태영도 같은 말을 해 주고 싶었다.

그러나 마법이나 공간에 대한 지식은 카자드가 '조금' 더 아는 건 태영도 인정하는지라 반론을 제기할 생각은 들지 않았다.

어차피 말발로도 안 되겠지만, 태영이 기대하는 것도 그쪽이 아니니까.

"그럼 답은 하나밖에 없겠군. 아직 놈이 만든 포탈이 없어지지 않고 유지되고 있는 것."

─환청이었다는 생각은 안 하는 거냐?

그런 생각은 안 한다.

그리모어나 카자드가 어떤 반응을 보이든 태영은 똑똑히 들었으니까.

사실 그 외에는 달리 매달릴 곳도 없었지만 어쨌든.

그렇다면 할 일은 하나!

"이쪽이다!"

몸을 돌린 태영은 바로 '에어 워크'를 발동!

팡! 팡! 팡!

발아래로 마력을 폭발시키며 섬광처럼 날아갔다.

그러나 날아가는 건 의욕뿐이었다.

태영도 '에어 워크'를 사용해 보고 나서야 알게 됐지만, 이 공간은 애초에 대기라는 게 존재하지 않았다.

그래도 숨이 막힌다는 느낌은 들지 않지만, 애초에 그런 생각을 하기 전까지는 숨을 쉰다는 자각조차 없었다.

그러나 딱히 중요한 게 아니니 넘어가고 어쨌든, 중요한 건 발아래로 뿜어내는 마력이 제대로 모이지 않고 흩어진다는 것이다.

퐁! 퐁! 퐁!

그 탓에 태영의 생각과 달리 실제로 발아래에서 터지는 폭발은 이 정도.

당연히 속도가 날 리가 없었다.

게다가 중력도 없어서 중심조차 잡을 수 없었고, 온통 어둠뿐이라 중심을 잃은 몸이 한번 회전하자 방향도 구분할 수가 없어졌다.

턱-!

"여러모로 의심스럽기는 하지만, 달리 할 일도 없으니 한 번 가 보죠."

그때 태영과 달리 매끈하게 날아온 카자드가 뒷덜미를 움켜쥐며 말했고, 그대로 쏜살같이 어둠을 가로지르며 날아갔다.

-뭔가…….

부유 마법을 배워야겠다는 생각이 들었다.

뭐 그것도 의욕만 가지고 있다고 되는 일은 아니지만 어쨌든, 그렇게 카자드에게 뒷덜미를 잡힌 모양 빠지는 폼으로 어둠을 가로지를 때였다.

"호오, 이건…….."

카자드가 눈매를 좁히며 중얼거렸다.

그 앞에는 마치 떠 있는 것처럼 균열 형태의 옅은 빛이 떠올라 있었다.

카자드의 손에 대롱대롱 매달린 태영이 히죽 웃으며 말

했다.

"말했잖아. 확실히 들렸다고 말이야."

"그렇게 말하기는 했지만, 이해하기 힘들군요. 정말 공왕님이 그 매의 울음을 들었다면, 결국 이 너머에서 들려왔다는 말인데…… 설사 아직 입구가 유지되고 있더라도 밖과 이곳은 다른 차원입니다. 그런데 어떻게……."

"청영과 내 유대관계가 그만큼 깊다는 말이지. 뭐 경이 유대관계라는 단어를 알고 있는지도 모르겠지만, 어쨌든 여기에 그 증거가 있잖아."

"흠……."

카자드의 미간은 한층 더 좁아졌다.

"뭐야? 그 찜찜한 표정은? 아직 뭐가 부족해?"

"아닙니다. 뭐 이것저것 걸리는 게 많긴 하지만, 우연히든 아니든 이 공간에서 균열을 찾았다는 것 자체가 기적 같은 일이니 선택의 여지는 없겠죠."

"그럼 일단 이것부터 놔주지? 저 너머에서 기다리는 예쁜 내 새끼에게 이런 모양 빠지는 장면을 보여 주고 싶지는 않으니까."

카자드의 손에서 떨어져 나온 태영이 균열을 돌아보며 히죽 웃었다.

"나도 경의 말에 이것저것 걸리는 게 많기는 하지만, 그런 건 일단 밖으로 나가서 얘기하도록 하지."

그리고 망설임 없이 균열 속으로 돌입!

"그러죠."

카자드도 고개를 끄덕이며 뒤따라 들어왔다.

그리고…….

삐이이이-!

청영이 밤하늘을 가로지르며 울음을 터뜨렸다.

그 아래에서는 수백 명의 병사가 그 모습을 바라보고 있었다.

워트와 리디아, 젬을 중심으로 모여 있는 발테아르의 병사들과 흑철 기사단, 그리고 울란과 드미트리, 에단이 이끄는 제국의 기사들이었다.

"대체 무슨 일이……."

그들의 얼굴은 모두 당혹감에 물들어 있었다.

그들이 수감동의 괴물을 처리하고 이곳으로 뛰어온 건 몇 분 전, 태영이 녹아내리는 키메라를 뚫고 나왔을 때였다.

그리고 그때, 반대쪽 하늘에서 카자드가 쇠사슬에 휘감기는 장면도 목격했다.

"카자드 경이……."

"그만큼 상대하는 쪽도 보통 마법사가 아니라는 말이

겠지. 물론 공왕님이 해치운 것으로 보이는 저 점액질 같은 놈도. 지금 보이는 것만으로는 대체 그사이에 여기서 무슨 일이 있었는지는 상상하기 힘들지만, 적어도 여기는 애초에 우리가 나설 자리가 없었던 것 같군. 그때도 그랬겠지만, 지금도."

그러나 별다른 대응은 없었다.

그때 그들의 눈은 대기를 밟으며 그곳으로 날아가는 태영을 좇고 있었고, 그들의 머릿속에서는 그 뒤에 벌어질 일이 선명하게 떠오르고 있었기 때문이다.

그동안 태영이 보여 준 모습이 있으니까.

그리고 모두의 예상대로, 그 끝에서는 여지없이 핏줄기가 치솟아 올라왔다.

예상치 못했던 일이 벌어진 건 그다음이었다.

돌연 마법사 위에 떠 있던 검은 구체가 폭발하듯이 커지며 둘을 삼켜 버린 것이다.

그리고 그 모든 것이 한순간에 사라졌다.

급격히 수축한 검은 구체와 함께 태영과 카자드도, 흔적조차 보이지 않고 말이다.

"레온 님! 레온 공왕님!"

드미트리가 황급히 통신기에 들어 올렸지만, 신호조차 잡히지 않았다.

"어떻게 된 거지?"

"두 분은 어디로 간 거야?"

"혹시 방금 그 이상한 마법에 당한 건……."

"그럴 리는 없어! 그 검은 구체가 터질 때도 이렇다 할 마력은 느껴지지 않았어! 뭣보다 다름 아닌 그 두 분이다! 공격 마법이었어도 그리 쉽게 당할 리가 없어! 아니, 설사 당했다고 해도 방금 본 것처럼 갑자기 흔적도 없이 사라진다는 건 말이 안 돼!"

"그럼 대체……."

술렁대던 병사들의 눈이 한쪽으로 향했다.

울란과 드미트리, 에단 측에 속해 있는 마법사들이었다.

이에 마법사들은 꽤 난감한 표정이 되었지만, 머리를 모아 나름의 답을 해 주었다.

"방금 폭발한 구체는 아무래도 공간 이동 마법 같습니다."

"공간 이동 마법?"

"궁지에 몰리자 탈출을 생각하고 만들던 것이겠죠. 하지만 완성 직전에 레온 공왕님께 당하는 바람에 마력이 폭주하게 됐고, 공격 마법이 아니니 공왕님과 카자드 경도 방어하지 못한 채 거기에 휩쓸려 날아가게 된 거고 말입니다."

"단지 공간 이동 마법에 휩쓸린 것뿐이라면 일단 두 분이 무사할 확률이 높다는 말이군. 그럼 마력의 흔적을 추적할 수 있나?"

그러나 이어지는 드미트리의 말에 곧 자신 없는 얼굴로 고개를 저었다.

"실은 이미 저와 몇몇 마법사가 두 분이 사라진 직후부터 시도하고 있었습니다. 하지만 전혀 마력의 흐름이 느껴지지 않습니다."

"그럴 수도 있나?"

"모르겠습니다. 방금 말씀드린 것처럼 그게 공간 이동 마법이라고 한 것도 정황상 그렇다는 것뿐이지, 그런 형태의 공간 이동 마법은 저희도 본 적이 없습니다. 그러니……."

"빌어먹을!"

드미트리가 와락 인상을 찌푸리며 몸을 돌렸다.

그러나 마법사의 멱살을 잡고 흔들어 댄다고 더 나은 대답이 나올 리가 없었고, 그러고 있을 때도 아니었다.

"일단 주변을 수색한다! 마법사의 말처럼 좀 전의 상황으로 보면 두 분은 폭주하는 공간 이동 마법에 휩쓸렸을 확률이 가장 높다! 하지만 완성되지 못한 마법이라면 멀리 이동하지는 않았을 터! 두 분이 상처를 입어 연락하지 못하고 있을지도 모른다! 지붕 위든, 구석이든, 한 곳도 남기지 말고 샅샅이 훑어라!"

이에 드미트리가 소리쳤을 때였다.

"그만둬라."

병사들 사이에서 한 사내가 나오며 말했다.

"워, 워트 님?"

"역시 알고 있었군. 뭐 이런 가면으로 숨길 수 있으리라고는 나도 기대하지 않았지만, 이제 장난 따위는 집어치우지."

거친 동작으로 한쪽이 덜렁대는 가면을 벗어 던지는 사내는 워트였다.

"그런데 방금 그만두라는 말씀은……."

"말 그대로다."

"하지만 레온 공왕님과 카자드 경이 그리 쉽게 당했을 리가 없습니다!"

"당연하지! 그걸 말이라고 하나! 카자드 경은 어떨지 몰라도 레온은…… 레온이 고작 불발탄 같은 마법 따위에 어떻게 될 리가 없잖아!"

"그럼 왜……."

"레온은 이곳에 없어."

워트가 드미트리의 말을 끊으며 고개를 들어 올렸다.

"만약 레온이 여기, 아니 이 주변 어딘가에 있다면 청영이 저러고 있을 리가 없으니까. 적어도 이 근방에는 없다는 말이다. 그러니……."

워트가 다시 시선을 내리며 한숨처럼 중얼거렸다.

"지금 우리가 할 일은 있지도 않은 레온과 카자드를 찾는 일이 아니다. 일단 최대한 빨리 이 시설에 있는 자료를 확보한 뒤에 퇴각한다."

"퇴, 퇴각요? 이대로 말입니까?"

"몇 번을 말해야 알아듣겠나? 청영이 찾지 못한다면……."

"저도 공왕님과 저 매의 관계는 대강 알고 있습니다. 그러니 워트 님이 무슨 말을 하시는지도 알고 있고, 또 왜 그런 말을 하는지도 알고 있습니다. 하지만 공왕님과 카자드 경이 어디로 이동했는지 단서조차 잡지 못하고 퇴각한다는 건……."

"드미트리!"

그때 에단이 와락 드미트리의 어깨를 잡아채며 소리쳤다.

드미트리가 움찔하며 시선을 돌리자 에단이 씁쓸한 얼굴로 고개를 저으며 눈짓을 보냈다.

그 눈길 끝에서 워트의 주먹이 꽉 움켜쥔 채 가늘게 떨리고 있었다.

그리고 드미트리의 눈이 다시 워트의 얼굴로 향했을 때.

"경이 나의 친우를 걱정하는 마음은 고맙게 받아들이겠다. 하지만 나는 경이 걱정하는 마음 이상으로 내 친우를 믿는다. 그러니 지금 내가 할 일은 친우를 걱정하는 일이 아니다. 그가 내게 발테아르의 병사를 맡긴 건 이럴 때 걱정해주기를 바라서가 아닐 테니까. 지금 우리가 해야 할 일이 뭔지는 경도 알고 있을 테고 말이야."

"알겠습니다."

짧지만 묵직한 목소리에 드미트리가 고개를 끄덕였다.

"하지만 수인족이 걱정이군요. 저렇게 충성심이 깊은 자들이 공왕님의 생사조차 확인하지 못하고 돌아간다는 말을 따를지…….”

“무슨 말을 하는 거냐? 돌아가기는 어디를 돌아간다는 말이냐?”

“네?”

“뭔가 착각하는 모양이군. 난 여기서 퇴각한다고 했지, 중앙대륙으로 돌아간다는 말을 한 적은 없다. 아니, 못 돌아가지. 뭐 다른 사람도 아닌 레온이니 분명 어디에선가 히죽대며 나타나겠지만, 일단 여러모로 찜찜하게 사라진 건 사실이니까. 경 말대로 수인족은 물론 뱀파이어와 워 울프 일족이 이대로 돌아갈 리가 없고, 나도 그럴 생각은 없어.”

“그럼…….”

“물론 찾는다. 이 근방은 아니라도 레온이 아예 다른 대륙으로 날아갔을 리는 없으니까. 서방 대륙을 몽땅 뒤집어엎어서라도. 그래서 최대한 빨리 퇴각해야 한다는 거다. 머지않아 이곳으로 적의 지원군이 올 터. 이런 상황에서 놈들과 싸워서 좋을 것도 없고, 레온을 찾는 범위를 서방 대륙 전역으로 확대하려면 이제부터 뭘 해야 할지는 바로 답이 나오니까. 이번 원정은 생각보다 길어질 거라는 말이지.”

“하지만 이번 원정의 목적은 제국 내에 숨어 있는 놈들을 찾아내기 위한 거 아닙니까? 레온 님을 찾는 걸 반대할 생각은 없지만, 그렇게 되면 여기서 단서를 찾아도…….”

“알 바냐.”

워트가 툭 던지듯 대답했다.

그리고 잠시 황당한 표정을 짓는 드미트리를 바라보다가 피식 웃으며 고개를 돌렸다.

"……그런 건 어떻게든 돼."

삐이이이-!

그 위에서 청영이 울음을 터뜨리고 있었다.

"차원의 벽마저 뛰어넘는 깊은 유대관계라…….."

카자드가 차분한 목소리로 읊조리듯이 중얼대며 태영을 돌아보았다.

"그만하지."

"아직 별말 하지 않았습니다만?"

"그러니까 됐다고. 무슨 말을 하고 싶어 하는지 그 얼굴이 다 쓰여 있으니까."

태영이 썩은 표정으로 대꾸했다.

공간의 틈에서 찾아낸 균열로 들어오자마자 알게 됐기 때문이다.

한순간 시야를 덮은 강렬한 빛이 지나간 뒤에 둘의 눈 앞에 펼쳐진 것은 사막이었다.

그것도 그냥 평범한 사막이 아니었다.

마치 타 버리고 남은 재처럼 잿빛 모래로 뒤덮인 사막이
었다.

그러나 더 결정적인 건 머리 위.

하늘에는 두 개의 태양이 떠 있었고, 그 주위에는 여러 개
의 부서진 행성의 파편처럼 보이는 물체가 마치 달처럼 떠다
니고 있었다.

덕분에 답은 바로 나왔다.

"일단 저희가 기대했던 세계는 아닌 모양이군요."

카자드처럼 진지한 눈으로 주위를 꼼꼼히 훑어보고, 진지
한 표정으로 잠시 생각에 잠긴 뒤에야 떠올릴 만한 답도 아
니었다.

"그 매, 청영의 울음을 들었다고요?"

뭐 굳이 그런 연출을 보여 주는 이유는 결국 이런 말을 하
고 싶어서겠지만.

"좀……."

"아니, 이건 중요한 문제입니다."

태영의 썩은 표정에도 카자드는 여전히 진지한 표정으로
말을 이었다.

"어떤 이유인지는 둘째치고, 공간의 틈에 우연히 차원의
균열이 벌어지고, 우연히 그곳에 들어온 사람이, 우연히 그
균열을 찾을 확률이 얼마나 된다고 생각하십니까?"

"100%지."

태영이 툭 던지듯 대답했다.

"이미 벌어진 일이니까."

카자드가 쓴웃음을 지으며 끄덕였다.

"뭔가 공왕님의 사고방식이 이해될 것 같은 대답이군요. 뭐 됐습니다. 제가 기대했던 대답은 아닙니다만, 결론적으로는 다를 것도 없으니까. 하던 얘기를 마저 하자면 사실상 불가능, 숫자로 표현하면 소수점으로 '0'이 수십 개 이상은 붙어야 할 겁니다. 거기에 우연히 들린 환청으로 찾는다는 조건까지 더해진다면 '0'이 몇 개는 더 붙어야겠죠."

"하고 싶은 말이 뭔데?"

"저는 공왕님처럼 심플한 사고방식으로 답을 찾는 재주는 없지만, 결국 도달한 곳은 같다는 말이죠. 그런 '0'이 몇 개나 붙어야 하는지도 모를 기적 같은 일이 일어났다는 것보다는 일어날 만한 이유가 있어서 일어났다고 생각하는 편이 현실적이니까. 확률 100%. 우연이 아니라는 말이죠."

"그럼……."

태영이 눈매를 좁히자 카자드가 어깨를 으쓱였다.

"그다음은 공왕님의 차례죠. 청영이라는 매의 울음을 들었다며 이곳으로 이끈 사람은 공왕님이니까. 뭔가 짚이는 데가 없습니까?"

─어이, 주인. 청영이라면…….

이어지는 말에 그리모어가 뭔가 생각난 듯한 목소리로 중얼거렸다.

그리고 그 반응대로, 그렇게 말하면 태영 역시 짚이는 구석이 전혀 없다고는 할 수 없었다.

청영은 본래 이계의 존재.

과거 청영이 각성할 때 그 기억을 통해 본 청영의 세계도 이곳처럼 끝없는 황무지만이 펼쳐져 있었다.

그러나 이곳과 같은 곳은 아니었다.

더구나 지금 청영이 있는 곳은, 물론 그때 청영이 검은 구체에 휩쓸리지 않았다는 전제 하의 얘기이기는 하지만, 태영과 카자드가 있던 세계다.

설사 이곳이 청영이 있던 세계라도 여기서 울음이 들려올 이유는 없다는 말이다.

"모르겠군."

태영이 고개를 저으며 대답했다.

그러나 카자드는 딱히 실망하는 표정은 아니었다.

"그렇습니까?"

짧게 대답한 카자드는 잠시 생각하다가 다시 말을 이었다.

"그럼 다시 우연에 기대 보는 수밖에 없겠군요."

"무슨 말이지?"

"현재 우리는 여기가 어디인지도 모릅니다. 확실한 건 하나, 보시다시피 여기가 우리가 돌아가고자 하는 세계가 아니라는 것뿐이죠. 하지만……."

카자드가 고개를 들어 올렸다.

그 위에는 연한 초록빛으로 물들어 있는 하늘 한복판에 옅은 빛이 번져 있었다.

찢어진 듯한 형태로 떠 있는 빛, 태영과 카자드가 들어온 공간의 균열이다.

"다시 저 균열을 통해 공간의 틈으로 돌아가는 건 넌센스죠. 저는 무한한 세계가 겹쳐진 무한한 공간에서 우리의 세계로 돌아갈 또 다른 균열을 찾아내기를 바랄 정도로 낙천적인 사람이 되지 못하니까요. 그보다는 차라리 이 세계가 저희 세계와 접점이 있는 세계이기를 기대하는 편이 수백 배는 더 확률이 높을 겁니다."

"접점이라면…… 디멘션 던전을 말하는 건가?"

"디멘션 던전이 단순한 던전이 아니라는 건 알고 계신 모양이군요."

"뭐 나도 이래저래 경험이 꽤 많으니까."

"그럼 얘기가 빠르겠군요. 만약 여기가 우리 세계와 접점을 가진 디멘션 던전이라면……."

"특이점이 있겠지."

태영이 대답한 특이점이란 과거 태영이 블러드 폴에서 나올 때 유니콘으로 차원의 벽을 허물어 포탈을 만들었던 곳과 같은 장소.

즉, 두 차원이 맞닿아 경계가 희미해진 장소를 말하는 것이다.

그러나 한 가지 문제가 있었다.

설사 이곳이 본래 세계와 연결된 디멘션 던전이고, 특이점을 찾는다고 해도 본래 디멘션 던전은 특정 조건이 갖춰져야 열리는 곳.

통로는 노상 열려 있는 게 아니고, 청영이 없으니 그때처럼 유니콘을 불러내 뚫을 수도 없다는 점이다.

그때 카자드가 가벼운 목소리로 말을 이었다.

"저는 충분히 가능성이 있다고 생각합니다. 말씀드렸듯이 공왕님이 들었다는 매의 울음을 환청으로 치부할 수 없는 상황이니까. 그게 필연이라면 어떤 식으로든 이곳이 우리의 세계와 접점을 가지고 있다는 말이겠죠. 그리고 일단 특이점만 찾아내면 그 뒤는 제가 어떻게든 할 수 있을 겁니다."

"경이?"

"네, 그리 어려운 일도 아닙니다. 특이점은 그 자체가 방향성을 가지고 있으니까요. 차원이 벽만 허물면 통로는 저절로 만들어지죠."

"그 차원의 벽을 어떻게 허무느냐는 질문이었다만?"

"아, 그거야…… 한때 시간이 남아 결계 마법 쪽도 좀 공부한 적이 있어서 말입니다. 잠깐이라 자랑할 정도의 성취를 이루지는 못했지만, 응용할 수준까지는 배워 뒀죠. 예를 들면 방금 공왕님이 말씀하신 것처럼 특이점에 겹쳐져 약해진 차원의 벽을 허무는 결계 같은 거 말입니다. 막상 만들고 나니 꽤 시간이 걸리기에 귀찮아서 관뒀지만, 지금은 그런 걸 따질 때가 아니겠죠."

카자드가 지나가는 투로 대답했다.

─……왜 멜리나가 떠오르지?

태영도 같은 기분이었다.

'망할 천재 자식들!'

나아가 그 이유도 알고 있어 뭔가 울컥한 기분이 들었지만 어쨌든.

"그런 걸 술술 털어놔도 괜찮은 건가? 경에게 나는 그리 밝은 미래를 그려 나갈 상대로 생각되지는 않을 텐데?"

"사실입니다."

"바로 인정이냐?"

"부정할 일도 아니죠. 하지만 그게 꼭 제가 공왕님을 싫어한다는 의미는 아닙니다. 되레 어떤 부분에서는…… 아니, 그만두죠. 이 세계에 달랑 남자 둘만 있을지도 모르는 상황에서 할 얘기는 아닌 것 같으니까. 그게 핵심이기도 하고 말입니다. 전 어떻게든 이 상황에서 벗어나고 싶고, 공왕님도 그럴 거라는 것."

"오월동주인가?"

"그게 무슨 말인지는 모르겠습니다만……."

카자드가 태영의 말을 흘려넘기며 잿빛 사막에 걸쳐진 지평선을 주욱 훑어보았다.

"일단 당면한 문제는 어디로 가느냐군요."

"그건 내게 맡겨."

그때 태영이 씨익 웃으며 대답했다.

"경의 말처럼 우리의 미래가 어떻게 되든 지금은 같은 배를 탄 사이니까. 경이 그렇게 숨김없이 말하는 것처럼 나도 이럴 때 사용할 비장의 비기를 보여 주지."

"호오, 그건 방법이 있다는 말입니까?"

"물론이지. 단, 그게 100% 정확하다고 말할 수는 없겠지만."

"기준을 잡는 것만으로도 도움이 되겠죠."

"그럼 됐어."

태영이 빙긋 웃으며 발로 바닥의 모래를 밀어내 평평하게 만든 뒤에 검집 채 뽑아 든 그리모어를 그 위에 세워 놓았다.

그리고 잠시 정신을 집중하다가 손을 놓는 순간!

탁-!

그리모어가 한쪽으로 쓰러졌다.

"이쪽이다!"

그리모어를 집어 든 태영이 그 방향을 돌아보며 소리쳤다.

"……."

카자드는 말이 없었다.

뭔가 이해하려고 노력하는 표정으로 태영을 바라보다가,

곧 포기한 얼굴이 되었고, 그래도 혹시나 하는 표정으로 물어왔다.

"뭐랄까…… 저는 마력은 물론, 그 외에 어떤 다른 힘이 작용하는 것 같은 감각도 전혀 느끼지 못했습니다만……."

"없으니까."

"……그게 다라는 말이군요. 눈에 보이는 그대로, 검을 넘어뜨린 거."

"넘어뜨린 게 아니라, 넘어진 거지. 내가 목숨을 맡길 수 있는 유일한 존재인 내 검이 말이야."

－주인…….

태영의 말에 그리모어에서 낮은 목소리가 흘러나왔다.

그러나 딱히 감동하는 목소리는 아니었다.

굳이 이런 표현까지는 사용하고 싶지는 않지만 뭐랄까, 살짝 부끄러워하는 목소리였다.

그러나 그리모어나 카자드가 어떤 반응을 보이든!

"다른 방법이 있나?"

태영은 당당하기 짝이 없는 얼굴로 카자드를 돌아보며 되물었다.

"……없군요."

카자드가 피식 웃으며 고개를 끄덕였다.

"여기서 멍하니 저 괴상한 하늘만 바라보고 있을 수는 없고, 대안 없는 반대만큼 무의미한 짓도 없죠."

"내 말이 그 말이야."

태영도 피식 웃으며 몸을 돌렸다.

─뭔가…… 어째 워트나 미스트보다 더 죽이 잘 맞는 것 같은 느낌이 드는데?

착각이다.

일단 태영부터가 카자드와 죽을 맞출 생각이 없으니까.

그러나 한 가지만은 확실히 말할 수 있었다.

태영이 아는 한 카자드는 뒤통수를 칠 녀석은 아니었고, 그럴 걱정이 없는 동안에는 가장 믿을 수 있는 아군이라는 것.

"그럼 가자."

태영이 거침없이 뒤통수를 보이며 몸을 돌릴 수 있는 이유다.

가파른 절벽 위.

우거진 수풀 사이로 아래를 내려다보던 드미트리가 고개를 돌리며 말했다.

"아슬아슬했군요."

"그래, 놈들의 대응이 예상보다 느린 감은 있지만, 추격까지 고려해야 하는 우리 측에서는 여유롭다고 할 수는 없지."

"그보다 워트 님 얼굴 말입니다."

"응? 아, 이거 말인가?"

워트가 그제야 생각난 듯 얼굴을 문지르며 되물었다.

그 얼굴의 볼에는 긴 흉터가 그려져 있었다.

그 상처에 대해 말하자면, 원정군이 서방 대륙까지 넘어온 이유와 관련이 있었다.

이는 당연히 아르키네아 제국에 숨어 있는 세컨드 보이스의 비밀 기지와 관련된 정보 수집이었고, 그 정보를 제국에 전달하는 데까지가 하나의 임무다.

그러나 워트는 태영과 카자드를 찾기 전까지 중앙대륙으로 돌아갈 생각이 없었다.

물론 그렇다고 임무까지 내팽개친 건 아니었다.

'단지 정보를 전해 주는 것이라면……'

원정군이 다시 배를 타고 돌아가는 것보다 더 빠른 방법이 있었기 때문이다.

바로 태영이 남기고 간 청영이다.

이에 워트는 청영을 불러 대강의 상황을 설명해 주었고…….

삐잇! 삐! 부악-!

청영은 워트의 얼굴을 긁어 버렸다.

"상처는 얕지만, 조금만 더 이어졌으면 눈까지 상했을지도 모릅니다. 눈은 포션으로도 회복하기 힘들고 말입니다."

이렇게 위험천만한 상처를 만들어 놓으며 말이다.

그러나 워트는 피식 웃으며 고개를 저었다.

"그럴 일은 없어. 그럴 의도로 낸 상처도 아닐 테고."

"의도라고요?"

"그래, 청영은 사람 말을 알아들을 정도로 똑똑해."

"그건 저도 대강 알고 있습니다. 워트 님이 무슨 말을 하는지도 몰랐다면 그렇게 친밀하게 지내던 매가 갑자기 달려들어 그런 상처를 내지도 않았을 테니까요. 하지만 역시 매는 매, 말은 알아들어도 감정까지는 이해할 수는 없다는 말이겠죠."

"아니, 그 이상이다."

그때 워트가 청영의 발톱을 피하지 않은 이유다.

움찔하는 드미트리와 에단, 그리고 리디아를 제지하며 그저 묵묵히 청영을 바라봤고, 청영은 그제야 순순히 워트의 말에 따라 서신을 받아 들고 날아갔다.

"청영은…… 다짐을 받은 거다. 그토록 아끼는 주인의 일마저 뒤로하고 내 말을 따를 테니, 나도 레온을 찾겠다고 한 말에 책임을 지라고 말이야."

"설마 매가 그렇게까지……."

"이해하기 힘들겠지. 그 매와 오랫동안 함께해 보지 않은 사람은. 나도 이번 일을 겪고 나서야 제대로 이해하게 됐으니까."

"그럼 혹시 그 상처를 치료하지 않는 이유가 그겁니까?"

"물론, 말했듯이 이건 나와 청영이 나눈 맹세의 증표다. 그런 맹세를 포션 따위를 지우는 짓은 그라디오스 가문의 적자가 할 짓이 아니지. 이 상처는 레온을 찾은 뒤에 없어질 것이다."

그 첫 번째가 일단 적 지원군의 추격을 따돌리는 것.

어려운 일도 아니었다.

원정군은 제국과 노월 왕국, 발테아르 3국의 최정예.

흔적을 없애기 힘든 K-9 전차로 놈들을 유인하는 한편, 부대를 10여 단위로 쪼개 다른 방향으로 이동시키는 것으로 놈들의 추격을 따돌릴 수 있었다.

이때 K-9 전차를 미끼로 사용할 생각을 하게 된 건, 워트는 이곳에 오기 전까지 발테아르에 머물러 알고 있었기 때문이다.

-워트 님, 말씀하신 위치에 도착해 현재 해안을 따라 바다를 이동하고 있습니다.

K-9이 통신기로 전해져 오는 보고를 수행할 수 있는, 수륙양용 전차로 개조되어 있다는 사실을 말이다.

그리고 그렇게 흩어진 원정군이 모이는 곳은······.

"수고했다. 다른 부대에서 적에 대한 보고가 전해지면 바로 전달해 줄 테니 그때까지는 가능한 한 눈에 띄지 않는 경

로로 이동하라. 해당 위치에 도착하면 발테아르군이 대기하고 있을 것이다. 이후 본대와 합류하면 바로 루이너 왕국으로 진입한다."

적과 아군 사이

"얼마나 지난 거지?"

- 글쎄…….

"7시간 정도 지났습니다."

나란히 걷던 카자드가 슬쩍 고개를 돌리며 대답했다.

"하지만 시간이 흐른다는 느낌은 전혀 들지 않는군요. 그렇게 걸어왔는데도 눈에 보이는 건 조금도 변한 게 없으니 말입니다."

"방향을 잘못 잡은 것 같다는 말을 하고 싶은 건가?"

"딱히 그런 의도로 한 말은 아닙니다만, 굳이 그런 말씀을 하시는 건 확신이 없는 겁니까?"

"확신은 있지. 어느 쪽으로 갔든 상황이 크게 달라지지 않앉을 거라는 확신은."

"제 생각도 그렇습니다."

태영의 대답에 카자드가 피식 웃으며 끄덕였다.

"뭐가 됐든 일단 사막입니다. 7시간 걸은 것만으로 뭔가 달라지기를 바라기는 무리겠죠. 아니, 애초에 시간 개념이 있는지조차 모르겠군요. 태양의 위치가 처음 들어와서 본 것과 조금도 달라지지 않았습니다. 게다가 이미 눈치채셨는지 모르겠지만, 우리의 그림자도 없습니다. 태양이 두 개라도 한 방향에 모여 있는데 말입니다."

"그런 게 중요해?"

"중요한지는 모르겠지만, 이상한 일이기는 하죠. 이상한 일에는 항상 원인이 있는 법이고, 그런 걸 알아두는 게 어떤 도움이 될지는 모르는 일이죠."

─하! 청산유수로군.

당연하다.

마법사와 말싸움하지 말라는 말은 괜히 생긴 게 아니고, 카자드는 그런 마법사 열이 덤벼도 거뜬히 해치울 수 있는 마법사니까.

마법은 물론 말발로도.

그 말발 좋은 마법사가 계속 말을 이었다.

"지금 신경 써야 할 일은 얼마나 지났느냐가 아니라, 앞으로 더 얼마나 걸리느냐는 것이겠죠. 솔직히 말하면 과연 이게 시간을 들인다고 해결될 문제인지도 확신이 서지 않지만, 설사 해결된다고 해도 적은 시간이 걸리지는 않겠죠."

"음……."

"왜? 남겨진 원정군이 신경 쓰이십니까?"

"그런 걱정은 안 해. 그들은 적지 한복판에 떨어뜨려 놔도 제 앞가림 정도는 할 수 있는 정예들이고, 워트도 있으니까."

"마치 그 기사들보다 워트라는 사내 한 명을 더 믿는 것처럼 들리는군요. 제 눈에는 아직 가면을 쓰고 즐거워하는 나이로밖에 보이지 않던데 말입니다. 아, 물론 나쁜 의미는 아닙니다. 그러니까……."

"애써 적당히 붙일 말을 찾을 필요는 없어. 워트가 어떤 녀석인지는 내가 더 잘 아니까. 하지만 장담하지. 계속 그렇게만 생각하고 있으면 머지않아 뜨거운 맛을 보게 될 거라고 말이야."

"호오, 공왕님께서 그런 혜안까지 갖추고 계신 줄은 몰랐군요."

그런 혜안은 없다.

그냥 경험해 봐서 아는 거다.

빈정대듯이 말하는 카자드도 상상하지 못할 방법으로 겪은, 상상 이상의 경험으로 말이다.

"그래도 주변 왕국이 손을 내밀지 말지 고민하는 사이에

냉큼 버림받은 땅을 차지하고 버젓이 왕국으로 바꿔 놓은 분의 말씀이니 무시할 수 없겠군요. 참고하죠. 방금 말했듯이 저는 일단 뭐든 알아둬서 나쁠 게 없다고 생각하는 주의니까요. 뭐 그것도 다시 돌아갈 방법을 찾았을 때나 할 말이기는 합니다만."

그러나 태영도 이런 상황까지 겪어 보지는 못했다.

-일단 내용은 나쁜 말이 아닌 것 같은데, 그런 말을 이렇게 숨 쉬듯 자연스럽게 찜찜한 느낌으로 바꿔 말하는 것도 재주로군.

당장은 '그런 재주'를 가진 카자드라도 협력할 수밖에 없다는 말이다.

그리고 태영도 슬슬 몰려오는 피로와 함께 좀 더 좋은 협력 관계를 구축할 방법이 떠올랐다.

"그래도 시간을 조금이라도 줄여 볼 만한 방법이 없는 건 아니지. 넌 날 수 있잖아. 또 너 정도의 마력이면 날 태우고도 걷는 것보다 몇 배는 빠르게 날 수 있을 테고. 그럼 공간의 틈에서처럼……."

"거절하죠."

그러나 카자드는 싹둑 잘랐다.

"뭐 어때서?"

"뭐 어때서가 아니지 않습니까! 공왕님 정도 되는 사람이 정말 몰라서 그럽니까? 여기는 마력의 농도가 극단적이라고 해야 할 정도 낮지 않습니까! 마력은 그렇지 않아도 체력보다 회복이 느린데, 이런 곳에서 체력이 아깝다고 마력을 쓴다는 게 말이 됩니까? 게다가……."

퍼펑-!

그때 갑자기 태영과 카자드가 떠들어 대는 곳 바로 앞에서 모래 기둥이 터져 올라왔다.

크아아아-!

뒤이은 괴성과 함께 기어 나오는 건 전갈이었다.

물론 평범한 전갈은 아니었다.

10여 미터에 달하는 크기의 전갈이었고, 우수수 쏟아지는 잿빛 모래 사이로 드러나는 검붉은 갑각은 그 몸집만큼이나 두껍고 단단해 보였다.

움찔하며 몸을 돌린 카자드가 다시 말을 이은 건 그다음이었다.

"아무 일도 일어나지 않는다는 보장도 없죠."

"아무 일도 일어나지 않는 것보다는 차라리 이편이 나아!"

태영도 몸을 돌리며 소리쳤다.

그리고 놈이 휘두르는 집게발을 피해 물러나 그리모어를 움켜쥐었을 때!

"그렇게 생각하신다니 다행이군요."

카자드가 빙긋 웃으며 말했다.

태영의 뒤, 정확히는 뒤쪽의 10여 미터 높이에서 내려다보 며.

"……뭐 하냐?"

"말하지 않았습니까? 여긴 마력의 농도가 극단적으로 낮고, 앞으로 또 무슨 일이 일어날지도 모른다고 말입니다. 더구나 저는 공왕님과는 달리 마법을 빼면 시체나 다름없는 마법사. 마력을 아낄 필요가 있다는 말이죠."

"부유 마법도 꽤 마력 소모가 심한 마법으로 알고 있는데?"

"알아주시니 감사합니다. 네, 말씀하신 대로 공간의 틈에서 공왕님을 매달고 나느라 꽤 많은 마력을 소모해 버렸죠. 그래도 공격 마법을 펑펑 써 재끼지 않으면 그럭저럭 회복될 겁니다. 물론 공왕님이 그런 배려를 해 주시는 마음과 실력을 두루 갖춘 분이라고 믿어 의심치 않고 말입니다. 다시 말하지만, 만약을 대비해서 말입니다."

카자드가 밉살맞은 웃음을 떠올리며 대답했다.

- 저 망할 자식이……!

태영의 목으로 같은 말이 치밀어 올라왔다.

그러나 꾹 눌러 삼키며 몸을 돌렸다.

"틀린 말은 아니야."

- 뭐? 지금 그걸 말이라고 하는 거야? 히죽대는 저 자식의 면상을 봐! 놈이 입에서 무슨 말이 나오든 저 면상만으로도 이미 아웃이라고!

"나도 저 면상은 마음에 들지 않지만, 지금은 그보다 더

열 받게 하는 놈이 있잖아."

콰콰콰콰! 콰쾅-!

바로 집게발과 꼬리를 휘둘러 대는 전갈.

정확히는 카자드 쪽으로는 눈길도 주지 않고 태영에게'만' 휘둘러 대는 전갈이다.

간간이 꼬리에서 독처럼 보이는 액체까지 뿜어내는 걸 보면 대공(對空) 공격 능력이 없지도 않으면서 말이다.

-젠장, 정말이지 이놈이나 저놈이나, 우리가 만만해 보인다는 거냐?

"그럼 알게 해 줘야지."

몸을 굴린 태영이 낮은 자세로 그리모어를 움켜쥐며 대답했다.

푸확-!

그리고 찍어누르듯이 내디딘 발 뒤로 모래 기둥을 뿜어 올리며 돌진!

벌어졌던 전갈과의 거리를 단숨에 좁아졌다.

"타키온!"

동시에 놈의 갑각을 사선으로 가로지르는 검광!

칭! 콰지지직-!

그러나 그 궤적을 따라 튀어 오르는 건 피가 아닌 스파크였다.

이유는 두 가지다.

하나는 모랫바닥으로는 광속의 발도술 '타키온'의 위력이
제대로 발휘될 만한 속도를 낼 수 없다는 것.

다른 하나는 카자드와 같은 이유다.

마력을 아껴야 하는 건 태영도 마찬가지고, 소드 오러는
유난히 마력 소모가 많은 기술.

무턱대고 소드 오러를 100%까지 뽑어 댈 수는 없다는 말
이다.

─알아! 안다고! 하지만 아껴도 너무 아꼈잖아! 마력을 아끼겠다
고 티도 안 날 정도로 줄이면 어쩌자는 거야? 그 탓에 저놈도 맞은
티도 안 나잖아!

"안 나기는 왜 안 나? 봐, 제대로 파였잖아."

─그러니까 하는 말이잖아. 이 정도 오러로도 저렇게 됐으니까,
오러를 최대치로 발휘했으면 이딴 갑각쯤은 한 방에 쪼개 버렸을
거 아니야! 이딴 오러로 깔짝대는 것보다 차라리 그렇게 빨리 해치
우는 게 마력 소모가 더 적을지도 모르고! 당연히 보기도 그편이 낫
고! 주인도 이놈이나 저놈에게 알게 해 주겠다며?

"그래, 일리가 있어."

─그럼 이제라도…… 어? 뭐, 뭐 하는 거야?

그리모어가 당혹성을 터뜨렸다.

태영이 고개를 끄덕이며 모래를 휩쓸며 날아오는 꼬리를
텀블링하듯이 뛰어넘었을 때, 대답과 달리 오러가 커지기는
커녕 되레 미약하게 번져 있던 오러까지 사라졌기 때문이다.

–왜 오러를…….

"굳이 꼭 써야 할 필요도 없으니까."

–무슨 말을 하는 거야? 쥐똥만큼이지만, 오러를 쓴 공격도 버텨 내는 갑각에 뒤덮인 놈과 싸우며 오러를 쓸 필요가 없다니? 그럼 대체 어떻게 싸우겠다는 거야?

"이렇게."

태영이 허리를 펴고 성큼성큼 걸어가며 대답했다.

그때 커다란 먼지구름을 만들어 내며 회전한 놈이 그대로 집게발을 휘둘렀다.

그리고 태영과 충돌하는 순간!

콰직! 푸확–!

그리모어가 갑각을 뚫고 들어갔다.

그리고 그대로 집게발을 따라 밀려나던 태영이 뒤로 내디딘 발을 축으로 몸을 회전시키는 순간, 와자작 소리가 울리며 집게발이 퉁겨져 올라갔다.

반 토막 난 놈의 앞발이 상체를 숙이는 태영의 머리 위로 돌풍을 일으키며 지나가고…….

끄아아아아–!

놈이 비명을 터뜨리며 물러난 건 그다음이었다.

그러나 그때, 태영은 이미 놈을 따라붙고 있었다.

처음 놈에게 접근할 때처럼 성큼성큼 거침없는 걸음으로, 소드 오러도 뿜어내지 않는 그리모어를 들고 말이다.

그 위로 꼬리가 내리꽂혀도 마찬가지였다.

꼬리는 흐르듯 이동하는 태영의 옆에서 모래만 퍼 올릴 뿐이었다.

콰직! 푸확-!

그리고 이어지는 파열음과 함께 그대로 분리!

놈이 화들짝 놀라며 다시 꼬리를 들어 올렸지만, 이미 그 끝의 독침 부분은 꼬리와 분리되어 모래에 처박혀 있을 뿐이었다.

-……그렇군.

"그래, 이 정도는 이제 수선 떨 일도 아니라는 말이지. 나도 그동안 놀고만 있었던 건 아니니까."

-그야 나도 알지. 그리고 나름 뿌듯한 기분도 든다만, 한편으로는 좀 섭섭한…… 아니, 그렇게 말하기는 뭐하지만, 뭐랄까……

"애써 생각할 필요 없어. 내가 어디서 뭘 하든 청영과 함께 네가 내 가장 든든한 동반자라는 사실은 달라지지 않으니까."

그리모어의 목소리에 태영이 빙긋 웃으며 대답했다.

그럴 만한 여유가 있어서 그러는 것이다.

이미 모두 파악했으니까.

대여섯 번의 공격을 피하는 동안, 놈의 공격 궤도와 속도는 물론 타이밍까지 말이다.

그리고 지금의 태영은 방금 말한 것처럼 그동안 놀고만 있었던 게 아니라 그 정도만 파악해도 여유롭게 피할 수 있도록 단련된 몸!

뭐 그것도 놈이 태영보다 단조롭고, 느리고, 타이밍도 조잡해서 가능한 일이기는 하지만 어쨌든, 그런 공격은 불과 10센티미터 간격으로도 피할 수 있었다.

태영이 오러를 사용하지 않고도 놈의 몸을 썰어 댈 수 있는 이유가 그 때문이었다.

그 정도 간격으로 피할 수 있다는 건 공격을 피하면서도 놈의 약점, 갑각이 얇은 관절에 정확히 검을 박아 넣을 수 있다는 의미니까.

그리고 그게 '0식'의 핵심!

"이런 걸 카운터라고 할 수 있을지는 모르겠지만……."

푸확-! 푸확-!

가진 게 딱딱한 몸뚱이밖에 없는 놈은 공격할 때마다 토막토막 잘려 나갈 뿐이었다.

게다가 그게 모두 다리인지라 놈은 당연히 그때마다 속도는 더 하락!

그 탓에 다리는 더 짧아지는 악순환이 반복되었다.

"여기까지인 모양이군."

그리고 더는 들이밀 다리도 없어진 놈의 목덜미를 향해 검을 휘두를 때였다.

푸확-!

발아래에서 모래 기둥이 치솟아 올라왔다.

팡! 팡! 팡!

그러나 그때 태영은 이미 '에어 워크'를 밟으며 모래 기둥을 따라 뛰어오르고 있었다.

그리고 그 뒤를 쫓듯이 모래를 뚫고 솟구쳐 올라오는 전갈!

─이건…… 다른 놈이, 그것도 바로 아래에 숨어 있었던 건가? 하지만 좀 전까지는 아무 기척도…… 아니, 가만? 그리고 보니 이 놈이 나타날 때도…….

태영도 기척을 느끼지 못했다.

그리고 아마도 카자드 역시 느끼지 못했을 것이다.

태영이 카자드의 밉살스러운 웃음을 그냥 넘어간 이유가 그래서다. 그때 카자드가 말한 '만약'은 이런 상황을 의미하는 것으로 받아들였다.

그리고 그 예상이 정확하다면…….

퍼펑! 콰콰콰콰─!

태영을 따라 올라오는 놈의 머리에서 십여 개의 불덩이가 폭발한 건 그때였다.

끄아아아─!

불길에 휩싸인 놈의 머리에서 비명이 터져 나왔다.

─그럼 카자드는 처음 놈이 나타날 때 아무런 기척도 느껴지지 않아 다른 놈이 더 숨어 있을 때를 대비해 위에서 상황을 주시하고

있었다는 건가?

"아마도."

─그럼 결국 노리고 있었다는 말인데…… 뭐 그렇게 보면 저 자식도 별거 없군. 그러고도 주인이 썩썩 썰어 대던 놈조차 한 방에 해치우지 못하는 걸 보면 말이야.

"그건 좀 애매하군."

태영이 아래를 내려다보며 중얼거렸을 때였다.

활활 타오르는 머리를 모래에 비비대는 놈의 위에서 불길의 창이 떠오르고 있었다.

그때 놈도 그 창을 봤는지 황급히 바닥을 기며 도망치기 시작했다.

그러나 그 창은 그냥 허공에서 떠오른 게 아니었다.

놈의 머리를 뒤덮은 불길이 여러 줄기의 밧줄처럼 말려 올라가 만들어지는 창이었다.

그 불길의 밧줄은 놈이 아무리 멀리 도망쳐도 끊어지지 않았다.

그저 그만큼 길게 늘어나고 있을 뿐이었다.

마치 팽팽하게 당겨지는 시위처럼.

그리고 그 끝에서 뭉치는 불길이 완전한 창의 형태가 되는 순간 확 당겨지며 발사!

적에게 적중시킨 화염 마법의 힘을 다시 끌어모아 창으로 형태로 전환해 2차 공격을 가하는 친환경적인 마법, '스피어

오브 피닉스'다.

콰콰콰쾅!

그리고 그 위력은 보이는 그대로.

창을 날리는 불길의 밧줄이 시위라면 활대는 그 불길을 뿜어 올리는 놈의 머리!

빗나갈 리 없는 창은 놈의 머리를 관통하며 내리꽂혔고, 그대로 폭발을 일으키며 통째로 날려 버렸다.

─이건…… 이것대로 열 받는군.

"무슨 말인지는 알겠지만, 그럴 필요는 없어."

이어지는 그리모어의 말에 태영이 피식 웃으며 대답했다.

팡─!

그리고 몸을 아래로 향하며 대기를 폭파!

태영이 토막 낸 다리로 버둥대던 놈의 목과 머리 사이의 관절을 가르며 내리꽂혔다.

"나도 한 방에 처리하지 못해서 이러고 있던 게 아니니까."

그리고 떨어져 나가는 놈의 머리와 몸통 사이로 내려서며 말을 이었을 때였다.

펑! 펑! 펑!

주위에서 연이어 모래 기둥이 솟아 올라왔다.

순간 태영이 움찔했지만.

─또 놈들이……

"아무래도 그런 말이나 하고 있을 때도 아닌 것 같고 말이야."

– 확실히 여유를 부릴 때는 아닌 모양이군.

"그래, 하지만……."

비처럼 쏟아지는 모래 속에서 기어 나오는 전갈 떼를 돌아보는 태영의 입가에는 되레 웃음이 번지고 있었다.

"여유가 있을 때 아껴 두면 필요할 때 여유로워지는 법이지."

펑–!

동시에 태영의 발아래에서도 모래 기둥이 솟구쳐 올라왔다.

그리고, 계속 이어졌다.

그 앞에서 목의 관절 사이가 쩍 갈라지는 놈, 그 방향으로 몸을 돌리며 휘둘러 대는 앞발이 토막토막 잘려 나가며 곧 머리까지 날아가는 놈, 또 그 옆에서 움찔대던 놈까지.

더는 모랫바닥도 문제가 되지 않았다.

놈들은 많고, 검광이 번뜩일 때마다 그 몸에서 떨어져 나오는 다리는 더 많으니까.

그 몸과 다리를 밟으며 방향을 바꿔 가속을 더 하며 질주!

놈들도 그때마다 꼬리로 독액을 뿜어 대고 좌우로 집게발을 휘둘러 댔지만, 모래폭풍처럼 그사이를 가로지르는 섬광을 막을 수는 없었다.

그런 건 이미 처음 나타난 놈을 토막 낼 때 파악 완료!

게다가 그리모어의 소드 오러도 100%로 방출!

-크하! 그래, 이거지!

덕분에 그리모어도 속이 뻥 뚫린 목소리로 환호성을 터뜨렸고, 그 목소리처럼 놈들의 관절은 물론, 관절을 막는 감각도 뻥뻥 뚫려 나갈 뿐이었다.

그야말로 무인지경!

줄기는커녕 점차 가속하는 태영의 뒤로는 조각난 감각이 튀어 오를 뿐이었다.

그제야 놈들도 아니다 싶었는지 다시 모래를 퍼 올리며 바닥을 파고 들어가기 시작했다.

그러나 현명한 선택이라고 할 수는 없었다.

"평소라면 모르겠지만, 이런 곳에서 기척도 없이 접근할 수 있는 놈들을 놔줄 수는 없겠죠. 발밑까지 신경 쓸 정도로 여유로운 기분은 아니니까."

카자드가 그런 기분이기 때문이다.

놈들이 파고 들어가는 바닥이 용암처럼 녹아내리며 뿜어져 올라오는 이유가 말이다.

당연히 그곳으로 들이밀던 놈들의 대가리도 시뻘겋게 달아오르며 다시 튀어 올라올 수밖에 없었고…….

펑! 펑! 펑!

그대로 폭죽처럼 터져 나갔다.

그리고 그사이 남아 있던 놈들도 그리모어에 썩썩 절단.

10여 마리가 나왔지만, 되레 처음 나타난 한 마리를 상대할 때보다 빨리 정리되었다.

"흠……."

그리고 태영의 얼굴도 되레 한 마리를 처리했을 때보다 찜찜해졌다.

– 다 끝내 놓고 왜 그래?

"느껴지지 않아."

– 인제 와서 또 뭔 소리야? 놈들이 바로 밑에 숨어 있는데도 나타나기 전까지 나나 주인이 기척을 감지하지 못했다는 건 확실히 찜찜하기는 하지만 그런 건 아까…….

"기척을 말하는 게 아니야. 마소 말이야. 10마리가 넘는 놈들을 해치웠는데도 내 몸으로 마소가 흘러들어 오는 감각이 전혀 없어."

"그렇습니까?"

그때 카자드가 태영의 옆으로 내려오며 물었다.

"경은 느꼈다는 말인가?"

"아니, 저는 그런 걸 신경 쓰지 않은 지 오래돼서 말입니다. 마소나 레벨에 연연할 시기는 한참 전에 지나지 않았습니까. 저도 그렇지만, 공왕님도."

– 틀린 말은 아니지.

그리모어도 수긍하는 목소리로 말했다.

─그런데 같은 말이라도 저 자식이 말하니 되게 불쾌하군. 저 자
식이 문제인 거야, 내가 문제인 거야?

저 자식 쪽이 문제다.

태영 역시 같은 말이라도 저 자식이 말하니 되게 불쾌하니
까.

"어쨌든 공왕님의 말이 사실이라면……."

"사실이라면이 아니라 사실이야. 나는 너와 달리 아직 마
소나 레벨에 꽤 연연하고 있으니까."

태영은 그런 불쾌감을 주저 없이 드러내며 대꾸했다.

그리고 새삼 깨달았다.

"그렇군요. 그런 지위와 실력을 갖추고도 아직 그런 사소
한 데까지 신경 쓸 정도로 노력을 게을리하지 않는다니, 절
로 고개가 숙어지는군요. 저도 공왕님을 본받아 다시 초심으
로 돌아가야겠다는 생각이 듭니다."

그래 봤자 기분만 더 더러워질 뿐이라고 말이다.

그러나 다음 순간, 여유롭게 대답하던 카자드의 미간에도
주름이 잡혔다.

태영 때문이 아니다.

─저놈들이…….

그리모어가 말하는 저놈들, 전갈의 사체가 흩어지고 있었
기 때문이다.

태영이 갈라 놓고, 카자드가 태워 버린 부분부터, 잘게 부

서지며 쏟아져 내리더니 잿빛 모래와 섞여 곧 흔적도 없이 사라졌다.

묵묵히 지켜보던 카자드가 고개를 끄덕이며 중얼거렸다.

"저와 공왕님이 기척도 느끼지 못했던 이유가 저것 때문이었던 모양이군요. 마소가 없다는 건 마력도 없다는 의미. 상대의 마력으로 기척을 감지하는 데 익숙해진 우리가 느끼지 못했던 것도 무리는 아니죠. 게다가 저렇게 사라지는 모습을 보면…… 속단할 수는 없겠지만, 일단 우리가 알고 있는 평범한 몬스터는 아니라는 말이겠죠."

"평범한 몬스터가 아니라면 뭐지?"

"그건 저도 알 수 없죠. 보통 골렘, 그중에서도 모래를 매개로 만드는 샌드 골렘이 저런 식으로 부서지기는 합니다만, 문제는 마력조차 없다는 겁니다. 골렘도 마력 없이 만들 수 있는 게 아니니까요. 그 외에도 마찬가지입니다. 마력이 없는 몬스터도 알고 있고, 저렇게 사라지는 놈들도 알고 있지만, 둘을 합쳐 놓으면……."

"모르면 됐어."

"그냥 넘어가는 겁니까?"

"그럼? 좀 더 시간을 주면 답을 찾아낼 수 있겠어?"

"그건…… 아닐 것 같군요."

"그런데 뭐 하러 일부러 머리를 아프게 해? 고민해도 답이 나오지 않는 건 고민해서 찾을 수 있는 답이 아니라는 말이야. 그럼 몸으로 부딪쳐서 알아내는 편이 빠르다는 말이지. 그래도 알아내지 못하면 할 수 없고. 우리가 이곳의 몬스터에 대해 알아내려고 여기 있는 건 아니잖아."

"간단하군요."

"복잡하게 생각할 것도 없지."

툭툭 털어 내며 대답하는 태영의 말에 카자드의 얼굴에 쓴 웃음이 떠올랐다.

─……뭔가 이긴 기분이군.

그러나 그런 말을 할 만한 일도 아니었다.

그리고 태영도 고작 이런 사소한 말 몇 마리로 우쭐할 정도로 치졸한 성격은…… 상대에 따라 좀 달라지는지라 살짝 그런 기분이 느껴졌지만 어쨌든.

"앞일이 걱정되면 그런 것보다 일단 체력부터 챙기는 게 순서지. 그러니 나오지도 않을 답을 찾는 데 칼로리를 소비하는 짓은 그만둬. 이 세계의 몬스터가 다 저딴 놈들이라면 여기서는 식량을 구하지도 못한다는 말이니까. 뭐 나는 항상 만약을 대비해 넉넉하게 챙겨 다니니 그것도 당장 걱정할 일은 아니지만, 어쨌든 이참에 배나 채워 두자고. 네가 걱정하는 마력도 배가 채워져 있어야 쥐어짜든 긁어모으든 할 수 있을 테니까."

태영이 마법 가방에서 육포와 물통을 꺼내 들며 말했다.

물론 그런 거로도 우쭐할 생각은 없었기에 대인배의 자세로 말없이 2인분을 꺼내 카자드에게도 건네주었다.

그러나 카자드는 물끄러미 바라만 볼 뿐이었다.

"뭐야? 설마 이런 상황에서 음식 투정할 생각은 아니 겠지?"

"그런 건 아닙니다만…… 지금까지 살면서 그냥 바닥에 주 저앉아 식사해 본 적은 없어서 말입니다. 집에서는 물론, 집 밖에서도 말입니다."

– 하! 뭐래? 제가 무슨 귀족이야? 아니, 귀족이기는 하군. 그래 도!

"……어쩌라고?"

"아니, 딱히 공왕님께 뭔가 해 달라고 드린 말은 아닙 니다. 지금까지도 집 밖이라 해서 그런 문제로 누군가의 도 움을 받은 적도 없고요. 신경 쓰지 마십시오."

카자드가 어깨를 으쓱이며 대답했다.

그러나 태영은 그때부터 무지하게 신경 쓰이기 시작했다.

곧 카자드가 손을 아래로 주욱 긋자 마치 지퍼가 열리듯 그 궤적을 따라 허공이 갈라졌고, 테이블과 의자가 밀려 나 왔기 때문이다.

그리고 벌어진 공간 속으로 카자드의 손이 들락거리자 곧 그 테이블 위에 김이 모락모락 올라오는 수프와 스테이크, 심지어 와인까지 차려졌다.

"혹시 특별히 드시고 싶으신 게 있습니까?"

"주문하면? 뭐든 나오나?"

"미리 만들어서 보관해 둔 것이니 뭐든 된다고 할 수는 없지만, 일단 제 저택에서 먹을 수 있는 음식 종류는 다 저장해 뒀습니다. 물론 양도 넉넉하고요. 참고로 말씀드리자면 제 저택의 주방장은 왈드 공작님도 일부러 식사 시간에 맞춰 찾아오게 할 정도로 꽤 솜씨가 좋은 편입니다."

"경과 같은 거로 하지."

–……먹는 거냐?

그리모어가 찜찜하기 짝이 없는 목소리로 물었지만, 이건 선택의 여지가 없는 일이었다.

바로 옆에서 멋들어진 테이블에 앉아 스테이크를 썰어 대는 카자드 옆에 쭈그려 앉아 육포나 뜯어 대는 게 더 모양 빠지는 모습일 테니까.

뭣보다 태영은 실리주의!

딱딱한 육포보다 김이 모락모락 나는 수프와 스테이크가 칼로리 확보에 더 도움이 된다는 건 말할 필요도 없다.

우아하지만, 찜찜한 식사 시간이 지나고…….

"밥값은 하지."

그러기까지는 오래 걸리지 않았다.

"딱히 그런 것까지 신경 쓰지 않아도 됩니다만, 일부러 말씀하신 것이니 기대하죠."

빙긋 웃으며 대답하는 카자드가 설거지하듯이 테이블과

의자를 공간 인벤토리로 밀어놓고 다시 사막을 가로지를 때.

푸확! 푸확!

다시 전갈 떼가 모래 기둥을 뿜어 올리며 기어 나왔다.

물론 딱히 문제가 되지는 않았다.

푸확! 푸확!

단지 그때부터 수십 분 단위로 몰려나와 피곤할 뿐이다.

"정말 끝도 없이 나오는군요."

"그게 꼭 나쁜 일이라고만은 할 수 없지. 처음 들어왔을 때는 7시간 가까이 나타나지 않던 놈들이 몰려나오기 시작했다는 건, 방향을 제대로 잡았을 확률이 높다는 의미니까."

"보기에 따라서는 그렇게 생각할 수도 있겠군요. 공왕님에게는 어려운 일 따위는 없는 것 같습니다."

"그래도 어려워지기 전에 대비를 해 두는 게 먼저지. 특히 지금처럼 얼마나 더 가야 하는지도 모르는 상황이라면 더 그렇고 말이야. 아까도 말했듯이 지금 우리가 가장 신경 써야 할 건 체력 관리다."

그리고 사람이 적절한 컨디션을 유지하려면 밥 이상으로 잠이 중요한 법.

태영이 정신적으로 피곤해진 건 되레 그때였다.

"다른 건 몰라도 잠만큼은 편하게 자야죠. 이동 중에는 무리라도 결계를 쳐 두면 놈들의 접근을 사전에 알 수 있으니 공왕님도 편히 쉬십시오."

카자드가 그런 말을 하며 결계를 펼친 직후, 다시 열린 공간 인벤토리에서 커다란 침대가 밀려 나왔기 때문이다.

그리고 아무리 태영이라도 차마 그 침대까지 비비고 들어갈 수는 없었던지라…….

－주인, 뭐랄까…….

"말하지 마."

태영은 망토로 몸을 둘둘 말고 누웠다.

"한 방 먹었군."

옅은 빛이 퍼져 있는 작은 방 안.

손에 든 쪽지를 읽어 내려가던 검은 후드의 사내가 천천히 고개를 들어 올리며 말했다.

"당신이 난공불락이라고 말하던 상강의 연구소가 완전히 박살 나 버렸다는군."

"나도 그 보고를 받고 찾아온 거요."

"그럼 이것도 들었겠군. 그 근방에 주둔하고 있던 당신의 병사들이 그 연구소를 습격한 자들을 놓쳤다는 보고 말이오. 그 정도 규모의 연구소를 하룻밤도 지나기 전에 궤멸시켰다면 결코 적은 인원이 아니었을 텐데도."

"그건 놈들이……."

"해안가에서 흔적이 사라졌기 때문이지. 나는 그게 연구소를 습격한 자들이 누구였는지를 말해 주고 있다고 생각하오만."

후드의 사내가 낮은 목소리로 중년인의 말을 끊었다.

순간 중년인의 두툼한 볼이 꿈틀거렸다.

"내 탓을 하는 거요?"

"탓을 하는 게 아니라 사실관계를 명확히 하자는 말이지. 당신이 자랑하던 함대가 중앙대륙에서 넘어오던 놈들을 수장시켰다는 얘기는 아직 듣지 못했으니까."

이어지는 말에 중년인의 얼굴이 한층 날카로워졌다.

"잘못된 정보라면 차라리 듣지 않는 편이 낫지. 놈들이 루이너 왕국의 항구로 오고 있을 거라고 말한 사람은 당신이오."

"물론 기억하고 있소. 실수를 인정하지. 그러니……."

"그만하면 됐소. 당신이 그렇게 말한다면, 나도 내 부하의 실수를 인정하지."

"부하라……."

후드의 사내가 눈매를 좁히며 중얼거렸다.

그러나 중년인은 느끼지 못하는 얼굴이었다. 아니, 애초에 상대의 표정 따위는 관심이 없다는 듯이 얼굴을 불쾌하게 일그러뜨리며 말을 이었다.

"루이너 왕국이라는 말을 들었다고 해도 그 앞바다에서만

얼쩡대다가 놈들을 놓친 건 틀림없이 내 부하 실책이지. 나도 어영부영 넘어갈 생각은 없소. 밥을 입까지 떠먹여 줘야 씹는 늙고 멍청한 놈은 나도 필요 없으니까. 탕 제독, 아니 그 머저리 같은 탕가 놈은 당연히 이번 일에 책임을 지게 될 것이오."

중년인의 말에 후드 사내의 입술이 일그러졌다.

그리고 몇 번인가 들썩였지만, 이내 살짝 고개를 저으며 말했다.

"당신이 어떤 식으로 처리하든 상관할 생각은 없소. 우리의 동맹은 서로 원하는 게 다르고, 각자의 영역을 존중하기에 가능한 것이니까. 하지만 지금은 그 전에 먼저 해야 할 일이 있지 않소? 놈들이 바다로 도망갔다면 더. 그 탕 제독이라는 자에게 당신 방식대로 책임을 묻는다면 곤란해지지 않겠냐는 말이오."

"전혀. 놈을 대신할 사람은 얼마든지 있으니까. 이 세상에 대체할 수 없는 사람은 오직 하나, 나뿐이오."

중년인이 두툼한 입술을 추켜 올리며 대답했다.

"걱정할 필요 없소. 놈들의 흔적이 끊어진 곳이 곧 단서. 내 휘하 군함의 속도라면 며칠 정도의 거리를 따라잡는 건 일도 아니지. 약속하지. 비록 놈들이 이 대륙의 땅을 밟지 못하게 하겠다는 약속은 지키지 못했지만, 다시 중앙대륙의 땅을 밟을 일을 없을 거라고 말이오. 필요하다면 중앙대륙 앞바다라도 불바다로 만들어 놓을 생각이니까."

몸을 돌린 중년인이 성큼성큼 걸어갔다.

쾅―!

그리고 거칠게 문이 닫히는 것과 동시에 후드의 사내 옆으로 좀 더 옅은 색의 로브를 걸친 사내가 다가오며 말했다.

"퍼스트 님, 저자를 믿으십니까?"

"나라도 그건 힘들지. 어떤 옷으로 치장해도 인간의 본성은 숨길 수 없는 법. 저 얼굴에 흐르는 오만함과 천박함은 늙은 내 눈에도 보일 정도니까."

"저런 자가 제국에 버금가는 영토를 가진 나라의 지배자라니……."

"둘 중 하나겠지. 이 땅에 사는 인간들은 주인을 선택할 기회가 없었거나, 모두 저자와 같은 수준의 인간이었거나. 혹은 둘 다일지도 모르지."

"어느 쪽이든 불쾌하군요."

"그래, 불쾌하지. 하지만 그 불쾌감만 참으면 그보다 이용하기 좋은 상대도 없지."

"그렇긴 합니다만……."

"됐다."

퍼스트라고 불린 검은 로브의 사내가 고개를 저으며 몸을 돌렸다.

"지금은 그보다 이번 사태의 뒷수습이 먼저다. 아직 서드의 연락은 없나?”

“네, 아직…….”

“며칠이 지난 지금까지도 연락이 없다면 그때 서드도 당했다는 말이겠지. 그건 서드조차 감당하지 못하는 상대가 있었다는 말일 테고. 서드가 그저 숫자로 밀어붙이는 놈들에게 당했다고는 생각하기 힘드니까.”

“문제는 그 연구소에 있던 자료입니다. 저도 그곳에 어떤 자료가 있었는지는 모두 파악하지 못하고 있습니다만, 서드님이 계시던 곳이니 저희 조직과 직접 관련된 자료도 꽤 있었을 겁니다. 만약 놈들이 그 자료를 모두 손에 넣었다면…….”

“알고 있다.”

퍼스트가 고개를 끄덕였다.

“이미 우리 쪽의 라인으로 중앙대륙 쪽에 연락을 보내 났다.”

“시기를 앞당겨야 하는 겁니까?”

“방금 나간 자가 큰소리치던 대로 연구소를 습격한 자들이 다시 중앙대륙의 땅을 밟지 못하게 된다면 굳이 그럴 필요도 없겠지. 하지만…….”

❧

서방 대륙의 어딘가에서 퍼스트라는 사내가 말끝을 흐리

던 그 시각.

그곳에서 수천 킬로미터 떨어진 바다 너머의 중앙대륙.

좀 더 정확히 말하면 아르키네아 제국의 서부에 자리 잡은 발트하츠, 더 자세히는 발트하츠의 영주인 그라디오스 후작의 집무실 문이 벌컥 열리며 그의 호위 기사가 뛰어 들어왔다.

"후작님, 급히 찾으신다는 말을 듣고 왔습니다!"

"늦었군."

"죄송합니다. 기동 훈련을 하던 중이라 전령이 좀 헤맨 모양입니다. 그런데 무슨 일로……."

"방금 기다리던 소식이 도착했다."

"기다리던 소식이라면……."

"물론 서방 대륙이지. 조금 전에 이 방의 창으로 날아든 매, 청영이 물어다 주더군. 계획대로 원정군은 무사히 서방 대륙에 상륙, 목표로 삼았던 적 기지를 함락했다는 내용이 적힌 서신을 말이야."

"공왕님과 워트 도련님이 해내셨군요!"

불안한 얼굴로 바라보던 모어가 활짝 얼굴을 펴며 환호성을 터뜨렸다.

그러나 그라디오스 후작은 처음 그가 들어와서 본 그대로, 여전히 미간에 깊은 주름이 파인 얼굴로 중얼거렸다.

"그래, 문제는 좋은 소식만 있는 게 아니라는 거지만 말이야."

"네?"

"아니, 그 얘기는 나중에 하지."

모아가 고개를 갸웃거리자 후작이 생각을 털어 내듯 머리를 흔들었다.

그리고 둘둘 말린 쪽지를 탁자 위에 펼쳐놓았다.

"급선무는 이쪽이다."

그 쪽지에는 깨알 같은 글자가 빼곡히 적혀 있었다.

이에 잠시 미간을 모으며 쪽지를 바라보던 모어가 움찔하며 시선을 들어 올렸다.

그라디오스 후작이 그 눈을 바라보며 고개를 끄덕였다.

"제국 내에 숨어 있는 놈들의 은신처다."

"이게 다 말입니까?"

"그래, 모두 열두 곳. 그것도 모두 도심 한복판이고, 심지어 몇 곳은 영주가 직접 관리하는 시설도 있다. 하지만 놈들의 기지에서 나온 정보이니만큼 신뢰도를 의심할 수는 없겠지. 그런 걸 따질 상황도 아닌 것 같고 말이야. 그중 몇 군데에서는 실제로 노월 왕국에서 나타났던 괴수와 같은 존재를 불러내는 작업이 진행되는 중이고, 이미 꽤 진척되어 있다고 하니까."

후작의 말에 모어가 어깨를 들썩이며 소리쳤다.

"그럼 이러고 있을 때가 아니지 않습니까?"

"물론, 이러고 있을 때가 아니지. 그러니 지금 해야 할 말은 그런 당연한 게 아니다. 그래서 어떻게 하느냐는 거다."

"그거야 생각하고 말고 할 일도 아니지 않습니까? 지금 당장……."

"아니, 생각해야 할 일이지."

그라디오스 후작이 모어의 말을 끊으며 말을 이었다.

"지금 내 손에 있는 건 원정군이 찾아낸 자료의 원본이 아니다. 아니, 원본이라도 크게 다를 게 없지. 방금 말했듯이 놈들의 은신처는 모두 도심 한복판, 어떤 곳은 이름만 들어도 알 수 있는 대상인과 관련되어 있고, 또 어떤 곳은 영주가 직접 관리하는 시설도 있다. 그런 곳에 아직 정식으로 공표조차 하지 않은 정체불명의 적 기지에서 관련 자료가 나왔다는 것만으로 병력을 보내 박살 낼 수 있겠나?"

"그건……."

"게다가 그 열두 곳 중 여덟 곳은 왈드 공작의 파벌에 속한 귀족의 영지다. 설사 명확한 증거가 있다 해도 우리 쪽에서 병력을 보내기는 힘들지."

"먼저 왈드 공작님과 의논을 해 봐야 한다는 말이군요."

"순서를 따지자면 그렇게 되겠지. 하지만 그건 두 가지 이유로 불가하다."

하나는 그럴 만한 시간이 없어서다.

원정군이 그라디오스 후작에게까지 연락을 해 오는 동안

놈들도 손가락만 빨고 있었을 리는 없기 때문이다.

당연히 놈들 역시 중앙대륙으로 연락을 보냈을 터.

"놈들이 아무리 빨리 연락을 보냈다고 해도 원정군보다 빨리 보내지는 못했겠지. 또 서방 대륙과의 거리를 생각하면 그 속도도 청영보다 빠르지는 않을 테고. 하지만 우리는 놈들이 지금까지 어떤 방식으로 중앙대륙과 연락해 왔는지조차 모른다. 중앙대륙에 숨어 있는 놈들이 서방 대륙의 상황을 언제 알게 될지도 모른다는 말이지."

후작이 예상할 수 있는 건 하나.

그라디오스 후작이 왈드 공작과 머리를 맞대고 해결 방안을 모색하는 사이에 놈들이 서방 대륙의 연락을 받으면 무슨 일이 벌어질지 뿐이다.

두 번째 이유도 같은 맥락이다.

"왈드 공작과 내가 비밀리에 병력을 빼돌린 건 제국 내에 숨어 있는 놈들의 감시망을 피하기 위해서였다. 하지만 보다시피 놈들은 그때 상정했던 것보다 더 방대하고 치밀하게 숨어 있다. 그리고 원정군이 떠나기 전보다 더 나와 왈드 공작을 주시하고 있겠지. 그런 상황에서 나와 왈드 공작이 어떤 식으로든 다시 접촉한다면……."

"놈들이 도망갈 시간을 벌어지는 것이나 다름없어지겠군요."

"그럼 차라리 다행이지. 내가 걱정하는 건 놈들이 도망치기도 힘들다고 생각해 버릴 때다. 놈들이 지금까지 숨어서 준비해 오던 일이 아직 미완성 상태라고 단언할 수 있는 근거는 어디에도 없으니까."

"그럼 어떻게 해야 하겠습니까?"

"……어렵군."

그라디오스 후작이라고 모든 답을 가지고 있을 리는 없었다.

모어에게 요목조목 상황을 설명해 주고 있는 이유도 그 때문이었다.

그가 청영의 방문을 받은 건 불과 10여 분 전.

서신의 내용을 모두 읽은 건 모어가 들어오기 직전이었고, 모어에게 설명해 주는 방식으로 본인의 생각을 정리해 나가는 것이다.

그리고 모어도 하루 이틀 후작을 섬긴 게 아니라 자신의 역할을 잘 알고 있었다.

지금은 입을 다물고 기다려야 할 때라는 것도 말이다.

이에 묵묵히 바라보고 있을 때였다.

그라디오스 후작이 퍼뜩 고개를 들어 올리며 소리쳤다.

"모어, 각지에 심어 둔 정보원에게 최대한 빠른 방법으로 연락해라. 내용은 이 쪽지에 적혀 있는 곳에서 가장 가까운 거리에 있는, 왈드 공작의 병력이 모여 있는 시설로의 잠입이다!"

"네! 바로…… 아니, 네? 놈들의 은신처에서 가장 가까운 왈드 공작의 병력이 모여 있는 시설이라니…… 놈들의 은신처가 아니고 말입니까?"

"그래, 잠입해야 할 곳은 그쪽이다. 주의할 점은 필히 발각당해야 한다는 것이다. 놈들의 은신처는 그다음이다. 병력이 모여 있는 곳에 숨어들었던 첩자가 흔적을 남기며 놈들의 은신처로 간다면……."

이어지는 말에 어리둥절한 표정으로 뭔가 되물으려던 모어가 움찔하며 입을 다물었다.

그리고 눈매를 좁히며 중얼거리듯이 말했다.

"추격대가 따라붙겠군요. 첩자가 숨어든 흔적이 명확하다면 수색도 할 테고, 설사 영주가 직접 관리하는 시설이라도 첩자를 찾겠다는 병사를 막을 명분은 없고 말입니다. 또 그런 상황이라면 저희 쪽 병력을 움직일 명분이 생기고 말입니다. 하지만……."

"걱정할 일은 없다."

그라디오스 후작이 팔짱을 끼며 말을 이었다.

"이 내가 이런 시기에 그런 짓을 하는 거다. 왈드 공작이 그게 뭘 의미하는지 모를 리는 없다. 그는 그런 점에서만큼은 누구보다도 믿을 수 있는 사람이니까."

"무슨 말인지 알겠습니다."

모어가 의미심장한 표정으로 고개를 끄덕였다.

"레온 공왕님과 워트 도련님이 돌아오기 전에 정리해 둘 수 있겠군요."

"당연히 그래야겠지. 원정군의 귀환은 예정보다 꽤 늦어지게 될 것 같으니까."

"네? 늦어지다니요?"

"좀 전에 좋은 소식만 있는 건 아니라고 한 게 그 내용이다."

후작이 한숨을 불어내며 말을 이었다.

"그건……."

그때 그곳에서

중앙대륙 남부의 발테아르.

그 수도에 해당하는 검은 산의 계곡 끝에 자리 잡은 왕성 아래에는 외부로 드러난 3층 높이의 건물은 빙산의 일각이라고 말해도 될 정도로 넓은 지하 시설로 채워져 있었다.

그 지하 시설의 하나인 회의실.

공왕 대리를 맡은 박예지와 곽현경을 비롯해 각 수인족과 뱀파이어, 워 울프의 족장 대리, 얼마 전 발테아르에 합류한 구(舊) 남양주 주둔군의 사령관 박진평, 공업 단지의 책임자 이덕수 등, 발테아르의 주요 인사들이 모여 있었다.

그리고 지금, 그들의 얼굴은 모두 당혹감에 물들어 있었다.

"사, 사라졌다고요?"

"네."

곽현경의 말에 박예지 역시 같은 얼굴로 고개를 끄덕였다.

회의실이 술렁대기 시작했다.

"공왕님이 서방 대륙에서 사라지시다니? 그럼 대체 이제 발테아르는……."

"뭐라는 거냐? 지금 발테아르 걱정을 할 때냐?"

"그런 말이 아니잖아!"

"여행을 가신 것도 아니니 불안한 생각이 전혀 들지 않았다고는 할 수 없지만……."

"말도 안 돼! 다른 사람도 아닌 공왕님이다! 그 공왕님이라고! 모두 알잖아! 공왕님이 어떤 분인지! 드래곤마저 쓰러뜨린 분이라고! 그런 분이 당했을 리가 없어! 그래, 이건 뭔가 잘못된 거야!"

"하지만……."

"빌어먹을! 공왕님을 따라간 녀석들은 대체 뭘 한 거야? 그 자식들은 제들이 왜 공왕님을 따라갔는지도 모르는 건가? 대체 공왕님이 사라질 때까지 그놈들은 뭘 한 거야?"

"그렇게 말할 일은 아니다. 우리가 그때 어떤 상황이었는지는 모른다. 하지만 적어도 공왕님과 동행한 병사들이 공왕님을 어떻게 생각하고 있는지는 알고 있지 않나."

"그래서 하는 말이야! 그럼 당연히 그 녀석들이 모두 사라져도 공왕님은 무사해야 하지 않냔 말이다! 그런데 되레 공왕님이 사라지고 정작 그놈들은 멀쩡하다니, 아니 **뻔뻔하게** 살아 있다는 게 말이 돼?"

"그러니까 무턱대고 그렇게 말할 일은 아니라는 거잖아."

"아니면? 칭찬이라도 해 주라고는 거야?"

"내 말은……."

그리고 점차 커지는 목소리가 감정적으로 변해 갈 때였다.

삐이이이ㅡ!

날카로운 울음이 울려 퍼졌다.

울음을 터뜨린 건 탁자 끝에서 거칠게 날갯짓을 하는 푸른 매.

그들이 공왕으로 섬기는 태영의 소식을 가지고 수천 킬로미터를 날아온 청영이었다.

그리고 웅성대던 사람들이 움찔하며 청영을 돌아봤을 때, 그 옆에서 박예지가 그들을 훑어보며 말했다.

"닥치세요."

순간 회의실은 쥐 죽은 듯이 고요해졌다.

질책하는 듯한 눈으로 그들을 훑어보던 박예지가 입을 열었다.

"레온 님은 우리에게, 또 이곳에 절대적으로 필요한 분. 레온 님이 없는 발테아르는 성립될 수 없죠. 그러니 여러분이 당황하는 것도 이해해요. 저도 그렇고요. 하지만 그렇기에 더, 감정을 앞세워 떠들 때가 아니에요. 대책을 논의하는 거죠."

"대책이라면……."

"상황은 앞서 설명한 대로예요. 레온 님은 카자드라는 마법사와 함께 적의 마법사로 보이는 자와 싸웠고, 마지막 순간에 그자가 만들어 낸 검은 구체에 휩쓸려 사라졌어요. 하지만 그게 돌아가셨다는 의미는 아니에요."

"그런 게 아니라면 대체 어디로 사라지셨다는 말입니까?"

"멍청한…… 그걸 알면 사라졌다고……."

한 호인족의 질문에 전 견인족 족장, 비글이 울컥한 목소리로 중얼거리다가 박예지의 눈치를 살피며 입을 다물었다.

"아직 몰라요."

한숨 섞인 목소리로 말한 박예지가 다시 말을 이었다.

"일단 원정군 측은 그 검은 구체를 공간 이동 마법이었던 것으로 판단하고 있어요."

"공간 이동 마법?"

"네, 궁지에 몰린 적 마법사가 도주를 위해 준비하던 공간 이동 마법이 그가 죽으며 폭주했고, 공왕님은 거기에 휩쓸린 거죠. 그게 사실이라면 공왕님은 어딘가로 이동했을 확률이 높다는 말이죠."

"하지만 거기에 휩쓸린 사람은 공왕님만이 아니라고 하지 않았습니까? 같이 사라졌다는 카자드라는 자는 마법사, 그것도 아르키네아 제국에서도 최강이라고 불릴 정도의 마법사라고 알고 있습니다. 그런 자가 공간 이동 마법도 모르지는 않을 터, 단순히 공간 이동을 한 것뿐이라면 어떻게든 돌아오지 않았겠습니까?"

"그렇죠."

박예지가 고개를 끄덕였다.

"그래서 원정군은 두 가지로 생각하고 있는 모양이에요. 하나는 카자드 경이 크게 다쳐서 마법을 사용하지 못하는 경우. 그런 상황이라면 레온 님도 다쳤을 확률이 높으니 연락도 취하기 힘들겠죠. 그리고 다른 하나는 아예 다른 공간으로 이동한 경우예요."

"다른 공간?"

"네, 디멘션 던전 같은, 아예 다른 차원의 공간 말이에요. 워트 님이 급하게 저희 쪽으로 연락해 온 이유가 그 때문이에요."

그리고…….

"응? 왜 갑자기 나를…….."

잠시 말을 멈춘 박예지가 고개를 갸웃거리는 멜리나를 바라보는 이유다.

"워트 님의 서신에는 멜리나 님은 디멘션 던전으로 통하는 차원의 문을 만드는 방법을 알지도 모른다고 적혀 있어요."

이어지는 박예지의 말에 모두의 눈이 멜리나에게 향했다.

그러나 멜리나의 표정은 애매했다.

"워트 오빠가 왜 그런 말을 했는지는 알겠지만, 그때는 좀 특수한 경우였어요. 하지만 만약 정말 레온 오빠가 다른 차원으로 넘어간 거라면…… 아무리 굉장한 마법사고, 또 예측하기 힘든 마력의 폭주로 일어난 일이라도 아무 데서나 차원의 문이 열릴 리는 없으니…… 그곳이 우연히 이차원의 특이점과 겹쳐지는 장소였다면……."

"멜리나?"

"아! 젠장! 모르겠어요."

박예지의 목소리에 혼자 중얼대던 멜리나가 머리를 벅벅 긁으며 말했다.

"억지로라도 답을 찾으려면 못 찾을 것도 아니지만, 그래 봤자 어차피 어림짐작에 불과하잖아요. 그러니까 결론은 이거예요, 직접 가서 조사해 보지 않으면 모른다는 거."

"그럼……."

이에 박예지가 다시 입을 열려 할 때였다.

쾅-!

그보다 먼저 맞은편 문에 거칠게 열렸다.

"뭐야? 어떤 놈이……."

울컥한 얼굴로 돌아보던 사람들이 움찔하며 입을 다물었다.

삐이이이-!

그때 갑자기 청영이 그 중심을 가로질렀다.

그리고 덜렁대는 문으로 들어오는 한 쌍의 남녀 중 사내의 어깨에 내려앉았다.

"청영……."

삐이! 삐이! 삐이이이-!

"그래, 얘기는 노아에게 대강 들었다."

그, 미스트가 복면 사이로 드러난 눈으로 만감이 교차하는 듯한 울음을 터뜨리는 청영을 돌아보며 고개를 끄덕였다.

"미스트 님, 언제……."

"조금 전에 도착했다. 그리고 방금 말했듯이 어떤 상황인지는 노아에게 들었고, 그로 인해 어떤 말들이 오가고 있는지도 문밖에서 들었지. 다쳐서 돌아오지 못하고 있거나, 이차원 공간으로 휘말려 들어갔을지도 모른다는 말 말이다. 일단 나도 동의하지. 내가 아는 레온은 고작 이 정도 일에 죽을 사람이 아니니까."

미스트가 성큼성큼 회의실을 가로질렀다.

그리고 박예지 앞에 우뚝 멈춰 서서 날카로운 눈으로 내려다보며 말을 이었다.

"하지만 가장 중요한 한 가지를 빼놓은 것 같군. 워트도 그렇지만, 너도 그게 뭔지 모를 정도로 머리가 나쁜 것 같지는 않은데 말이야."

"그건……."

박예지의 얼굴이 어두워졌다.

그때 미스트가 박예지가 쥐고 있던 서신을 낚아챘다.

"미스트 님, 갑자기 나타나서 무슨……."

"뒈지고 싶지 않으면 닥쳐라! 난 지금 안면이 있는 얼굴이라고 분위기 파악 못 하는 놈의 말을 받아 주고 싶은 기분이 아니니까."

미스트가 움찔하는 곽현경을 돌아보며 소리쳤다.

"……그렇겠지."

ㅁ그리고 빠르게 서신을 훑어내리며 눈살을 찌푸렸다.

"적 마법사가 도주를 위해 준비하던 공간 이동 마법이다. 그럼 그 포탈이 연결될 만한 곳으로 가장 먼저 생각해야 할 건 당연히 적진이지. 그게 가장 확률이 높은 경우고, 더 안 좋은 상황은 앞서 말한 대로 상처를 입은 채로 그곳에 떨어져 버리는 거지."

"저, 적진!"

조용하던 회의실이 다시 들썩였다.

그러나 미스트는 시선조차 돌리지 않고 말을 이었다.

"숨길 생각이었나?"

"그건 아니에요. 다만……."

"아니, 됐다. 네가 무슨 의도로 말하지 않았는지는 관심 없다. 지금 내가 할 말은 하나, 이건 그럴 만한 사안이 아니라는 거다."

"⋯⋯그렇죠."

"그럼 지금 해야 할 일이 뭔지도 알고 있겠지?"

박예지가 말없이 고개를 끄덕였다.

미스트가 몸을 돌렸다.

"상황은 방금 말한 대로다! 이 여자가 말한 두 가지와 내가 말한 한 가지. 그중 지금 레온이 어떤 상황인지는 알 수 없지만, 한 가지만은 확실하다. 아직 레온이 살아 있다는 것! 그리고 나는 바로 눈앞에 있는 레온조차 지키지 못한 머저리 같은 놈들에게 맡겨 둘 생각이 없다! 내가 직접 가서 찾을 것이다! 멜리나!"

"네? 네!"

"너도 나와 함께 간다! 네게 선택권은 없다! 이유는 굳이 설명하지 않아도 알겠지?"

"네, 알아요! 저도 거절할 생각은 없고요! 레온 오빠는 제 생명의 은인이라고요! 그런 레온 오빠를 구하는 데 제가 도움이 된다면 어디든 따라가야죠!"

멜리나가 다부진 얼굴로 대답했다.

"하지만⋯⋯ 서방 대륙까지는 어떻게 가죠? 원정군이 타고 간 배도 아르키네아 제국 측에서 힘들게 구한 거잖아요. 서방 대륙까지 갈 배도 구하기 힘들 테고, 설사 구한다고 해도 여기서 서방 대륙까지는⋯⋯."

"그건 우리 쪽에서 해결할 수 있을 것 같군요."

멜리나의 말에 대답한 건 회의실 구석에 앉아 있던 기술국장, 이덕수였다. 이에 모두의 시선이 그에게 집중됐고, 거기에 미스트의 눈길이 더해졌다.

"해결할 수 있다고?"

"실은 일전에 공왕님이 들렀을 때 지시해 두셨습니다. 이번 원정의 결과가 어떻게 되든 놈들의 본거지가 서방 대륙에 있는 한 선박이 필요해질 때가 올 테니 준비해 두라고 말입니다. 아직 작업 중이기는 하지만, 서두르면 오늘 안에 세 척은 준비할 수 있습니다."

"장거리 항해가 가능한 배인가?"

"물론이죠."

그때 비밀 연구소장 한지영이 끼어들었다.

"그저 장거리 항해만 가능한 수준이 아니라고요. 외부는 K-9을 개조할 때 익힌 기술로 아다만티움과 미스릴로 코팅했고, 갑판에는 수리하기도 힘들 정도로 고장 난 K-9에서 주포를 분리해 장착! 거기에 23mm 기관포도……."

그러나 미스트는 여전히 이덕수를 바라보며 물었다.

"그런 건 됐고! 그 배를 이용하면 서방 대륙까지는 얼마나 걸리지?"

"정확한 거리를 모르니 얼마나 걸릴지는 모릅니다. 하지만 원정군이 타고 간 범선보다 서너 배 이상은 빠를 겁니다."

"가, 갈 수 있는 건가? 직접?"

"그, 그럼 저도! 저도 데려가 주십시오!"

"저도요! 그래도 된다면 저도 같이 가겠습니다!"

"그래도 된다면?"

미스트가 이덕수의 말에 다시 술렁대는 회의실을 훑어보며 눈살을 찌푸렸다.

"무슨 잠꼬대 같은 소리를 하는 거냐? 지금 서방 대륙에서 사라진 사람은 너희들의 주인이다! 그래도 된다면이 아니라 그래야만 하는 거다! 단, 걸림돌이 될 뿐인 어중이떠중이는 필요 없다! 동행할 사람은 각 부족의 정예로 한정한다!"

"정예라고 말할 수 있을지는 모르겠지만, 일단 우리 쪽은 정해졌군."

그때 박 사단장이 고개를 끄덕이며 말했다.

"포대와 기관포가 장착돼 있다면 당연히 다룰 줄 아는 사람도 필요하겠지. 최 소령, 자네가 맡아 주겠나?"

"물론입니다! 최고의 명사수를 선발하겠습니다!"

"그럼 나도 가야겠군. 포대나 기관포가 필요해지는 상황이 생기면, 배를 수리할 정비공도 필요할 테니까."

우렁찬 대답과 함께 이덕수 옆에서 손을 들어 올리는 사람은 그렉이었다.

그리고, 곧 입술을 삐죽이며 소리쳤다.

"왜? 뭐? 다들 왜 그렇게 보는데? 내가 레온을 구하러 가는 게 뭐 이상해? 나도 할 때는 한다고! 게다가 사실 레온을 알게 된 순서로 따지면 나도 여기서 다섯 손가락 안에는 든다고! 뭐 좋은 기억은 별로 없지만, 미운 정도 정이잖아!"

"아무도 뭐라고 한 사람 없어! 물론 나도, 뭐라고 할 생각 없다. 승선 인원이 허락하는 한 필요한 사람은 설사 그쪽이 거절해도 데려간다."

미스트가 회의실을 둘러보며 말했다.

"단, 한 가지는 확실히 알아둬라. 우리의 목표는 오직 하나, 레온을 찾아 돌아오는 것이다. 하지만 만약, 그럴 리는 없다고 생각하지만, 만약 레온에게 무슨 일이 생겼다면 그때는…… 세컨드 보이스든 어디든……."

쾅!

탁자를 내리친 미스트의 입에서 으르렁대는 듯한 목소리가 흘러나왔다.

"전면전이다."

어둠이 깔리기 시작하는 숲.

길게 늘어진 산비탈의 가장자리로 이어진 길을 따라 네 대의 트럭이 이동하고 있었다.

그 안에는 수십 명의 사람이 타고 있었다.

모두 가슴에 트럭 위에서 흔들리는 붉은 바탕에 다섯 개의 별이 그려진 깃발과 같은 문양이 새겨진 군복을 입은 병사들이었다.

그리고 그 뒤.

수십 명이 트럭과 연결된 밧줄에 엮인 채 끌려오고 있었다.

남자와 여자, 노인부터 아이까지, 모두 누더기처럼 찢긴 옷을 걸치고 있었고, 이미 반쯤 의식이 없어진 얼굴로 아슬아슬하게 이어지는 숨을 몰아쉬고 있었다.

그중 몇 명은 쓰러진 채 누더기 같은 옷을 피로 물들이며 끌려오고 있었다.

그러나 주위의 사람들을 그저 걸음을 옮길 뿐이었다.

피투성이로 변한 손목을 잡아당기는 트럭의 속도가 줄지 않는 한 그들은 끌려갈 수밖에 없어서다.

"큭! 아, 아버지……."

설사 그 옆에서 끌려오는 게 부모라도.

"킥! 저 자식, 벌써 몇 시간째 질질 짜며 같은 말만 중얼거리고 있잖아. 그 옆에서 끌려오는 핏덩이가 부모라도 되는 모양인데?"

또 그럴 때마다 앞서가는 트럭에서 이런 비웃음 섞인 목소리가 들려와도 말이다.

"뭐 제 발이 아파서 그런지도 모르지."

"아, 그래. 그럴지도 모르겠군. 본래 사람은 다른 놈의 다리가 잘려 나가는 것보다 제 발가락에 박힌 가시가 더 아픈 법이지. 그게 부모라도 말이야."

"내 말이 그 말이야."

대꾸하던 병사가 히죽 웃었다.

"그런데 그 옆에서 끌려오는 녀석, 저대로 둬도 되겠어?"

"저대로 안 두면? 여기 태우기라도 하자는 거야? 난 냄새 나서 싫은데…… 그럴 거라면 차라리 질질 짜는 놈 옆에 있는 계집년을 태우는 게 낫지. 같은 냄새라도 그쪽은 좀 참을 만할 테니 말이야. 저 땟국물만 닦아 내면 의외로 봐줄 만할 것 같잖아."

"자식이 하여간…… 그런 말이 아니라, 곧 숨이 넘어갈 것 같잖아. 차라리 그냥 버리고 가는 편이 낫지 않겠어?"

"할당량에 딱 맞춰 놨는데 그럼 대가리 수가 모자라잖아."

"그거야 죽어도 마찬가지 아니야?"

"멍청하기는."

병사가 동료를 돌아보며 혀를 찼다.

"그 찜찜한 후드를 쓰고 다니는 놈들이 저것들을 어디에 쓰는지 우리가 알 게 뭐냐? 우리는 위의 명령을 따르는 거고, 명령은 할당량을 채우라는 것뿐이었잖아."

"시체라도 일단 대가리 숫자만 채워 가면 그 찜찜한 놈들도 불평하지 못할 거라는 말이군."

"불평은 하겠지. 알 바 아니지만."

"젠장, 그럼 결국 그때까지 저것들을 질질 끌고 가야 한다는 말이군. 아니, 그보다 왜 아직 아무 말도 없어? 설마 이대로 산을 넘을 생각은 아니겠지?"

"그건 아니겠지. 아무리 대가리 수만 맞추면 된다고 해도 저 녀석들이 몽땅 시체로 변하면 소교님도 꽤 곤란해질 테니까."

덜컹! 덜컹!

그때 갑자기 트럭의 흔들림이 커지기 시작했다.

그리고 잠시 후.

"모두 하차해라! 일단 오늘은 여기서 묵고 내일 날이 밝는 대로 다시 출발한다!"

멈춰 선 트럭 앞에서 고함이 들려왔다.

"봐, 내 말이 맞지?"

동료를 향해 히죽 웃으며 말한 병사가 어깨에 총을 걸치며 밖으로 나왔다.

그리고 그 뒤를 따라 뛰어내리는 동료들과 함께 픽픽 쓰러지는 사람들을 발로 툭툭 밀어내며 트럭 옆으로 돌아 나왔을 때였다.

일렬로 늘어선 트럭 앞에 숲에 둘러싸인 고풍스러운 저택이 보였다.

"오! 멋진데? 오늘은 여기서 자는 건가?"

"잠만 자서 되겠냐? 봐라, 딱 봐도 돈 좀 있던 놈의 집처럼 보이잖아. 그럼 챙길 것도 꽤 많지 않겠어?"

"그런 게 아직 남아 있겠냐? 이 주변은 진즉에 2군단의 거지새끼들이 쓸고 지나갔다며? 게다가 뭔가 남아 있어도 우리가 몫까지 돌아오겠냐? 그냥 아무 데나 트럭 세워 두고 야영해도 되는데 소교님이 굳이 이런 곳을 찾아온 이유가 뭐겠냐?"

"그건 모를 일이지. 혹시 아냐? 장교들보다 내가 우연히 주머니에 쏙 들어오는 보석 같은 걸 발견하게 될지 말이야."

두 개의 작대기 사이에 별 하나가 박힌, 소교 계급장을 단 사내를 따라 저택으로 이동하는 병사들이 속닥대는 말은 대체로 비슷한 내용이었다.

저택의 1층 창으로 희미한 불빛이 새 나오고 있었지만, 그런 지적을 하는 사람은 없었다.

물론 전혀 문제가 되지 않기 때문이다.

쾅—!

그런 집의 문의 걷어차며 들어가는 일은 새삼스럽지도 않으니까.

소교를 따라 병사들이 몰려 들어간 저택의 1층 홀에는 50대 전후의 중년인이 서 있었다.

그러나 소교는 제집인 양 벽 근처에 놓인 의자에 앉으며 말했다.

"우리가 누구인지는 알고 있겠지?"

"……네."

어눌하지만, 그럭저럭 알아들을 수 있는 이계어에 중년인이 음울한 얼굴로 끄덕였다.

"그럼 어떤 태도를 보여야 하는지도 알겠군. 이 저택을 하룻밤 빌리겠다. 딱히 위해를 가할 생각은 없다. 만족할 만한 음식을 내줄 용의가 있다면 말이야."

"마침 저희도 식사하려던 중입니다."

"그럼 됐군. 그런데 저희라면 너 말고 다른 식솔도 있다는 말이군."

"네, 그렇습니다."

"그래…… 그럼 혹시 딸도 있나?"

소교의 입에 떠오르는 지저분한 웃음과 함께 흘러나오는 말에 중년인의 눈가가 움찔했다.

그러나 곧 고개를 저으며 대답했다.

"없습니다."

"사실이겠지? 만약 수색해서 나오면……."

"사실입니다. 저는 자식이 없습니다. 아래에 두고 부리는 녀석들만 있을 뿐입니다. 뭐 그것도 지금은 제가 부린다고 할 수는 없지만, 모처럼 귀한 손님이 오셨으니 인사드리도록 하죠. 어이, 인사드려라."

중년인이 몸을 돌리며 소리쳤다.

이에 대수롭지 않은 얼굴로 그의 시선을 따라 고개를 들어 올리던 소교의 얼굴이 굳었다.

1층 홀을 빙 두르듯 세워진 2층 난간에서 10여 명의 사내가 그를 내려다보고 있었기 때문이다.

그럼에도 직전까지, 아니 지금도 기척조차 느껴지지 않았다.

'뭔가 수상하다!'

그들을 바라보는 소교의 눈에 누구라도 알아볼 정도로 명확한 생각이 떠올랐다.

"네놈, 무슨 생각이냐?"

순간 소교가 뒤에서 왼팔로 중년인의 목을 휘감으며 이마에 권총을 들이밀었다.

그러나 중년인은 차분한 얼굴로 대답했다.

"무슨 생각이라니요? 말씀드리지 않았습니까? 식사하려던 참이었다고 말입니다."

"뭐? 하지만 저놈들은……."

"단."

중년인이 소교의 말을 끊었다.

그리고, 천천히 몸을 돌리기 시작했다.

소교가 목을 휘감은 팔에 힘을 줘도, 마치 아무 느낌조차 없다는 듯이 자연스럽게. 그리고 완전히 몸을 돌려 그와 얼굴을 마주하게 됐을 때.

"너희가 먹히는 쪽이다."

중년인의 입에서 후끈한 열기가 흘러나왔다.

그리고 길게 벌어지는 입 안쪽에서 돌출되듯이 솟아 나오는 송곳니!

"헉! 뭐, 뭐야? 네놈은……."

탕! 탕! 탕!

헛바람을 들이켜며 물러나는 소교가 들어 올린 권총에서 연이어 불길이 뿜어져 나왔다.

당연히 중년인을 향해 뿜어지는 불길이었지만.

"크악!"

비명을 터뜨린 건 소교였다.

그리고 그 아래에서 바들바들 떨리며 순식간에 미라처럼 변해 가는 손.

목에서 터져 나오는 피를, 그 목에 송곳니를 박아 넣은 중년인에게 빨리는 것이다.

누가 봐도 명확하게!

"소, 소교님! 뭐, 뭐야? 대체 무슨 일이……."

"멍청한 자식! 보고도 몰라? 저 늙은 놈, 평범한 인간이 아니야! 쏴라! 저놈을 죽여!"

"하, 하지만 소교님이……."

"빌어먹을! 소교는 이미 끝났어! 너도 저 꼴이 되기 싫으면 쏴!"

투투투투!

빠르게 상황을 파악한 병사들이 순식간에 소교의 등을 벌집으로 만들었다.

　물론 그럴 의도는 아닌지라 그 사이로 드러난 중년인의 팔이나 다리에서도 피가 튀었다.

　그러나 중년인은 움찔하는 기색도 보이지 않았다.

　"퉤! 역시 같은 피라도 어디에 담아 두느냐가 중요한 법이군. 같은 인간의 피라고는 믿어지지 않을 정도로 쓰레기 같은 맛이야. 하지만 뭐, 음식을 꼭 맛으로만 먹는 건 아니지. 목적이 있을 때는 더 그렇고 말이야."

　입가를 닦으며 한가롭게 중얼댈 뿐이었다.

　"어이, 먹어라!"

　그리고 주춤주춤 물러나며 탄환을 퍼붓는 놈들을 돌아보며 소리치는 순간!

　펑! 펑! 펑! 펑!

　난간에서 지켜보던 사내들이 일제히 연기처럼 흩어졌다.

　그리고 검은 안개로 변해 아래로 흘러 내려와 놈들 사이로 스미듯 파고들어 갔다.

　"헉! 어, 어떻게…… 컥!"

　"아, 안 돼! 오지 마! 오지 말란 말이다! 크악!"

　"으헉!"

　피와 함께 비명이 터져 나왔다.

　투투투투!

거기에 간간이 총성이 섞였지만, 그때마다 핏줄기를 뿜어 올리며 펄떡대는 건 같은 붉은 바탕에 별 다섯 개가 박힌 문양을 달고 있는 병사들뿐이었다.

그 몸에 붙어 있던 사내들은 이미 안개로 변신.

다시 수 미터 뒤에서 총을 쏴 대는 놈들을 향해 밀려들었다.

푸확-! 푸확-!

그 끝에서는 여지없이 피가 터져 올라왔다.

"아, 안 돼! 이놈들…… 총으로는 막을 수 없어! 안 돼! 안 된다고! 나, 난 여기서 죽을 수 없어! 난 외아들이라고!"

"빌어먹을! 여기 외아들 아닌 놈이 어디 있어?"

"뭐가 됐든! 비켜!"

"밀지 마, 이 자식아! 너만 나가려고 하는 게 아니잖아! 그렇게 밀어 봤자 소용없다고!"

"닥쳐! 이 마당에 순서 지키게 됐냐? 내가 먼저다!"

앞의 병사들이 순식간에 미라로 변해 쓰러지자 문으로 우르르 몰려든 나머지 병사들이 치열한 몸싸움을 벌이기 시작했다.

그중 몇몇이 이리저리 떠밀리다 넘어지고, 군홧발에 짓밟혀도 눈길조차 주지 않았다.

그러나 밟히는 놈도 불평할 입장은 아니었다.

"큭! 안 돼! 두고 가지 마!"

그렇게 밟아 대는 발을 잡고 늘어지며 이딴 소리를 떠들어 대고 있었다.

"저놈들 동료 아니었어?"

"아마도. 우리가 아는 것과는 꽤 다른 동료애를 가지고 있는 모양이지만."

"눈 뜨고 못 봐주겠군."

되레 놈들의 피를 빨던 사내들이 어이없는 표정을 지을 정도의 아수라장이었다.

그러나 어디서든 승자는 있는 법.

상관이고 동료고 일찌감치 던져 버리고 탈출을 감행한 병사들은 줄줄이 저택 밖으로 쏟아져 나왔다.

그리고 곧 알게 되었다.

밖으로 나왔다는 말이 살 수 있다는 말과 이음동의어는 아니라는 사실을 말이다.

크아아아! 푸확─!

"헉! 이, 이놈들은 또 뭐야?"

"느, 늑대? 늑대다! 밖에는 거대한 늑대가 있어!"

투투투투! 푸확─!

"이, 이놈들도 총에 맞아도 끄떡없어! 안 돼! 으아아악!"

"큭! 이, 이건 말도 안 돼! 여긴 뭐야? 망할 소교 자식, 대체 우리를 어디로 데려온 거냐고!"

곳곳에서 울리는 괴성과 그때마다 터져 올라오는 피! 피!

피!

"몰라! 모른다고! 난 이제 아무것도 몰라!"

누군가의 말처럼 공황 상태에 빠져 버린 병사들은 그야말로 백치처럼 마구잡이로 총을 쏴 대며 도망갈 뿐이었다.

그리고 그 틈바구니에서도 살아서 빠져나오는 병사들이 있었다.

그러나 트럭이 있는 곳까지 도착했을 때.

"이런 빌어먹을……."

모두 허탈한 목소리로 중얼대며 멈춰 섰다.

몸에는 갑옷을, 손에는 검을 들고 트럭 주위에 늘어서 있는 사람들을 보는 순간 이해했기 때문이다.

그들이 아군일 리 없다는 걸 말이다.

그리고 그 병사들의 생각대로.

"내가 하지."

푸확-!

대열에서 걸어 나온 여자의 대검에 피를 뿜으며 쓰러졌다.

"퉤! 쓰레기만도 못한 자식들! 아무리 언어와 생김새가 다르다고 해도 같은 인간을…… 그것도 걸을 힘조차 없는 노인과 여자, 어린애까지 저렇게…… 이계의 병사들은 최소한의 명예심도 없는 건가?"

"이계의 병사가 아니다."

그때 뒤에서 지켜보던 사내가 고개를 저으며 말했다.

"이런 놈들을 레온과 같은 세계의 인간이라고 말하지 마라. 이놈들은 레온은 물론, 지금까지 우리가 봐 온 하쿠인과도 다른 나라의…… 아니, 그저 이계의 몬스터일 뿐이다."

차가운 눈으로 놈들을 내려다보며 말하는 사내는 워트였다.

"여긴 맡기지."

워트가 대검을 휘두른 여자, 리디아의 어깨를 가볍게 치며 스쳐 지나갔다.

그리고 아직 꿈틀대는 놈들을 밟고 있는 늑대, 발론을 향해 살짝 고개를 끄덕여 주고 안팎으로 수북이 시체가 쌓인 문을 넘어 들어갔다.

"……왔나?"

"하덴, 수고했다."

"그래, 이번에는 그런 말을 들어도 되겠다. 이놈들의 피를 빠는 건 너희가 음식물 쓰레기를 먹는 것과 비슷한 기분이었으니까. 하지만 그런 불평을 할 때는 아니겠지."

"성과는?"

"한 놈뿐이다. 하지만 운이 좋았다고 해야겠지. 개중에 그나마 이계어를 할 줄 아는 놈이 걸렸으니까. 다른 쓰레기보다는 지위도 높아 보이고 말이야."

저택에 있던 중년인, 하덴이 고개를 돌리며 대답했다.

그 뒤에는 미라 같은 몰골로 변한 소교가 몽롱한 표정으로 주저앉아 있었다.

"대답할 수 있는 상태인 건가?"

"남은 피가 얼마 없는 상태로 뱀파이어가 돼서 저런 거지만, 대답은 할 수 있을 거다. 이제 그건 저 녀석이 선택할 문제가 아니니까."

"그럼 됐어."

워트가 차가운 눈으로 소교를 돌아보며 물었다.

"네가 소속된 곳이든 다른 곳이든, 지난 며칠 사이에 뼈로 된 갑옷을 입은 남자나 정복 차림의 남자가 나타났다는 얘기를 들은 적이 있나? 그 둘의 이름은 레온과 카자드, 소문으로라도 그 두 남자에 대해 들은 적이 있다면 한마디도 흘리지 말고 말하라."

"레온…… 카자드……."

소교가 몽롱한 얼굴로 워트의 말을 따라 하듯이 띄엄띄엄 중얼거렸다.

그러나 곧 고개를 저었다.

"그런 이름은 들어 본 기억은 없습니다."

"제대로 생각해 봐라!"

워트가 와락 소교의 멱살을 움켜쥐며 소리쳤다.

"어이, 진정해라. 네가 그 녀석을 어떻게 하든 상관없지만, 그 녀석을 어떻게 하려고 이러고 있는 건 아니잖아. 게다가 말했듯이 그 녀석은 지금 거짓말 따위를 할 수 있는 처지가 아니다. 흥분한다고 딱히 더 도움이 되지는 않아."

하덴의 말대로였다.

워트의 목소리가 거칠어지자 소교는 미라처럼 말라비틀어진 얼굴을 바들바들 떨어 대고 있었다.

그러나 놈들을 추적하며 본 게 있는지라 동정심 따위는 생기지 않았다.

그리고 뭣보다, 지금 워트는 그럴 마음의 여유가 없었다.

알고 있기 때문이다.

레온과 카자드가 적 마법사가 만들던 공간 이동 마법에 휩쓸려 사라졌다면…….

"꼭 이름이나 앞서 말한 것과 같은 복장을 한 사람만 한정할 필요는 없다! 한 명은 너희 쪽 세계의 사람과 같은 외모를 하고 있고, 다른 한 명은 우리 쪽, 너희 측에서는 이계인의 외모를 하고 있다! 지난 며칠 사이에 그런 두 남자가 너희 측에 갑자기 나타났다거나, 잡혔다는 얘기도 들어 본 적이 없나?"

가장 확률이 높은 건 이쪽, 상상할 수 있는 가장 최악의 상황이라고 말이다.

당연히 가장 먼저 확인해야 할 것도 그쪽이다.

"드, 듣지 못했습니다."

그러나 소교는 고개를 저으며 대답했다.

"애초에 지금 이 지역의 시설을 관리하는 건 우리가 아닙니다. 대격변이 일어나고 얼마 안 돼 나타난 자들입니다."

"세컨드 보이스를 말하는 건가?"

"모릅니다. 우리는 그자들의 지시를 따르라는 명령을 받았을 뿐이고, 저도 그 이상은 관심을 가지지 않았습니다. 물론 그자들 역시 말해 주지 않았고요. 제가 맡은 임무는 일정 기간 단위로 할당된 숫자만큼 이계인을 잡아 넘겨주는 게 전부였습니다. 그러니 다른 지역은 물론, 제가 이계인을 넘겨주는 곳에서조차 무슨 일이 벌어지고 있는지는 모릅니다."

"상강 지역의 기지에서 일어난 일도 모른다는 말이냐?"

워트가 말한 상강 지역의 기지란 이곳에서 약 150킬로미터 떨어진, 태영이 사라진 교도소를 말하는 것이다.

"상강 지역? 거기에도 연구소가 있다는 말은 들은 적이 있습니다만, 무슨 일을 두고 하시는 말씀인지……."

그러나 소교는 그곳이 습격당했다는 얘기조차 들어 본 적이 없는 얼굴이었다.

"쓸모없는 놈!"

하덴이 놈의 면상을 향해 씹어뱉듯이 쏘아붙였다.

"적지 한복판에서 꼬박 하루를 들여 추적해 왔는데 얻은 게 제 놈에게 지시를 내리는 놈들이 누군지도 모르는, 아니 누군지 궁금해지도 않는 머리가 텅 빈 놈이라니, 삽질도 이런 삽질이 없군."

"……꼭 그런 건 아니지."

워트가 살짝 고개를 저으며 중얼거렸다.

그리고 잠시 미간을 좁히며 생각하다가 다시 소교를 바라보며 물었다.

"그래도 원래 여기가 루이너 왕국이라는 것 정도는 알고 있겠지?"

"그건 좀 다릅니다."

"달라?"

"방금 말씀하신 루이너 왕국은 모두 본래 우리나라 영토의 일부입니다. 따라서 여기가 본래 루이너 왕국이었던 게 아니라 불법으로 우리나라 영토를 점거한 침략자가 되는 거죠."

"루이너 왕국 쪽에서는 너희가 침략자가 되겠지."

"그건⋯⋯."

"됐다. 그런 걸 따지려고 꺼낸 말이 아니니까. 내가 알고 싶은 건 현재 루이너 왕국의 상황이다."

"네? 루이너 왕국의 상황이라니⋯⋯ 그야⋯⋯."

"묻는 말에나 대답해라!"

어리둥절한 표정으로 대꾸하던 소교가 하덴의 목소리에 흠칫 놀라며 얼른 대답했다.

"이, 이제 루이너 왕국은 없습니다."

"⋯⋯뭐?"

"루이너 왕국의 왕도가 함락된 지는 벌써 한 달이 넘었습니다. 국왕과 나머지 왕족도 모두 잡혀서 처형당했습니다."

정확히 말하면 그 과정은 소교가 말한 것과는 반대로 진행되었다.

당시 이미 루이너 왕국은 갑자기 압도적인 화력과 그 이상의 머릿수로 밀고 들어온 대륙군에 영토 대부분이 점령당한 상태였지만, 왕도 주변에 병력을 규합해 대륙군을 막아 내고 있었다.

그러자 대륙군은 방향을 전환했다.

왕도를 봉쇄하는 한편, 주변 영지를 잿더미로 만들며 국민을 학살하기 시작한 것이다.

그리고 루이너 국왕은 버티지 못했다.

그리하여 학살을 멈추겠다는 약속을 받아 내는 조건으로 백기를 들고 투항!

그러나 그 결과는 방금 소교가 말했듯이 왕족과 함께 처형당하는 것이었고, 왕도가 함락된 건 그다음이었다.

그리고…….

"하! 그래, 뭐 약속은 지킨 셈이군."

코웃음을 치며 중얼대는 하덴의 말대로 약속은 지켜졌다.

문제는 그게 루이너 국왕이 기대하던 방식이 아니라는 것이지만 어쨌든.

"그럼 나머지 병사들은?"

"왕도가 함락될 때 대부분 죽었습니다. 살아남은 병사는 연구소로 보내졌고요. 다른 영지도 상황은 비슷했습니다. 끝까지 저항하던 자들은 모두 죽고, 나머지는 뿔뿔이 흩어져 대륙 서부로 도망갔다고 들었습니다. 그 뒤로 루이너 병사를 봤다는 말도 들어 본 적이 없습니다만…….”

소교가 워트와 하덴의 눈치를 살피며 말을 흐렸다.

워트를 루이너 왕국의 잔류병이라고 생각하고 있던 모양이다.

뭐 교도소의 일조차 들어 보지 못한 놈이니 워트 일행을 보고 떠올릴 만한 병사는 그들밖에 없기도 하겠지만.

“그만하면 됐다. 일단 너는 너희 군의 배치 상황이나 규모, 방금 네가 말한 자들이 관리한다는 연구소의 위치까지, 네가 아는 모든 것을 빠짐없이 적어 놔라.”

워트는 그 말을 끝으로 몸을 돌렸다.

그러자 하덴이 옆으로 다가와 슬쩍 놈을 돌아보며 물었다.

“그다음은?”

“물론 데리고 가야지. 거짓말은 못 해도 잊고 있던 정보가 더 있을지도 모르고, 그게 아니라도 써먹을 데는 많을 테니까.”

“그러지. 어이, 뭘 보고 있냐? 남은 피까지 빨려서 뒈지고 싶지 않으면 빨리해!”

하덴이 고개를 돌리며 소리치자 놈이 허둥지둥 노트와 펜을 꺼내 들었다.

워트는 밖으로 나왔다.

그사이 트럭 뒤에 묶여 있던 사람들은 모두 풀려났고, 대강의 치료도 끝난 상태였다.

워트는 일단 그들에게도 소교에게 물었던 것과 같은 질문을 해 보았다.

그러나 돌아오는 대답은 크게 다르지 않았다.

이에 워트의 입에서 한숨이 흘러나왔고, 그를 바라보던 자레드와 드미트리, 에단, 라르고를 포함한 수인족 족장들의 입에서도 한숨이 흘러나왔다.

"알아낸 게 없는 겁니까?"

"그래, 하덴이 이 부대의 대장을 뱀파이어로 만들었지만, 놈은 되레 우리가 습격했던 기지의 일도 모르고 있더군."

"하지만 그 직후에 지원군이 오는 걸 확인했으니 연락망이 갖춰져 있지 않은 건 아닐 겁니다. 자국의 병사라도 필요한 것 이상의 정보는 알려 주지 않는다고 봐야겠죠. 그리고 놈들이 그런 식으로 병력을 운용한다면……."

드미트리의 말에 워트가 고개를 끄덕이며 대답했다.

"이런 방식으로는 레온과 카자드가 적 기지에 떨어졌는지조차 확인하기 힘들다는 말이지."

"……그럼 이제 어쩌실 생각입니까?"

"찾아봐야지."

"물론 저도 두 분을 포기할 생각은 없습니다. 하지만 당장은 어디서부터 찾아봐야 할지조차 모르는 상황 아닙니까?

서방 대륙도 그렇지만, 범위를 루이너 왕국으로 한정한다고
해도 마찬가지입니다. 200여 명의 병력만으로, 그것도 지형
조차 익숙하지 않은 곳에서 적의 눈을 피하며 두 분을 찾는
건 현실적으로 무리입니다."

"알고 있어. 그래서 찾아봐야 한다는 거다. 경 말대로 우리
만으로는 무리니까. 우리를 도와줄 수 있는 자들을 말이야."

"하지만 루이너 왕국은 이미 멸망했다고 했다고 하지 않았
습니까? 그리고 국민은 모두 저런 처지로 전락했고 말입
니다. 그런 곳에서 우리를 도와줄 자들이······."

"있다."

워트가 드미트리의 말을 끊으며 대답했다.

"루이너 왕국에서 일어난 일처럼 만약 발트하츠가 외세의
침공을 받고, 영지민의 피해를 줄이기 위해 투항한 아버님이
적의 손에 처형된다면, 그럼에도 영지민이 저들과 같은 처지
가 된다면 경은 어떻게 하겠는가?"

"그야 생각하고 말고 할 것도 없지 않습니까? 당연히 수
천, 아니 수만의 적이라도 기필코 뚫고 들어가 그런 짓을 한
놈들의 대가리를 찾아내 박살 내 놓겠습니다!"

"마땅히 그래야지."

"그거야 생각할 필요도 없는 일 아닌가! 이번에도 마찬
가지다! 만약 주인님의 몸에 조금이라도 안 좋은 일이 생
긴다면 나 역시 놈들의 씨를 말릴 때까지 돌아가지 않을 것

이다!"

드미트리의 말에 자레드가 고개를 끄덕였고, 라르고와 하울, 일라, 다란도 이를 드러내며 한목소리로 대답했다.

"그렇겠지."

피식 웃으며 고개를 끄덕인 워트가 에단을 돌아보았다.

"경도 같은 생각인가?"

"결론만 얘기하자면 저도 다르지 않습니다."

"과정까지 얘기한다면?"

"드미트리 경처럼 무식하게 행동하지는 않겠죠."

"뭐? 이……."

드미트리가 발끈한 표정으로 돌아봤지만, 에단은 눈길도 주지 않고 말을 이었다.

"워레스트 님이 말씀하신 상황이 실제로 일어나려면 한 가지 전제가 필요하기 때문입니다. 침공한 적이 그라디오스 후작님조차 투항하는 것 외에는 다른 방법이 없을 정도로 강대한 적이라는 전제 말입니다. 그런 적을 상대로 고작 저 같은 기사 한 명이 뚫고 들어가 적장의 박살 낼 수 있으리라는 생각은 들지 않습니다. 거기에 다른 병사가 더해진다고 달라질 것도 없을 테고요."

"결론은 같다고 하지 않았나?"

"네, 결론은 같죠. 단지 거기에 걸리는 시간이 다를 뿐입니다. 해야만 하는 일이라면, 더구나 그게 목숨을 버려서라도 기필코 성공해야 하는 일이라면, 그만한 인내심이 필요한 법이죠."

"나도 그렇게 생각한다."

워트가 고개를 끄덕이며 말했다.

"그리고 루이너 왕국의 기사들 역시 그러리라고 생각한다."

"루이너 왕국의 기사들?"

"하덴이 잡은 놈은 국왕이 처형당한 뒤에 루이너 왕국의 기사들도 모두 뿔뿔이 흩어졌다고 하더군. 그리고 그 뒤로는 본 적도 없다고 말했다. 경들은 그게 정상으로 보이는가?"

"듣고 보니 확실히 정상은 아니군요."

"그래, 나는 루이너 왕국에 대해 잘 모른다. 하지만 기사에 대해서는 잘 알고 있지. 적어도 내가 아는 기사는 적이 강하다거나, 국왕이 처형당했다는 이유만으로 도망치는 자가 될 수 있는 게 아니다."

소교에게 루이너 왕국의 병사들에 관해 더 캐묻지 않은 이유가 그 때문이었다.

아무리 강한 세력의 침공을 받았다고 해도 한순간에 멸망하는 나라는 없다.

어떤 나라든 마지막까지 저항하는 자들은 있기 마련이다.

그럼에도 국왕이 처형당한 시점에서 왕도는 물론, 다른 영지에서도 병사들이 뿔뿔이 흩어져 도망쳤다면 생각할 수 있는 건 하나!

루이너 왕국에도 있다는 말이다.

"기회를 노리고 있을 거라는 말이군요. 이미 국토 전역이 놈들의 손아귀에 떨어져 전면전을 할 상황이 아니니, 놈들의 급소에 일격을 먹일 기회를 말입니다."

에단처럼 생각한 누군가가 말이다.

그리고 당연히 그 역시 알고 있을 것이다.

그런 기회가 그저 몸을 숨기고 손가락만 빨아 댄다고 저절로 찾아올 리 없다는 걸.

아마도, 아니 틀림없이 루이너 왕국 전역에서 놈들의 정보를 모으고 있을 터!

"……무슨 말인지는 알겠습니다. 확실히 그들의 도움을 받을 수 있다면 두 분의 행방을 찾는 데 상당한 도움이 되겠죠. 두 분이 루이너 왕국 어딘가로 이동했어도 그렇겠지만, 우리가 가장 걱정하는 적 기지에 떨어졌다 해도 말입니다. 하지만 모두 워레스트 님의 말대로라도 그들은 몸을 숨기고 기회를 기다리는 자들입니다. 루이너 왕국을 장악한 놈들조차 찾지 못하는 자들을 우리가 찾아낼 수 있겠습니까?"

"무리겠지."

워트가 살짝 고개를 끄덕이며 대답했다.

"그러니 찾아오도록 만들어야지."

디스바로스

"어때?"

태영이 슬쩍 고개를 돌리며 말했다.

"그렇게 물어보신들…… 보기 좋은 모습이라고 대답하기는 힘들겠군요. 며칠인지도 모를 시간 동안 뭔지도 모를 전갈 떼와 싸우며 사막을 횡단해 왔으니 무리도 아니다 싶지만."

"남 말할 처지냐?"

"그래서 하는 말입니다. 저도 남 말할 처지가 아닐 테니까, 서로 얼굴을 들이밀며 얘기하는 건 되도록 피하는 게 좋지 않겠습니까?"

－정말 한결같은 놈이군.

태영이 카자드를 좋아할 수 없는 이유이기도 하다.

아니, 뭐 좋아하고 싶은 생각도 없지만 어쨌든, 놈이 말한 대로 며칠인지도 모를 시간 동안 함께 지내면서도 카자드는 단 한 번도 순순히 대답하는 법이 없었다.

그러나 이번에는 그런 카자드의 태도도 태영의 기분을 불쾌하게 바꿔 놓지는 못했다.

드디어 나타났기 때문이다.

끝도 없이 이어지던 지평선 너머에서, 거대한 피라미드처럼 생긴 구조물이 말이다.

방금 어쩌냐고 물어본 이유가 그 때문이다.

피라미드는 한 면이 1킬로미터에 달할 정도로 거대했지만, 끝도 없이 펼쳐진 잿빛 사막의 넓이를 생각하면 그야말로 사막에서 바늘 찾기나 다름없는 일.

그 힘든 일을 태영이 해냈다는 말이다.

- 하지만 나도 이번만큼은 딱히 뭐라고 따지고 싶지는 않군. 솔직히 말하면 주인도 그냥 찍은 거잖아.

물론 굳이 따지자면 그렇긴 하다.

그러나 중요한 건 결과고, 그 결과를 만들어 낸 건 그렇게 찍었는데도 불구하고 주저 없이 걸음을 옮긴 과감한 판단력!

뭐 그렇다고 카자드가 입에 침을 튀기며 감탄사를 터뜨려 주기까지는 바라지 않았지만.

"게다가 아직 그런 표정을 짓기도 이른 것 같고 말입니다. 아직 공왕님이나 저나 이 세계에 대해 아는 게 없지 않습니까? 지금까지 보지 못했던 게 나타났다고 저기에 특이점이 있으리라는 보장도 없죠."

"경은 대체 왜 그렇게 매사에 부정적이야? 세상에 불만이라도 있어?"

"네, 이 세계에는 불만이 생기는군요. 음식이나 잠자리 걱정은 하지 않더라도 얼굴을 마주 볼 때마다 거북해지는 사람과 며칠이나 사막을 헤매는 건 제게도 즐거운 일이 아니니까요."

"그럼 긍정적으로 생각해야 하는 거 아니야?"

"긍정적으로 생각해서 문제가 해결된다면 저도 당연히 그렇게……."

흘리듯 대답하던 카자드가 살짝 미간을 모으며 말을 멈췄다.

그리고 이내 고개를 끄덕이며 다시 말했다.

"어쩌면 공왕님의 말씀대로일지도 모르겠군요."

"무슨 말이야?"

"다른 건 몰라도 이 세계에 인공적인 건축물은 저 유적뿐인 건 사실인 모양입니다."

그렇게 말하면서도 카자드는 정작 다른 방향을 바라보고 있었다.

이에 그 시선을 따라 고개를 돌리자 좌측에 사막에서 피라미드 형태의 유적 쪽으로 옅은 빛을 뿜어내는 구체가 날아오고 있었다.

그리고 곧 우측과 뒤쪽 사막에서도 같은 빛의 구체가 떠올랐다.

"저건……."

"제가 보내 뒀던 겁니다."

"경이?"

"저라고 공왕님만 믿고 따라갈 수는 없지 않습니까? 게다가 두 번째 잠을 잘 때는 살짝 그 믿음이 흔들리기도 했고요. 그래서 살짝 보험을 들어 뒀죠. 특이점에서 일어나는 마력의 왜곡을 감지하면 제게 돌아오도록 설정해 둔 마법구를 다른 방향으로 날려 두는 방식으로 말입니다. 그 마법구가 모두 이곳에 모인다는 건……."

"결국, 어느 방향으로 갔어도 이곳에 도착하게 됐을 거라는 말이군."

"그래도 공왕님이 망설이지 않고 방향을 잡아 준 덕분에 일찍 도착했다는 부분은 부정할 수 없는 사실이죠."

"그런 위로는 집어치워. 위로처럼 들리지도 않지만, 위로받을 일도 아니니까. 되레 기뻐해야 할 일이지. 그건 저기에 특이점이 있을 확률이 더 높아졌다는 의미일 테니까."

"그렇죠. 그게 마냥 환호성을 터뜨리며 뛰어갈 일이라는 의미는 아니겠지만 말입니다."

"날 누구라고 생각하는 거야?"

태영이 코웃음을 날리며 그리모어를 뽑아 들었다.

방금 카자드가 말했듯이 특이점은 기본적으로 마력의 왜곡을 일으킨다.

다른 곳보다 더 많은 마력이 집중된다는 말이다.

블러드 폴의 특이점이 하덴의 뱀파이어 성안에 있던 이유가 그 때문이다.

아니, 정확히 말하면 그 반대, 그곳에 특이점이 있었기에 뱀파이어성이 있던 것이다. 많은 마력은 그만큼 마력에 민감한 존재를 끌어들이는 법이니까.

따라서 특이점이 있는 곳은 둘 중 하나다.

그 마력에 끌린 몬스터 떼가 득실대고 있거나, 혹은 그 몬스터 떼마저 쫓아낼 수 있을 정도로 강력한 보스급 몬스터가 눌러앉아 있거나.

물론 보스급 몬스터가 다른 놈들을 부하로 부리는 욕 나오는 상황도 종종 있지만 어쨌든.

"내가 그런 걸 신경 쓸 것 같아?"

"선택의 여지도 없죠."

"그것도 사실이지만, 어차피 할 일이 똑같다면 신경 쓰지 않는다는 편이 낫지. 그게 더 있어 보이니까."

물론 그렇다고 무턱대고 뛰어 들어갈 생각은 없었다.

태영이 바라보는 위치에서 정면으로 유적의 입구가 보였지만, 먼저 주위를 꼼꼼히 살펴본 뒤에야 발을 들여놓았다.

안쪽으로 길게 이어진 통로를 따라 들어갈 때도 마찬가지였다.

우우우웅─!

낮은 울림이 흘려 내는 그리모어에 옅은 오러를 두르고, 언제든 반응할 수 있도록 마력을 순환시키며 한 발 한 발 신중히 걸음을 옮겼다.

카자드 역시 마치 더듬이처럼 마력을 실타래를 풀어 주위를 더듬으며 따라왔다.

그렇게 대략 10여 분 정도 지났을 때.

"여기는……."

낮게 중얼거리는 태영의 목소리가 웅웅 울릴 정도로 거대한 홀이 나타났다.

넓이는 대략 400~500미터.

원형으로 되어 있는 홀의 가장자리는 계단 같은 구조로 되어 있었는데, 수백 구에 달하는 미라가 그 계단을 따라 둘러앉아 있었다.

그리고 그 맞은편, 홀의 중심을 가로지르며 뻗어 있는 기둥에는 그들 모두를 합쳐 놓은 것처럼 거대한 미라가 무수한 쇠사슬에 휘감긴 채 세워져 있었다.

"구조나 사람……이라고 해도 될지 모르겠지만, 중심을 향해 앉아 있는 모습을 보면 경기장이나 의회 같은 형태이기는 한데…….”

“그런 것보다 중요한 건 여기에 특이점이 있냐는 거지. 저게 미라가 아니라 다 황금 덩어리라도 특이점을 못 찾으면 그림의 떡이니까. 난 아직 이렇다 할 만한 건 찾지 못했는데, 경 쪽은?”

“저도 아직 별다른 건 찾지 못했습니다.”

“그럼…….”

“좀 더 살펴보는 수밖에 없겠죠. 여기서도 특이점을 찾아내지 못하면 저희도 저자들 옆에 나란히 앉아 미라가 되는 수밖에 없을 테니 말입니다.”

“그걸 지금 농담이라고 하는 거냐?”

“농담이 아닙니다. 말하지 않았습니까? 다른 곳에는 뒤져볼 만한 장소도 없다고.”

몸을 돌리던 카자드가 정색하며 대답했다.

태영도 정색하며 대답해 주었다.

“그쪽 말고. 나란히 앉아 미라가 되다는 말 말이야. 우리가 그렇게까지 가까운 사이는 아니잖아.”

“하아, 뭐랄까…… 의지가 되는 분이군요.”

“그래도 내 옆자리는 못 줘. 그러니 열심히 찾아보라고. 경계도 늦추지 말고. 아직 별다른 기척은 느껴지지 않지만, 지금까지 봐 온 몬스터도 기척은 없었으니까. 갑자기 저 미라가 벌떡 일어날지도 몰라.”

"무섭군요. 주의하죠."

태영의 말에 카자드가 피식 웃으며 몸을 돌렸다.

그러나 다행히, 아니 지금 같은 상황에서는 아쉽다고 해야겠지만 어쨌든, 그런 일은 벌어지지 않았다.

'나이트 비전'으로 구석까지 꼼꼼히 훑는 눈에도 별다른 건 발견되지 않았고, 일정 간격으로 발동시킨 '라이트 웹'에도 걸리는 건 없었다.

이에 태영이 이렇다 할 소득 없이 홀 아래로 내려왔을 때였다.

먼저 온 카자드가 거대한 미라가 묶여 있는 기둥을 바라보고 있었다. 아니, 정확히는 그 기둥 표면에서 야광처럼 빛을 뿜어내는 문양들을 바라보고 있었다.

"뭐지? 그 문양은?"

"마력을 불어 넣으니 떠오르더군요."

"……신대 문자와 비슷하군."

태영이 눈매를 좁히며 중얼거리자 카자드가 고개를 끄덕이며 대답했다.

"신대 문자 맞습니다."

"뭐? 아니, 하지만 이건 내가 본 신대 문자와는……."

"단, 일반적으로 사용하던 문자는 아닙니다. 특수 계층이 신과 소통할 때 사용한 일종의 제례용 문자입니다."

－그걸 네가 어떻게 아는데?

태영도 같은 의문이 떠올랐지만, 인제 와서 새삼 따지고
싶은 생각은 들지 않았다.

　"읽을 수 있는 건가?"

　"네, 하지만…… 우리에게 도움이 될 내용은 아닌 것 같군
요."

　카자드가 한숨 섞인 목소리로 중얼거렸다.

　"어떤 내용인데?"

　"'신에게 대항한 자, 생과 사의 감옥에서 영원한 고통을
받으리라.'라고 적혀 있습니다."

　"신에게 대항한 자? 이 미라를 말하는 건가?"

　"그런 것 같습니다. 아마 그 아래에 적혀 있는 게 이 미라
의 이름인 것 같고 말입니다."

　"이름?"

　"네, 디스바로스."

　카자드가 고개를 끄덕이며 말했을 때였다.

　쿵! 촤라라락-!

　돌연 굉음과 함께 거친 쇳소리가 울렸다.

　바로 앞, 미라에 휘감겨 있는 굵은 쇠사슬이 한쪽으로 쓸
려 가며 일으키는 소리였다. 그리고 덜컥대며 흔들리는 미라
의 몸에 쌓여 있던 먼지가 우수수 쏟아져 내렸을 때.

　위이이잉-!

　10여 미터 떨어진 곳에서 두 개의 빛이 떠올랐다.

불길처럼 타오르듯이 뿜어져 올라오는 푸른 빛은 태영의 손에 들린 그리모어가 뿜어내는 소드 오러, 그 옆에서 복잡한 문양을 떠올리는 빛은 카자드의 마법 술식이었다.

　- 너희는…… 누구냐?

　그때 돌연 머릿속으로 장중한 울림이 흘러 들어왔다.

　순간 태영과 카자드가 동시에 움찔하며 멈췄고, 서로 빠르게 시선을 교환하다가 다시 미라를 돌아보았다.

　"방금 내 머릿속에 울린 목소리는 네 목소리인가?"

　- ……사도가 아닌 건가?

　"사도?"

　- 아닌 모양이군. 그렇겠지. 신이라는 허물을 뒤집어쓰고 세상을 멋대로 주물러 대는 그 비열한 놈들이 인제 와서 사도를 보낼 리가 없지. 크크크, 한순간이나마 너희가 사도일지도 모른다고 기대한 내가 저주스럽구나.

　격앙된 목소리와 함께 미라의 몸이 격렬하게 흔들렸다.

　촤라라락! 콰쾅! 촤라라락! 콰쾅!

　그때마다 미라에 휘감긴 쇠사슬이 이리저리 쓸려 가며 굉음을 일으켰다.

　그러나 곧 미라가 우뚝 멈추며 머리를 아래로 숙였다.

　- ……그럼 너희는 누구지? 사도도 아닌 자가 대체 어떻게 내 정신세계에 들어와 있는 거냐?

　"정신세계?"

-그렇다. 이곳은 내 정신세계이자 비열한 신이 나를 가둬 둔 무한의 감옥이다. 그 신이 내게 지키라고 한 세계를 지키려고 한 대가로 말이다. 크크크, 웃기지 않나?

웃기지 않다.

무슨 말을 하는지도 모르겠으니까.

추가로 말하자면 마치 거대한 계곡에서 메아리치듯이 울리는 장중한 목소리로 말하니 이런 말까지 하고 싶지는 않지만, 솔직히 관심도 없었다.

"우리는 여기가 어디인지 알고 들어온 게 아니다. 어쩌다 보니 공간의 틈으로 떨어지게 됐고, 그곳에 나 있던 균열을 통해 들어왔을 뿐이다."

-균열이라고?

미라가 움찔하며 되물었다.

-그럴 리가…… 아니, 그럼 혹시 그때 그…….

"뭔가 아는 게 있나?"

-짚이는 게 없진 않지. 하지만 내게는 중요한 게 아니고, 녀희에게도 중요한 일은 아닐 것 같군. 대체 언제부터 공간의 틈이 어쩌다 보니 떨어질 수 있는 곳이 됐는지는 모르겠지만, 우연히 이곳에 들어왔다면 녀희가 원하는 게 편지는 알 것 같으니까.

"그럼 얘기가 빠르겠군. 우리는 본래 우리가 있던 세계로 돌아가고 싶다. 이곳도 그 방법을 찾기 위해 온 것이다."

─그렇겠지.

미라가 목과 머리에 휘감긴 쇠사슬을 흔들어 대며 끄덕였다.

─네가 말하는 방법이라는 게 뭘 두고 말하는지는 알고 있다. 차원과 차원의 벽이 맞닿은 장소, 특이점이겠지. 하지만 이 세계에 특이점 따위는 없다.

"없다고?"

─그래, 믿어도 좋다. 말했듯이 이곳은 내 정신세계. 이 세계의 주인이자 유일한 수형인이 하는 말이니까.

─……농담이지?

머릿속으로 그리모어의 목소리가 흘러 들어왔다.

─그렇잖아! 저 녀석의 말이 사실이라면…… 아니, 역시 사실일 리가 없다고! 얼마나 오래 묵었는지조차 모를 놈이, 그것도 방금 깨어난 놈이 뭘 알겠어? 그냥 되는대로 떠들어 대는 것뿐일 거야! 당연하지! 그 고생을 하며 여기까지 왔는데 이딴 곳에서 그냥 푹푹 썩어 가는 수밖에 없다니, 그럴 리가 없잖아! 안 그래? 어이, 주인, 뭐 하는 거야? 저런 헛소리를 언제까지 들어 주려는 거야? 항상 그렇듯이 뭐라고 한마디 해 주라고!

그 목소리가 점차 격앙되었다.

그러나 태영은 아무 말도 할 수가 없었다.

그리고 또, 그렇게 떠들어 대는 그리모어 역시 이미 알고 있을 것이다.

적어도 그 미라가 되는대로 떠들어 대거나, 거짓말을 하는
건 아니라는 걸 말이다.

이유를 묻는다면 논리적으로 대답하기는 힘들었지만, 그
냥 그렇게 느껴졌다.

물론 그렇다고 그리모어의 말처럼 그냥 고개를 끄덕이며
받아들일 수 있는 일은 아니었다. 여기서 더 무슨 말을 해야
할지는 모르겠지만, 무슨 말이든 해야 했다.

"그런……."

이에 태영이 쥐어 짜내듯이 입을 열 때였다.

내내 묵묵히 미라를 바라보고 있던 카자드가 한 걸음 내디
디며 말했다.

"그래서? 하고 싶은 말이 뭐지?"

"뭐?"

"저자는 아직 이 세계에서 나갈 방법이 없다고 말한 적은
없습니다. 특이점이 없다고 했을 뿐이죠."

"그게 그 말이……."

"아니죠. 애초에 우리는 특이점을 찾고 있다는 말을 한 적
도 없습니다. 그럼에도 굳이 특이점이 없다고 대답한다면
다른 방법은 있다는 말을 하고 싶어서라고 생각하는데, 아
닌가?"

카자드를 돌아보던 태영이 이어지는 말에 움찔하며 다시
미라를 돌아보았다.

미라의 눈두덩 안에서도 흥미로운 빛이 떠올랐다.

-그런 것 같나?

"우리는 이곳까지 찾아오는 데도 꽤 많은 시간을 보내야 했다. 그리 즐거운 시간은 아니었지. 지금 와서 그걸 불평하고 싶지는 않지만, 네 말에 장단이나 맞춰 주고 싶은 기분은 아니라는 걸 알아줬으면 좋겠군."

-그런 식으로 말한다면 내가 알 바는 아니라고 말해 주고 싶지만…… 흠, 그렇군. 그래, 어떤 일이든 이유 없이 일어나는 일은 없는 법이지. 헤아릴 수 없는 시간 동안 닫혀 있던 내 의식이 깨어날 수 있던 것도, 당연히 그만한 이유가 있겠지. 놀랍군. 너는…….

"네 말에 장단 맞춰 줄 기분은 아니라고 했을 텐데?"

카자드가 날카로워진 목소리로 말을 끊었다.

그러나 미라는 딱히 불쾌해하는 반응을 보이지는 않았다.

-그렇군. 이해했다.

그저 슬쩍 태영을 돌아보며 고개를 끄덕일 뿐이었다.

뭔가 미묘한, 그들만의 세계에서 교감하는 듯한 미라와 카자드의 분위기에 태영은 왠지 모를 찜찜한 기분에 사로잡혔다.

-일단 네 질문에 대답하자면 사실이다.

그러나 이어지는 말은 한순간에 그런 감정마저 날려 버렸다.

"사실이라고? 그럼……."

─네 옆에 있는 자의 말대로다. 방금 말한 것처럼 이 세계에 특이점은 없지만, 나갈 방법은 있지. 그것도 어딘지도 모를 세계를 헤맬 필요도 없이, 한 번에 너희 세계로 돌아갈 수 있는 확실한 방법이 말이다. 물론 쉬운 방법은 아니지만.

"그건 우리가 판단할 문제다. 아무래도 넌 도와줄 처지가 아닌 것처럼 보이니까."

─그렇긴 하지.

카자드의 말에 미라가 쓴웃음이 섞인 목소리로 대답했다.

─하지만 동시에 내 도움이 없이는 불가능한 일이다. 특이점이 없는 이곳에서 너희가 본래 세계로 돌아갈 유일한 방법은 내 힘을 이용하는 것밖에 없으니까.

"네 힘?"

─그래, 나는 디스바로스, 공간을 초월하는 힘을 가진 자다. 아니, 가진 자였었다고 해야겠군. 기억도 할 수 없을 정도로 오래전에 빼앗겼으니까.

"빼앗겨? 누구에게 말이지?"

─누구겠나?

미라가 분노와 좌절, 그리고 자조 섞인 목소리로 되물었다.

─말하지 않았나? 이곳은 나의 정신세계이자 감옥이라고. 그리고 감옥이라면 당연히 죄수를 감시하는 교도관이 있겠지. 그

놈이다. 영원의 시간 속에서 이미 모든 것을 잃어버린 나를 조롱하는 것만을 낙으로 삼는 바로 그놈! 지금 내 힘은 놈의 더러운 손아귀에 잡혀 있지.

"그럼 그놈을 해치우면 네가 그 힘을 되찾을 수 있다는 말인가? 그리고 그 힘으로 우리를 본래 세계로 돌려보내 줄 수 있고?"

- 그렇게 되겠지.

미라가 고개를 끄덕였다.

동시에 태영도 고개를 끄덕이며 말을 이었다.

"그럼 더 들을 필요도 없겠군."

미라는 하는 말도, 또 지금의 모양새도 이래저래 꽤 얽힌 사정이 많아 보였다.

그리고 그중 몇 가지는 태영도 호기심이 일었다.

그러나 그건 머릿속의 일이고, 감정적으로는 그런 데 관심을 가질 만한 여유 따위는 없었다.

미라가 거짓말을 하고 있다면 더 들을 필요도 없겠지만, 그런 게 아니라도 마찬가지다.

지금 태영이 듣고 싶은 건 하나뿐이다.

"놈은 어디로 가면 찾을 수 있지?"

그러나 미라는 고개를 저으며 중얼거렸다.

- 역시 전혀 이해를 못 한 모양이군.

"뭐?"

- 방금 말했을 텐데? 놈이 내게서 빼앗아간 건 공간을 초월하는 힘이라고 말이다. 공간을 초월할 수 있다는 건, 공간 따위는 아무런 의미가 없다는 말이지.

"설마…… 이 세계에 없다는 말인가?"

- 그건 아니다. 놈은 틀림없이 이곳에 있다. 아니, 떠날 수 없다는 게 더 정확한 표현이겠군. 말했듯이 놈은 교도관. 나를 감시하는 게 놈이 존재하는 유일한 이유고, 나를 조롱하는 게 유일한 취미니까. 그리고 찾을 방법도 있다. 문제는 그다음이지.

미라가 잠시 말을 멈추고 제 몸에 휘감긴 무수한 쇠사슬을 훑어보았다.

그리고 다시 태영과 카자드를 돌아보며 말을 이었다.

- 나를 빈껍데기로 만들어 영원의 감옥에 가둬 놓은 건 다름 아닌 신. 나를 창조하고, 또 내가 한때 섬기던 존재다. 교도관이라고 해 봤자 그런 신의 개에 불과하지만, 그 역시 신성을 가진 존재다.

"해치울 방법이 없다는 말인가?"

- 그런 말은 아니다. 신성이 있다는 게 곧 불멸을 의미하는 건 아니니까. 하지만 한낱 인간이 의욕만 가지고 어떻게 할 수 있는 존재가 아니라는 점에서는 불멸이라고 해도 과언이 아니겠지. 그러니…….

"몇 번을 말해야 하는 건가?"

그때 카자드의 목소리가 둘 사이에 끼어들었다.

"그건 우리가 판단할 문제다."

― 해보겠다는 건가?

"선택의 여지가 있어 보이나?"

― 없진 않지. 여기서 내 말 상대나 해 주며 다가올 죽음 기다리는 거 말이다.

"거절하지."

― 물론 달갑지는 않겠지. 사실 나도 그렇다. 너희와 대화하는 건 영원의 침묵 속에 고통받는 내게 잠깐이나마 위안이 돼 주었지만, 말 그대로 잠깐이니까. 저 인간도 그렇지만, 녀도 결국은 유한한 존재. 내게는 찰나에 불과할 테고, 그 찰나의 위안은 나를 더 깊은 고통 속으로 밀어 넣는 독이 되겠지. 놈의 의도대로 말이야.

"놈의 의도?"

― 지금까지 녀희가 이곳을 찾아왔다고 생각하고 있었나?

태영의 말에 미라가 웃음기 섞인 목소리로 말했다.

― 말했듯이 이곳은 감옥이고, 놈은 교도관이다. 아마도, 아니 틀림없이 놈은 녀희가 이 세계로 들어왔을 때부터 알고 있었을 것이다. 녀희가 이곳에 있는 게 그 증거지. 이곳은 내 정신세계, 공간 따위는 아무런 의미도 없으니까.

"하지만 우리는……."

― 꽤 오래 헤맸겠지. 그게 놈의 방식이니까. 제 손아귀에 들어온 자들이 버둥대는 모습을 지켜보며 즐거워하는, 비열한 신을

닮은 놈이지. 그런 놈이 너희를 나와 만나도록 했다는 건, 이제 그런 방식으로 노는 건 질렸다는 의미겠지. 즉, 알고 있다는 말이다. 너희가 나를 만나면 내게 어떤 말을 듣게 될지, 너희가 그 말을 듣고 어떤 선택을 하게 될지도.

"그럼……."

잠시 미간을 좁히며 말을 끌던 태영이 슬쩍 입술을 추켜올렸다.

그런 말까지 들어 버리면 해 줄 말은 하나밖에 없어서다.

"후회하게 해 주는 수밖에 없겠군."

그러나 미라는 따라 웃지 않았다.

되레 더 깊은 우울함이 배어 있는 목소리로 한숨처럼 중얼거릴 뿐이었다.

─……내게 희망을 느끼게 하지 마라.

"너도 일단 우리가 놈을 해치워 주기를 바라기는 한다는 말이군."

─물론이다. 그렇다고 내 처지가 딱히 달라지지는 않겠지만…… 아니, 그만두지.

"그래, 그만둬라. 네가 무슨 말을 해도 우리의 결정 역시 달라질 일은 없을 테니까. 아니, 일단 나는 그렇다만……."

"저도 공왕님이 도중에 끼어들기 전까지 계속 그렇게 말하던 중이었습니다만?"

태영의 시선에 카자드가 불쾌한 기색을 숨기지 않고 말

했다.

태영이 빙긋 웃으며 다시 미라를 돌아보았다.

"대신 한 가지만 확인하지. 우리가 놈을 해치우면 네가 힘을 되찾는 건 확실하겠지? 물론 그때 가서 힘을 되찾는다고 우리를 원래 세계로 돌려주겠다는 말은 아니었다는 식으로 말하지 않는다는 것도 포함해서 말이야. 그럼 다음 차례는 네가 될 테니까."

─다음 차례라…… 만약 네 말대로 된다면 그건 굳이 네 힘을 빌지 않아도 될 일이다.

"뭐?"

─더 깊게 얘기하는 건 그만두지. 말했듯이 난 헛된 희망을 품고 싶지는 않으니까. 하지만 너희는 아직 희망을 버리지 않은 모양이니 대답해 주지. 물론, 나는 비열한 신과는 다르다. 약속하지. 내 힘을 되찾는다면 너희를 본래 세계로 보내 주겠다고 말이야.

"그럼 다시 묻지."

─그럴 필요 없다. 이미 대화는 충분히 나눴고, 내가 뭘 해야 하는지도 알고 있으니까. 그게 설사 놈의 의도라도.

미라가 태영의 말을 끊으며 고개를 저었다.

쿵─!

그리고 미라가 살짝 발을 들어 올렸다가 다시 바닥을 내리찍는 순간.

콰자자작!

그 다리에 굵은 균열이 번지며 갈라졌다.

그리고 마치 다리를 따라 올라가듯 가슴 부분까지 갈라졌을 때, 그 주위의 몸이 말려 들어가며 커다란 검은 구멍이 떠올랐다.

"이건……."

-놈이 있는 곳으로 연결된 통로다.

"공간을 다루는 힘은 놈에게 빼앗겼다고 말하지 않았나?"

-빼앗겼지. 그래서 열 수 있는 거다. 본래 내 것이었던 그 힘에 동조해서. 바꿔 말하면 놈이 동조해 줬다는 말이지. 그럴 생각으로 너희를 이곳으로 보낸 것일 테니까. 찜찜하면 들어가지 않아도 된다. 너희가 이 앞에서 생각이 바뀌었다고 말하면 그건 그것대로 놈에게 한 방 먹여 주는 게 될 테니까.

"그래, 네 말대로 이게 모두 놈의 의도대로 진행되는 일이라면 확실히 그런 방법도 있겠군. 하지만 아쉽게도 난 그렇게 뒤통수를 치기보다는 면상을 팍 찔러 주는 걸 더 선호하는 성격이라서 말이야."

"우연이군요, 나도 그런데."

"그런 거다."

이어지는 카자드의 말에 태영이 히죽 웃으며 대답했다.

미라는 살짝 고개를 끄덕일 뿐이었다.

-그렇겠지. 단, 그러려면 한 가지는 확실히 기억하고 있어야

할 것이다. 이 통로는 분명 놈이 있는 곳으로 연결되어 있지만, 놈이 너희 앞에 나타나는 일은 없을 것이다.

"무슨 말이지?"

—놈의 이름은 리더큘, 조롱하는 자다. 문제를 만들어 내고, 상대가 그 문제 속에서 버둥대는 모습을 지켜보며 조롱하는 게 놈의 속성이지.

"그럼……."

—하지만 바꿔 말하면 그게 너희가 놈을 찾아낼 방법이기도 하다. 처음부터 답이 없는 문제 속에서 헤매는 상대를 조롱하는 것보다, 답이 있지만 찾지 못하는 상대를 향해 할 때 더 즐거운 법이니까.

"악취미로군."

—잊지 마라. 지금까지도, 또 앞으로도 놈은 계속 너희를 지켜보고 있을 것이다. 지금 내가 해 줄 수 있는 충고는 그게 전부다.

"그게 도움이 됐는지는 돌아와서 얘기해 주지."

팡! 팡! 팡!

태영이 가벼운 동작으로 대기를 밟으며 날아올랐다.

그리고 방향을 바꿔 벌어진 미라의 가슴으로 들어갔고, 부유 마법으로 매끄러운 곡선을 그리며 날아오른 카자드가 그 뒤를 따라 들어왔다.

그리고…….

쩡-!

공간을 가로지르는 파열음과 함께 어둠이 갈라졌다.

↻

"여기는……."

"미라가 말했잖아. 놈은 이미 우리의 존재를 알고 있고, 그 미라와 만난 것도 놈이 의도한 것일 거라고 말이야."

엉겨 붙은 모래를 툭툭 털어 내며 몸을 일으킨 태영이 주위를 둘러보며 대답했다.

"즉, 여기가 놈이 우리를 위해 마련해 둔 특설 경기장이라는 말이지."

실제로 갈라지는 어둠과 함께 태영과 카자드가 떨어진 곳은 경기장 같은 모습이었다.

잿빛 모래가 깔린 커다란 원형 광장은 높은 벽에 둘러쳐져 있었고, 그 너머는 마치 계단식 관중석처럼 층층이 나누어져 있었다.

전체적으로는 미라가 있던 피라미드 내부와 닮아 있었지만, 로마의 원형 경기장 쪽에 좀 더 가까운 형태였다.

"그렇다고 일부러 우리를 위해 만들어 놓은 건 아닐 테니 원래부터 있었던 거라고 봐야겠지. 이 세계에 그 피라미드처럼 생긴 유적 외에는 아무것도 없다고 말하던 누구의 말과 달리 말이야."

"놈이 공간을 조작하는 힘이 있다는 말도 했었죠."

"결국, 놈이 우리를 가지고 놀고 있었다는 말을 인정할 수밖에 없겠군. 우리는 그 장단에 맞춰 놀아 주는 수밖에 없고 말이야."

물론 태영은 그러고 싶은 생각은 없었다.

마음 같아서는 당장이라도 놈의 대가리를 쪼개 놓고 싶은 생각밖에 들지 않았다.

태영만 그런 게 아니었다.

─불쾌하군.

그리모어도 이렇게 말하고 있었고, 좀처럼 감정을 드러내지 않는 카자드도 이번만큼은 그러고 싶어서 안달하는 기색을 숨기지 않고 팍팍 풍겨 대고 있었다.

문제는 정작 놈이 보이지 않는다는 것이다.

주위를 둘러보는 태영의 눈은 물론, 태영이 몸을 일으키기도 전에 주위로 마법구를 날린 카자드도. 뭔가 발견됐다면 그런 표정만 짓고 있을 리는 없으니까.

"물론 미라의 말이 모두 사실일 때의 얘기지만……."

"사실일 겁니다."

"나도 거짓말이라고 생각되지는 않아. 그렇다고 경처럼 확신할 정도는 아니지만."

"논리적으로 허점이 없으니까요. 우리가 피라미드로 가는 사이에 마주친 몬스터가 마력조차 가지고 있지 않던 것도, 또 디스바로스라는 자가 그런 모습으로 포박된 채 미라가 돼 버린 것도 말입니다. 하지만 그보다 중요한 건 우리에게 다른 대안이 없다는 점이죠. 그도 말했듯이 놈이 우리를 가지고 노는 중이라면 확실히 불쾌한 일이지만……."

푸확! 푸확! 푸확!

그때 갑자기 곳곳에서 모래 기둥이 치솟아 올라왔다.

그리고 다시 비처럼 쏟아지는 모래 아래에서 20여 마리의 전갈이 기어 나오기 시작했다.

카자드가 살짝 미간을 찌푸렸다.

"이런 식으로 나오니 더 불쾌해지는군요. 정말 그동안 놈이 우리를 지켜보고 있었다면 이딴 놈들은 위협조차 되지 않는다는 것도 알 텐데 말입니다."

"그럼 둘 중 하나겠지."

태영이 바로 술식을 떠올리는 카자드의 앞을 막으며 말을 이었다.

"우리가 저놈들과 싸울 때마다 깜빡 졸고 있었거나, 놈의 우리를 위해 준비해 둔 문제가 단순히 저놈들을 때려잡는 게 아니거나. 난 후자 쪽인 것 같군."

"……혼자 하시겠다는 말입니까?"

"경은 마력을 빼면 시체인 마법사라며? 그러니 나는 저놈들을 썰고, 그사이에 경은 마력을 아끼며 놈이 우리를 위해 준비해 둔 진짜 과제가 뭔지 찾는 식으로 분업하자는 말이지. 물론. 답까지 찾아 주면 더 좋고 말이야."

"20여 마리나 되는데 괜찮겠습니까?"

─ 하! 네놈이야말로 지금까지 뭘 본 거냐?

"몇 마리든."

이어지는 그리모어의 말에 태영이 피식 웃으며 상체를 숙였다.

"놈이 무슨 생각으로 저딴 놈들을 불러냈는지는 모르겠지만, 난 그딴 놈의 기분이나 맞춰 줄 생각이 없어!"

그리고 그리모어를 말아쥐며 대답하는 순간!

쾅─!

태영이 뒤로 모래 기둥을 뿜어 올리며 섬광처럼 뻗어 나갔다.

콰직! 텅─!

발도와 동시에 정면에 있던 놈의 대가리를 쳐 날린 태영은 그대로 몸을 회전시켰다.

마치 그게 신호가 된 듯이 빠르게 스쳐 지나가는 시야 속에서 주위의 전갈들이 몰려들기 시작했다.

그리고 그중 몇 개의 집게발이 태영을 향해 내리꽂혔다.

그러나 이미 태영은 그 자리에 없었다.

그 회전력을 그대로 회피기 '스파이럴'로 연결!

회오리처럼 바닥의 모래를 말아 올리며 바닥에 내리꽂히

는 집게발을 따라 질주했고…….

콰직! 콰직! 콰직!

그때마다 파열음이 울리며 마디마디 끊어진 놈의 다리가 우수수 떨어졌다.

그리고 그 끝에서 다시 퉁겨져 올라오는 전갈의 대가리!

그럼에도 놈은 남은 다리로 미친 듯이 모래를 퍼 올리며 발버둥 쳤고, 태영은 그런 놈의 몸에 바짝 붙어 반대쪽으로 이동했다.

그리고 몸을 밟으며 도약!

콰직! 푸확-!

주춤대며 물러나는 놈의 머리와 몸통 사이에 그리모어를 박아 넣으며 떨어졌다.

그 위로 다른 놈의 꼬리가 내리꽂혔을 때도 마찬가지다.

태영은 이미 펄떡대는 놈의 목에서 도약!

그리고 그때, 그 눈은 빠르게 그 주위로 몰려드는 놈들을 훑어보고 있었다.

태영이 내려선 놈은 굳이 눈으로 확인할 필요도 없어서다.

카라라랑-!

태영을 따라 놈의 갑각을 긁어 대는 그리모어를 통해 전해지는 감각만으로도 충분하기 때문이다.

팅! 콰직-!

어디가 찌르고 베어 낼 부분인지 말이다.

–뭔가 평소보다 몇 배는 더 부산한 느낌이군.

"평소와 다르니까."

다시 한 놈의 머리를 베어낸 태영이 반대쪽으로 몸을 날리며 대답했다.

"나도 마력이 무한한 건 아니야. 더구나 이놈들을 해치운다고 끝날 리도 없잖아. 그사이에 카자드가 답을 찾아도 그렇겠지만, 답을 찾으면 더 그렇겠지. 그게 제대로 된 답이라면 그때부터가 본편이 시작될 테니까. 하지만……."

사실 태영의 움직임이 부산해진 이유는 따로 있었다.

바로 청영의 부재.

즉, 지금까지 일상적으로 사용하던 '시야 공유'를 통해 적의 움직임을 실시간으로 파악하는 게 불가능해졌다는 의미다.

카카카칵!

때때로 놈들의 집게발이나 꼬리가 갑옷을 긁고 지나가는 이유도 그 때문이다.

감각의 틈을 찾는 건 그리모어로 전해지는 감각만으로도 할 수 있지만, 그런 태영이라도 눈만으로 사방에서 날아드는 공격을 모두 파악하기는 무리!

최대한 시야를 넓혀도 많은 부분을 예측에 의존할 수밖에 없고, 그게 아무리 정확해도 실시간으로 전해지는 정보보다 정확할 수는 없었다.

-쳇, 든 자리는 몰라도 난 자리는 안다더니, 딱 그 짝이군.

"그만큼 많이 의지하고 있었다는 말이겠지."

그러나 그냥 그렇다는 말이다.

여기까지 오는 도중에도 청영이 없던 건 마찬가지고, 그래도 문제가 없었으니까.

그때보다 숫자가 많다고 달라질 것도 없었다.

콰직! 텅! 푸확!

그때보다 시간이 좀 더 걸릴 뿐.

지금까지 반복되어 온 전투가 그렇듯이 이 역시 처음부터 승패가 정해져 있는 전투였다.

그리고 실제 결과도 지금까지 반복되어 온 그대로.

10여 분 만에 전갈 떼는 조각조각 분해되어 흩어진 몰골로 변해 버렸다. 그리고 그 아래쪽, 웅덩이처럼 파이는 모래에 삼켜지듯 빨려 들어갔을 때.

푸확! 푸확! 푸확!

곳곳의 모래가 치솟으며 다시 20여 마리의 전갈 떼가 기어 올라왔다.

-……또냐?

"뭐 이렇게 되겠지. 말했듯이 일부러 우리를 불러들인 놈이 준비해 둔 문제가 고작 이딴 놈들을 처리하는 건 아닐 테니까."

-그럼 저놈들은 왜 자꾸 불러내는데?

"미라가 말했잖아. 놈은 상대가 버둥대는 걸 지켜보며 즐거워하는 변태 같은 놈이라고. 나와 카자드가 그냥 앉아서 머리만 쥐어짜는 건 놈이 만족할 모습은 아니라는 말이지."

ㅡ그럼 이대로 저딴 놈들이나 찔러 대며 그 빌어먹을 변태 놈이 보고 싶어 하는 장면을 보여 주는 수밖에 없다는 말이야?

"최종 목표는 놈의 면상을 찌르는 게 되겠지만, 일단 지금 칼자루를 쥐고 있는 건 놈 쪽이니 당장은 장단을 맞춰 주는 수밖에 없지."

콰직! 텅ㅡ!

"그때까지 얼마나 걸리게 될지는 저쪽에 물어봐야 할 테고 말이야."

태영이 퉁겨져 날아가는 전갈의 머리 너머로 보이는 카자드를 바라보며 말했다.

그때 카자드는 가장자리에 솟아 있는 기둥을 바라보고 있었다.

처음 이곳에 왔을 때부터 경기장의 네 방향에 솟아 있던 기둥이었는데, 약 1미터 높이 위에 태영이 썰어 대는 전갈과 같은 모양의 석상이 놓여 있었다.

당연히 태영도 전갈이 나타나기 전까지 눈여겨보고 있던 것이다.

그리고 그때는 몰랐지만, 지금 카자드가 보고 있는 석상은 태영이 봤을 때는 다른 방향으로 향해 있었다.

"회전하는 건가?"

"네, 석상 부분이 돌아가게 되어 있더군요."

"그럼……."

"아직은 거기까지입니다."

그러나 태영의 눈길을 받은 카자드는 고개를 저었다.

"석상이 회전하게 만들어 뒀다면 가장 먼저 떠올릴 만한 건 특정 방향으로 향하도록 배열을 맞추는 것이겠죠. 그래서 저도 여러 배열로 맞춰 보고 있습니다만, 아무래도 이런 무식한 방법으로 해결할 수 있을 것 같다는 생각은 들지 않는군요."

그 말대로 카자드는 꽤 무식한 방법을 사용하고 있었다.

그가 손으로 돌리는 석상 외에 나머지 석상도, '사이코키네시스'라는 염력 마법을 사용해 동시에 네 석상을 이리저리 돌려 대며 말이다.

따라서 조합해 보는 속도는 4배, 아니 실제로는 8배 이상의 속도였지만.

"그렇겠지. 놈의 성격이 미라에게 들은 대로라면 그런 식으로 우연히 때려 맞힐 수 있는 문제를 내놓지는 않을 테니까."

"좋은 지적입니다. 함정인 줄 알고 들어왔다면, 함정 그 자체보다 함정을 만든 자의 심리를 명확히 이해하는 게 더 중요하죠. 그런 점에서 보자면 이 회전하는 석상은 속임수일 확률도 배제할 수 없겠군요."

카자드가 고개를 끄덕이며 대답했다.

"네 개에 돌아가는 방향도 네 방향뿐이라 많지 않게 느껴지지만, 만들어지는 배열의 수는 엄청나니까. 수십 번이나 전갈과 싸우며 그걸 다 시도해 보고 나서야 그걸 알게 된다면 확실히 놈이 바라던 장면이 연출되겠죠. 물론 저는 그래도 그런 표정을 보여 주고 싶은 생각은 없습니다만……."

"나도 그래."

"그렇군요. 저도 그런 것 같아서 한 말입니다. 그래도 혹시 모르니 확인부터 하죠. 저와 같은 생각을 하고 계신 겁니까?"

"아마도."

태영이 공격을 멈추고 피하는 데만 집중하기 시작한 이유가 그 때문이다.

─뭔 소리야? 같은 생각이라니?

굳이 이렇게 물을 필요도 없는 일이었다.

네 개의 석상이 속임수라면 진짜 해답은 숨겨져 있다는 말이고, 여기서 그런 게 숨겨 놓을 만한 한 곳밖에 없다.

"문제를 만들어 두는 놈은 항상 그 문제 속에 힌트도 넣어 두는 법이지. 이전에는 그저 가루처럼 흩어지던 놈들이 지금은 웅덩이처럼 파이는 모래 속으로 사라진 게 그래서야. 내 예상대로라면 갑자기 그런 현상이 일어나는 이유는……."

바로 그곳이기 때문이다.

놈이 만들어 놓은 진짜 힌트가 숨겨져 있는 곳이 바로 놈들이 사라질 때 파이는 모래 속!

태영이 꾸역꾸역 몰려드는 놈들을 한곳에 모아 두는 이유다.

"카자드!"

태영이 '차지 대시'로 놈들을 빠져나오며 소리쳤을 때!

위이이잉! 콰콰콰콰ㅡ!

그 중심에서 치솟아 오르는 불기둥!

강력한 흡입력으로 주위의 모든 것을 빨아들여 잿가루로 만드는 6레벨 화염 마법 플레임 토네이도였지만, 지금 중요한 건 그런 게 아니다.

중요한 건 그다음, 그 화염의 회오리에 휘말린 놈들이 한데 뭉쳐 잿가루로 변해 쏟아진 자리다.

겹쳐진 숫자만큼 파이는 웅덩이의 깊이도 폭증!

수 미터 깊이의 구덩이가 만들어졌고, 그 아래에는 석상과 같은 문양이 새겨진 네 개의 벽돌 중심에 쇠사슬이 박혀 있었다.

"저거다, 카자드! 석상과 같은 전갈 문양이 쇠사슬을 바라보는 방향으로 놓여 있다!"

태영이 구덩이 속으로 뛰어 들어가 소리쳤다.

동시에 이리저리 회전하던 기둥의 석상들이 일제히 태영을 향해 회전했다.

그리고 태영이 와락 움켜쥔 쇠사슬을 당기는 순간!

콰콰콰콰—!

폭음과 함께 함몰되던 모래가 다시 반대쪽으로 밀려 나가
며 사라졌다.

그 모래 너머로 보이던 원형 경기장까지.

그리고…….

"빌어먹을!"

고개를 들어 올린 태영의 얼굴이 일그러졌다.

답은 가까운 곳에

– 여긴 또 뭐야?

"뭐긴 뭐야? 보면 알잖아."

태영이 일그러진 얼굴로 주위를 훑어보며 대답했다.

그러다 카자드를 돌아봤을 때.

"뭐야, 그 표정은?"

"뭐긴 뭡니까? 보면 알지 않습니까?"

태영은 그리모어와 비슷한 질문을 던졌고, 카자드는 태영과 비슷한 대답을 들려줬다.

다른 점이 있다면 카자드는 볼을 실룩대며 웃고 있다는 것뿐이었다.

"놈이 바라던 표정을 보여 주고 싶은 생각은 없다고 말하지 않았습니까? 그래서 애쓰는 중입니다. 놈이 어떤 표정을 기대하고 있을지 너무나 잘 알 것 같아서 말입니다. 뭐랄까, 놈을 만날 때가 기대되는군요.”

화가 많이 난 모양이다.

넘치도록 공감할 수 있는 반응이었다.

주위를 둘러싸고 있는 경기장 같은 건물도, 태영과 카자드가 서 있는 곳도, 사각형으로 바뀌어 있을 뿐이기 때문이다.

다른 점이 있다면 이번에는 바닥에 모래가 없다는 것 정도.

대신 무수한 격자무늬로 나누어져 있었고, 태영과 카자드가 서 있는 바닥이 노란색으로 물들어 있었다.

─일단 아직 끝나지 않았다는 건 알겠는데…… 그래서, 이번에는 뭘 어쩌라는 거지? 바닥에서 올라오는 노란빛은 뭐야?

“확인해 봐야지.”

태영이 제자리에서 가볍게 뛰어올랐다 다시 바닥에 발을 디디며 대답했다.

그러자 바닥이 빛이 사라졌다.

그리고 다시 한번 뛰어올랐다가 내려섰을 때.

촤라라락!

태영이 내려선 곳에서부터 퍼져 나가듯 10여 개의 포석이 모두 파란색으로 바뀌었다. 그리고 그 가장자리에 놓인 포석에 도형이 떠올랐다.

"이건······."

"미라가 있던 기둥에 적혀 있던 것과 같은 제례용 신대 문자입니다. 본래 다른 의미로 쓰이지만, 하나하나 나눠서 사용할 때는 숫자를 의미하죠. 다른 것들도 다 그렇게 쓰이는 문자니 지금도 숫자를 나타내는 거로 보이는군요. 그런데 3, 1, 1, 1, 2······ 대체 이 숫자는 뭘 의미하는 걸까요?"

미간을 좁히며 훑어보던 카자드가 고개를 갸웃거리며 중얼거렸다.

그러나 태영은 그 숫자를 듣자마자 짐작이 되었다.

그래서 더 기가 막히지만 어쨌든.

"아마 함정일 거야."

"함정?"

"그래, 파란색으로 변한 블록은 안전지대라는 의미. 가장자리에 표기된 숫자는 그 블록과 인접한, 아직 확인되지 않은 블록에 숨겨져 있는 함정의 개수를 의미하는 거야. 그 숫자를 조합해 함정의 위치를 파악, 그걸 피해서 방금 내가 한 방법대로 안전지대를 파란색으로 바꿔 나가는 거지. 모든 안전지대를 찾아 파란색으로 바꾸면 끝나는 것일 테고."

"확실히······ 듣고 보니 그런 식으로 풀 수 있도록 만들어 둔 장치처럼 보이는군요. 그런데 어떻게 그런 걸 한 번 보고······."

태영의 설명에 카자드가 조금 놀란 눈으로 돌아보며 중얼거렸다.

그런 표정으로 볼 일은 아니었다.

누누이 강조하듯이 태영은 뭐든 한 번 보고 알아내는 혜안 같은 건 없다. 그럼에도 보자마자 알아낼 수 있는 이유는 질리도록 해 본 적이 있어서다.

이것과 똑같은 '지뢰 찾기'라는 게임을 말이다.

그래서 알고 있었다.

"대체 놈이 어디서 이딴 퍼즐을 베껴 왔는지는 모르겠지만, 이런 류의 퍼즐은 규칙만 이해하고 여유를 가지고 풀어 나가면 그렇게 어렵지 않아. 그러니까……."

태영이 미간을 찌푸리며 중얼거렸다.

"놈이라면 당연히, 그런 여유를 줄 생각이 없겠지."

크와아아아ㅡ!

일그러지는 공간 속에서 괴성이 터져 나온 건 그때였다.

그리고 다시 속속 나타나는 거대 전갈!

ㅡ쳇, 또 저건가? 저딴 놈들은 이미…… 아니, 잠깐? 아직 아무 색도 표시되지 않은 바닥 어디에 함정이 있는지 모른다면…….

"난도가 올라갔다는 말이지."

팡! 팡! 팡!

대기를 밟으며 뛰어오른 태영이 놈들을 향해 돌진하며 대답했다.

"워트 님!"

울창한 숲에 둘러싸인 계곡 안쪽.

모자의 챙처럼 길게 뻗어 나온 바위 아래에서 위트와 자레
드, 드미트리, 에단, 울란, 수인족의 족장 등이 모여 있는 곳
으로 한 병사가 뛰어오며 소리쳤다.

"도착했습니다!"

워트가 움찔하며 고개를 돌렸을 때였다.

드문드문 흩어져 있는 병사들 너머로 한 무리의 사람들이
다가오고 있었다.

복잡한 얼굴로 바라보는 워트 휘하의 수인족과 눈인사를
나누는 또 다른 수인족과 몇몇 낯이 익은 뱀파이어와 워 울
프 일족, 거기에 현대식 군복을 입은 사람도 섞인 100여 명.

바로 발테아르의 지원군이었다.

그리고 워트 역시 얼마 전에 돌아온 청영에게 전해 받은
서신으로 알고 있었다.

발테아르에서 지원군이 출발했고, 누가 그들을 이끌고 있
는지.

적당한 거리에서 멈춰 서는 다른 병사들과 달리 멜리나와
함께 워트를 향해 다가오는 복면을 쓴 사내, 미스트다.

"예상보다 이틀 이상 일찍 도착했군."

워트가 웃음을 지으며 말했다.

그러나 복면 사이로 드러난 미스트의 눈은 웃지 않았다.

되레 워트의 웃음 띤 얼굴을 보자 눈가가 움찔하며 일그러졌고, 누구라도 알 수 있을 정도로 노골적인 살기가 뿜어져 올라왔다.

"자, 잠깐! 멈춰!"

워트 주위에서 당혹성이 터져 나왔다.

그러나 미스트는 멈추지 않았다. 되레 속도는 점차 빨라졌다. 그리고 몇몇 기사가 그 앞을 막아섰을 때.

핑-!

미스트는 이미 그들을 지나 워트의 바로 앞까지 다가와 있었다.

살기로 번들대는 미스트의 눈이 워트의 눈과 마주칠 정도의 거리였고, 그 손에 들린 단검은 실제로 워트의 목에 닿아 있었다.

채채채챙-!

그 주위로 대여섯 개의 검이 겨눠진 건 그다음이었다.

"이게 지금 뭐 하자는 짓인가?"

그중 한 명, 드미트리가 입술을 일그러뜨리며 소리쳤다.

그러나 미스트는 눈길조차 돌리지 않았다.

그저 묵묵히 워트를 바라보고 있었고, 곧 그 아래에서 비틀린 목소리가 흘러나왔다.

"역시 대단하신 그라디오스 후작님의 아들이야. 주위에 이렇게나 끔찍이 생각해 주는 사람들이 있다니 말이야. 공왕이라도 그라디오스 후작의 반도 안 되는 나라의 왕과는 다르겠지. 당연히 그 주위에 있는 사람들의 대응도 다를 테고 말이야."

"그런 식으로 말하지 마라."

워트가 미간을 찌푸리며 대답했다.

"그럼 어떤 식으로 말해 줄까?"

"레온은……."

그리고 이어지는 미스트의 말에 낮은 목소리로 대꾸하다가 고개를 저었다.

"아니, 그만두지. 이런 모습으로 그런 대화를 하는 건 여러모로 좋은 그림이 아닐 테니까. 너도 일단 단검부터 치워라, 내 목이나 따려고 바다를 넘어온 게 아니라면."

"그건 아직 모르지."

미스트가 한 걸음 물러나며 대답했다.

그제야 자레드와 드미트리, 에단도 검을 내렸다.

그리고 눈살을 찌푸리며 미스트를 돌아보자 워트가 손을 들어 제지하며 말을 이었다.

"서신에도 대강 적었지만, 그때 우리는 그 일을 막을 수 있는 상황이 아니었다."

"나도 읽었다. 변명거리조차 되지 않는 말이라고 생각했고.”

“변명을 하려고 한 말이 아니다. 또 네가 그런 말을 하지 않아도 책임은 통감하고 있다. 아니, 무력함을 통감하고 있다고 해야겠지. 우리가 레온과 카자드를 보조할 실력만 됐어도 이런 일은 벌어지지 않았을 테니까.”

이어지는 말에 미스트를 쩌려보던 기사들이 움찔하며 어두운 얼굴로 고개를 숙였다.

“그런 건 내가 알 바가 아니다.”

그러나 미스트는 차가운 목소리로 대꾸했다.

“지금 내가 알고 싶은 건 그다음이다. 네 서신을 기준으로 생각하면 레온이 사라진 지 열흘째다. 그런데 책임을 통감한다는 너희는 여기서 고기나 구워 먹고 앉아 있는 중이지.”

“먹어야 사니까.”

“그걸 지금 말이라고…….”

“적당히 해!”

그때 워트의 뒤에서 리디아가 버럭 소리쳤다.

“너도 워트가 레온을 어떻게 생각하는지는 알잖아! 레온은 우리에게 동료이자 스승이었어! 당연히 편하게 있었을 리가 없잖아! 레온이 사라져서 걱정하는 건 워트가 너보다 더하면 더했지 덜할 리가 없잖아! 하지만…….”

“뒤에 하지만을 붙여야 하는 말이라면 하지 마라. 그런 말이나 들어 주려고 바다를 건너온 게 아니니까.”

"워트도 최대한 노력하고 있다고!"

"그래! 워트 형도 마냥 손 놓고 있었던 건 아니야! 루이너 왕국의 저항군과 접촉하기 위해서 여러 방법을 시도해 보고 있었다고!"

"루이너 왕국의 저항군?"

이어지는 젬의 말에 미스트의 눈매가 좁아졌다.

"왜 얘기가 그쪽으로 튀는 거지?"

"다른 방법이 없으니까."

그리고 대답을 요구하는 눈빛으로 돌아보자 워트가 한숨을 불어 내며 말했다.

"서신에 적었듯이 일단 레온이 사라진 교도소 일대는 그때 샅샅이 수색해 봤다. 하지만 흔적조차 찾을 수 없었지. 그 뒤에도 마찬가지였어. 병력을 소대 규모로 나눠 적의 추적을 회피하는 것과 동시에 최대한 넓은 지역을 훑으며 여기까지 이동하는 동안 아무런 단서도 찾아내지 못했다."

"그래서?"

"그럼 둘 중 하나라는 말이겠지. 레온이 이 세계에 없는 거든가, 이 세계에 있지만 돌아올 수 없는 상황이거나. 전자는 당장 우리가 어떻게 할 수 있는 게 아니지만, 후자라면 우리의 도움이 필요한 상황이라는 말이겠지. 하지만 우리만으로 이 넓은 서방 대륙을 뒤지기는 무리다. 그만한 숫자도 아니고, 적은 물론 서방 대륙에 대해서도 아는 게 없으니까."

"무슨 말인지 알겠군."

고개를 끄덕인 미스트가 씩씩대며 소리쳤던 젬을 돌아보며 말했다.

"소득이 없다는 것도 알겠고."

"……그래, 아직."

워트의 입에서 한숨 섞인 목소리가 흘러나왔다.

그때, 루이너 왕국 사람을 잡아가던 군대를 처리하고 이쪽으로 방향을 잡은 워트가 저항군과 접촉하기 위해 취한 방법은 크게 두 가지였다.

하나는 인근 마을이나 도시에 잠입해 정보를 수집하는 것, 다른 하나는 그때처럼 루이너 왕국 사람을 잡아가는 적 부대의 습격하는 것이다.

이유는 간단하다.

저항군이 움직이지 않는 이유가 상대적으로 열세인 그들이 놈들이 치명타를 먹일 기회를 노리며 물밑 작업이 중이라고 판단했기 때문이다.

따라서 당연히 워트 일행의 활동도 그들의 귀에 들어갈 터.

1명이라도 많은 조력자를 모아야 하는 저항군이 워트 일행을 적이 아니라고 생각하면 어떤 식으로든 먼저 접촉을 시도할 거라는 계산이었다.

"멍청한 짓이군."

그리고 이게 그에 대한 미스트의 대답이었다.

"네 말대로 루이너 왕국의 전후 상황을 보면 그런 저항군이 있다는 건 나도 동의한다. 그럼에도 아무런 움직임을 보이지 않는다면, 그 역시 네 말대로 물밑에서 기회를 노리고 있을 확률이 높겠지. 하지만 처지를 바꿔 생각해 봐라. 네가 그런 상황이라면 그저 적이 아닌 것 같다는 이유로 누군지도 제대로 모르는 자들과 접촉을 시도해 보겠나? 그것도 놈들에게 치명타를 날릴 준비를 하고 있을 때?"

물론 워트도 생각대로 일이 술술 풀릴 거라고 기대하지는 않았다.

그러나 지금 워트 일행의 상황에서는 현실적으로……

"더 들을 필요는 없겠군."

그때 미스트가 몸을 돌리며 말했다.

"무슨……"

"말했잖아. 그런 저항군이 있다는 말에는 동의한다고. 그럼 할 일은 하나뿐이지."

"네가 저항군을 찾아보겠다는 말이야? 지금 당장?"

"미뤄야 할 이유라도 있는 건가? 설사 그런 이유가 있더라도 나는 미룰 생각이 없다."

"그런 말이 아니잖아! 그들은……"

"숨어 있지. 그래서다."

"뭐?"

"뱀의 길은 뱀이 아는 법이지."

미스트가 성큼성큼 걸어가며 말을 이었다.

"네가 해 줄 일은 이 근방에서 가장 큰 도시로 안내해 주는 것뿐이다."

그 말에 주위의 기사들이 서로의 얼굴을 돌아봤을 때였다. 잠시 묵묵히 바라보던 워트가 고개를 끄덕였다.

"······내가 안내하지."

"네? 무, 무슨 말입니까? 루이너 왕국의 도시라고는 해도 적군이 점령한 적지 한복판입니다! 그런 곳에 워트 님이······."

"이제 막 도착해서 갑자기 도시로 가겠다는 저자의 태도는 이해되지 않지만, 가야 한다면 차라리 제가 가겠습니다!"

"아니, 내가 간다. 그게 이 친구도 편할 테고. 그렇지?"

펄쩍 뛰는 드미트리와 에단 사이를 지나온 워트가 미스트를 돌아보며 빙긋 웃었다.

"웃음이 나오나?"

"그럴 상황이 아닌데 나오는군. 레온을 볼 때마다 죽인다는 말을 입에 달고 살던 네가 레온을 제대로 지키지 못했다며 내 목에 칼을 들이대는 걸 보니 말이야."

"쓸데없는······."

팩 고개를 돌린 미스트가 말에 올랐다.

곳곳이 허물어진 성벽 안.

다닥다닥 붙어 있는 크고 작은 건물들도 그 성벽처럼 대부분 군데군데 허물어지고, 불에 그을린 흔적이 남아 있었다.

누구라도 전쟁을 치른 지 오래되지 않았다는 걸 알 수 있는 도시의 모습이었다.

그러나 피폐한 도시에도 사람은 있는 법.

무너진 건물의 창가에는 물론, 거리에도 꽤 많은 사람이 돌아다니고 있었다.

그러나 활기 따위는 조금도 느껴지지 않았다. 아니, 활기는 느껴지지만, 그건 모두 한쪽. 짙은 갈색의 멋대가리 없는 옷을 입고 어깨에 총을 둘러멘 사내들뿐이었다.

그 외의 사람들은 그저 고개를 푹 숙이고 걸을 뿐이었다.

그들을 피하듯이 멀찍이 돌아서.

그러나 그저 시선을 피하고, 거리를 둔다고 피해지는 건 아니었다.

"어이, 거기 너! 뭘 두리번대고 있어? 너 말이야!"

"네? 저, 저요?"

한 아이를 바짝 끌어안고 지나가던 사내가 움찔하며 고개를 돌렸다.

그러자 한 무리의 군인이 험악한 표정으로 둘러쌌다.

"그래, 너! 지금 뭐 하는 짓이지?"

"뭐 하는 짓이냐니요? 저는 아무것도⋯⋯."

"그래, 아무것도 하지 않았지. 우리를 보고서도 말이야. 우리는 위대한 대륙군의 군인, 버러지 같은 네놈들과는 혈통이 다른 분들이다. 버러지 같은 네놈들이 마땅히 예를 표해야 하는 사람이라는 말이지. 그런데 예를 표하기는커녕 되레 힐끔대며 피해 가?"

"그, 그건⋯⋯."

"그게 이놈들이 개만도 못하다는 증거지."

"그래, 개도 주인을 보면 꼬리를 흔들며 달려오는 법이니까. 그게 아니라면 아예 주인으로 생각하지 않고 있다는 말일 테고. 그런 놈은 솥에 던져 놓는 수밖에 없지."

당황한 얼굴로 떠듬대는 사내를 둘러싼 군인들이 키득거렸다.

"아, 아닙니다! 저는 그저⋯⋯."

"그럼 기어라."

"네?"

"호오, 이 자식 봐라? 내가 버러지 같은 네놈들의 말로 해 주는데도 못 알아듣는 척하겠다는 거냐? 설사 못 알아들었다고 해도 어떻게든 알아들어야 할 거다."

"어이, 못 알아듣는데 어떻게 알아들어?"

"그건 내가 알 바 아니지."

동료의 말에 히죽 웃으며 대답한 군인이 다시 사내를 돌아보며 말했다.

"마지막 기회다. 한 번만 다시 말하지. 기란 말이다. 개면 개답게. 멍멍 짖으면서 말이야. 그럼 네놈 때문에 불쾌해진 우리 기분이 조금은 나아질지도 모르지."

"아, 아빠."

"……아들 앞입니다. 그냥 한번 봐주시면 안 되겠습니까? 그게 아니라면 하다못해 이 녀석 먼저 보내고 나서……."

불안한 표정의 아이를 내려다본 사내가 입술을 꾹 깨물며 애원하듯 말했다.

그러나 군인들은 실소를 터뜨릴 뿐이었다.

"무슨 헛소리를 하는 거냐? 버러지 같은 네놈들이 마땅히 보여야 할 존경심을 보이지 않은 건 네 자식 놈도 마찬가지다."

"네? 하, 하지만 아직 어린애입니다!"

"어린놈이니까 더 그렇지. 본래 교육은 어렸을 때부터 제대로 받아야 하는 법이니까. 그러니 우리가 상급 국민으로서 제대로 교육을 해 주겠다는 거다. 네놈들이 얼마나 하찮은 것들인지, 또 우리를 어떤 자세로 섬겨야 하는지 말이다."

"그, 그런……."

사내가 와락 주먹을 움켜쥐자 아이가 황급히 고개를 저으며 소리쳤다.

"아빠, 저는 괜찮아요! 그런 건 친구들하고 놀 때도 많이 해 봤어요! 저 잘해요! 봐요! 멍! 멍! 할 수 있어요! 멍! 멍!"

"하지 마!"

사내가 아이를 붙잡아 일으키며 소리쳤다.

"하지 마라, 테드! 우리는…… 우리는 자랑스러운 루이너 왕국의 국민이다! 비록…… 비록 우리 어른들의 힘이 부족해 저런 자들에게 나라를 빼앗겼다고 해도 너는…… 아니, 나는…… 내 자식을 개로 키울 생각은 없다!"

팍!

순간 사내의 뒤통수에서 거친 타격음이 터져 나왔다.

"퉤! 반동분자 새끼! 이럴 줄 알았지!"

피를 뿜으며 쓰러지는 사내를 향해 침을 뱉는 군인이 내리찍은 개머리판이었다.

그리고…….

"아, 아빠! 야, 이 개자식들아!"

팍!

그 개자식은 아이라고 봐주지 않았다.

"어이! 이 자식 끌고 가! 죄목은 공무집행 방해와 내란 음모죄다!"

"그 애새끼는?"

"물론 끌고 가야지. 거기에 군관 폭행죄까지 더해서 말이야. 이번 달은 아직 할당량이 부족하고, 그중 어린놈의 할당량은 더 부족하니까."

개자식이 히죽 웃으며 대답했다.

"그렇긴 하지. 할당량도 채우고, 교육도 하고, 이거야말로 일석이조."

다른 개자식들도 히죽대며 고개를 끄덕였다.

그리고 곧 피를 흘리는 사내와 아이를 짐짝처럼 질질 끌고 가기 시작했다.

주위에는 꽤 많은 사람이 있었지만, 그들을 제지하는 사람은 없었다. 되레 눈이라도 마주칠까 두려워하는 얼굴로 한층 더 분주히 뭔가를 하고 있을 뿐이었다.

남루한 옷가지를 걸치고 멀리서 그 모습을 지켜보던 두 사내도 마찬가지였다.

"저놈들……."

그중 한 명이 입술을 씹으며 중얼거렸지만.

"괜한 생각 하지 마라. 그러라고 데려온 게 아니다."

"……알아."

다른 사내의 말에 억눌린 목소리로 대답하며 고개를 돌렸다.

"보다시피 현재 놈들에게 점령당한 루이너 왕국의 도시는 모두 이런 상태다. 남겨진 국민은 사람 취급도 못 받고 있고, 그마저도 놈들의 사정에 따라 저렇게 말도 안 되는 이유로 잡혀 가 연구소 따위로 보내지지."

"연구소?"

"그래, 간혹 광산이나 놈들의 시설물을 건설하는 쪽으로도 보내지는 모양이지만, 이쪽 지역의 사람들은 대부분 연구소로 보내진다고 들었다. 우리가 서방 대륙에 와서 처음 습격한 곳도 그런 연구소 중 하나였을 거고. 그러니 대충 짐작할 수 있어, 저 부자가 어떻게 될지."

"남이다, 심지어 나라와 대륙도 다른."

감정 없는 대답에 그, 워트가 미간을 찌푸리며 말했다.

"나라와 대륙도 다른 사람들이 필요해서 찾고 있는 건 우리다."

"그래, 필요해서 찾고 있지. 그들을 동정해서가 아니다. 더구나 이런 상황을 모를 리가 없는 그들조차 방관하는 일을 우리가 신경 쓸 이유는 없지. 그들에게 뭐라고 하는 것도 아니야. 남에 대해 이러쿵저러쿵 떠들기 전에 내 코부터 닦아야 한다는 말이지."

"그런 말을 하는 게 아니야. 저렇게 빌미를 잡으려고 혈안이 된 놈들이 돌아다니는 상황에서 저항군의 정보를 얻을 수 있겠냐는 거다."

"말했잖아."

미스트가 무심하게 걸음을 옮기며 대답했다.

"뱀의 길은 뱀이 아는 법이라고."

잠시 후, 미스트가 도착한 곳은 군데군데 허물어진 성벽

아래, 뻣뻣해질 정도로 때가 낀 천 조작 따위로 만든 움막이 다닥다닥 붙어 있는 곳이었다.

"여기는……."

"입 다물어. 지금부터는 아무 말도 하지 마라."

그 말을 끝으로 미스트도 더는 입을 열지 않았다.

그저 날카로운 눈으로 이름 모를 병이나 채 치료하지 못한 상처의 흔적이 남아 있는 몸으로 움막 밖을 내다보는 사람들과 그들이 만들어 내는 악취 속을 훑으며 걸을 뿐이었다.

미스트의 발이 멈춘 건 중간 부근.

쥐로 보이는 고기를 굽고 있는 남자 앞이었다.

"넌 뭐야?"

사내가 슬쩍 고개를 들어 올리며 물었지만, 미스트는 말없이 주위를 훑어보았다.

그 입이 열린 건 다시 사내를 돌아본 다음이었다.

"여기로군."

"여기라니? 뭔 소리야? 난 네놈들 몰라. 이걸 나눠 줄 생각도 없고. 그러니 쓸데없이 기웃거리며 알아먹지도 못할 소리 떠들어 대지 말고 얼른 꺼져!"

"인사는 생략해도 되겠군. 그럼 본론만 짧게 얘기하지. 의뢰하러 왔다."

"의뢰? 그건 또 뭔 헛소리……."

팍!

그때 사내의 앞에 단검이 박혔다.

미스트가 내리꽂은 단검이었다. 그리고 다음 순간, 돌연 단검의 손잡이 부분에서 마치 가지를 뻗듯이 붉은 줄기가 복잡하게 얽히며 솟아 올라왔다.

그리고 그 끝에 떠오르는 기이한 문양.

"그, 그 단검은……."

놀란 얼굴로 떠듬대던 사내가 움찔하며 황급히 입을 다물었다.

미스트의 입 끝이 살짝 추켜져 올라갔다.

"알아보는군."

"무, 무슨 말을 하는지……."

"긴말하지 않겠다. 내가 아무것도 모르고 찾아온 게 아니라는 건 이 단검으로 증명됐을 테니까. 내 용건은 앞서 말했듯이 의뢰. 물론 당장 대답을 원하는 건 아니다. 이 도시 밖, 해가 떨어질 때까지 저쪽 산등성이에 삼각형 모양으로 보이는 바위 앞에서 기다리지. 물론 받아들일지 말지는 너희 자유다."

다시 단검을 뽑아 든 미스트가 몸을 돌리며 말했다.

"단, 바람맞히는 것만은 피하라고 충고해 주고 싶군. 내가 이곳을 찾아왔듯이, 나는 너희에 대해 꽤 많은 걸 알고 있으니까 말이야."

미스트는 더는 사내에게 눈길도 주지 않고 걸음을 옮겼다.

그리고 빈민굴을 돌아 나와 그길로 곳곳에서 서성대는 적
군의 눈길을 피해 허물어진 성벽을 넘어 도시를 벗어났다.
   "대체 뭐야?"
   묵묵히 뒤따르던 워트가 입을 연 건 그로부터 두어 시간
뒤, 미스트가 사내에게 말했던 산등성이의 바위 아래에 도착
한 다음이었다.
   "너도 봤잖아."
   "보고도 모르겠으니까 하는 말 아니야. 방금 그 남자는 누
구고, 의뢰는 또 무슨 말이야?"
   "그걸 다 보고도 모른다는 건가?"
   미스트가 슬쩍 워트를 돌아보며 눈가를 찌푸렸다.
   "어떤 나라, 어떤 대륙이든 불법적인 일을 하고 싶어 하는
놈은 있는 법이지. 그리고 그런 놈들이 많아지면 무리를 짓
고, 커지는 규모만큼 좀 더 은밀하고 조직적으로 활동할 방
법을 찾기 마련이고 말이야. 방금 그놈이 그런 역할을 하는
놈이지. 일종의 접수원이다."
   "그걸 네가 어떻게 아는데?"
   "말했잖아. 그런 조직은 어떤 나라, 어떤 대륙이든 있다
고. 그리고 그런 놈들이 생각하는 방법은 대부분 비슷해. 제
들끼리 통하는 암호 따위를 사용하지. 하지만 그런 쪽에 익
숙하고, 또 주의 깊게 살펴볼 수 있는 사람이라면 알아보는
건 어렵지 않지."

"익숙하다고? 그럼 혹시 너도……."

"이 복면을 폼으로 쓰고 다니는 줄 알았나?"

미스트가 마치 병자처럼 울긋불긋한 반점에 뒤덮인 얼굴을 문질러 평소와 같은, 복면의 얼굴로 돌아오며 되물었다.

"흠……."

워트가 미간을 좁히며 침음성을 흘렸다.

그러나 곧 고개를 저으며 다시 입을 열었다.

"일단 그런 건 넘어가고, 그럼 의뢰라는 건 뭐야? 혹시 그들에게 저항군의 은신처 따위를 알아내라는 의뢰를 하려는 건가?"

"그런 짓을 왜 하지?"

미스트가 가소롭기 짝이 없다는 목소리로 되물었다.

그리고 잠시 눈매를 좁히며 주위를 둘러보다가 머리를 벅벅 긁으며 말을 이었다.

"네놈은 정말 아는 게 없군. 뭐 후작씩이나 되는 가문에서 태어나 싸움은 적이 준비를 다 끝내고 검을 집어 들었을 때나 하는 거라고 배웠다면 어쩔 수 없다고 생각한다만……."

"시비 거는 거냐?"

"생각을 해 보라는 거다. 그래도 너는 내가 처음 봤을 때보다는 좀 나아졌지만, 일단 내가 봐 온 기사들은 대체로 그런 녀석들이었다. 물론 열에 여덟은 막상 여기저기 찔리고 나면 태도가 꽤 달라지기는 했지만 어쨌든, 네 말대로 루이너 왕국의 저항군이 있다면 그 저항군을 지휘하는 건 그런 녀석들이겠지. 너는 그런 녀석들이 그렇게 오랜 시간 동안 루이너 왕국을 몽땅 점령하고 있는 놈들의 눈을 피해 숨어 있을 수 있다고 생각하나?"

"그럼……."

"전문가의 도움을 받고 있다는 말이지."

"저항군이 암살 길드나 도둑 길드와 손을 잡았단 말인가?"

"손을 잡은 게 아니다."

"아니라니? 방금 네가……."

"네가 암살 길드나 도둑 길드를 어떻게 생각하고 있는지는 모르겠지만, 그들도 사람이다. 어딘가에 가족도 있고, 친구도 있겠지."

"……그렇군. 그들도 서방 대륙의 사람으로서 놈들이 저지르는 만행을 묵과할 수는 없는 처지라는 말인가?"

"그렇게 낭만적인 감정은 아니겠지만, 같은 맥락이지. 네 말을 들어 본 바에 의하면 아마 저항군과 그들의 접촉은 루이너 왕국의 국왕이 처형당하기 전에 이루어졌을 거다."

"그렇겠지."

워트가 고개를 끄덕였다.

그리고 잠시 생각하다가 문득 생각난 듯이 물었다.

"하지만 그런 상황이면 그자들이 수상하기 짝이 없는 우리 앞에 모습을 드러내겠어?"

"물론, 드러낼 수밖에 없지. 내가 놈들에 대해 꽤 많은 걸 알고 있다고 한 말이 무슨 의미인지 모를 리가 없으니까. 그리고 설사 그게 아니라도 놈들은 찾아올 수밖에 없어. 그 접수원도 이 단검을 알아봤으니까."

"그리고 보니 그 남자도 네 단검을 보고 안색이 변했었지. 대체 그 단검이 뭐기에 그래?"

"이건……."

손에 든 단검을 들어 올리며 대답하던 미스트가 움찔하며 입을 다물었다.

그리고 천천히 몸을 일으키며 말을 이었다.

"왔군."

산등성이로 가라앉는 석양.

길게 늘어나던 그림자가 어둠에 잠기기까지는 순식간이었다.

그리고 그 어둠 속에서 하나씩 눈동자가 떠오르기 시작했다. 소리 없이, 삼각형 모양의 바위 주위로 수십 쌍의 눈동자가 떠오르는데도 기척은 느껴지지 않았다.

그러나 숨기려는 의도로 느껴지지는 않았다.

되레 자신들의 의도를 명확히 보여 주기 위한 행동으로 느껴졌다.

"……좋지 않군."

좌우로 눈을 움직이는 워트의 입에서 긴장감이 밴 목소리가 흘러나왔다.

그러나 옆에서 들려오는 목소리는 되레 그 반대였다.

"아니, 바라던 바라고 해야겠지."

"뭐?"

"접수원과 접촉한 게 불과 1시간 전이다. 적군에 점령된 도시에서 불과 1시간 만에 이만한 사람을 움직이는 건 쉬운 일이 아니지. 더구나 그사이에 이것저것 알아보거나 의논할 게 많은 일이 벌어졌을 때는 말이야. 즉, 저 도시에는 그게 가능한 규모의 조직이 숨어 있고, 그만한 조직을 바로 움직일 수 있는 결정권자도 있다는 의미다."

"접수원과 접촉한 시간까지도 그런 정보를 확인하기 위한 과정이었다는 건가?"

"이쪽 일은 험하니까."

가볍게 대답한 미스트가 주위를 둘러보며 말을 이었다.

"이쪽에 관련된 녀석들은 대체로 입이 무거운 녀석들이 많으니 궁금한 건 직접 여러모로 궁리해서 알아내는 수밖에 없지."

"대단하군. 배울 점이 많아. 하지만 아직 여러모로 부족한 나로서는 감탄보다 걱정이 앞서는군. 내가 걱정이 지나쳐서 그런지도 모르지만, 왠지 말이 통할 것 같지 않은 분위기처럼 보여서 말이야."

"예상 범위 안이지."

"그럼 그 예상 범위 안에 여기서 우리가 저들을 상처 입히면 상황이 더 어려워질 수 있다는 것도 포함되어 있는 건가?"

"일단은."

미스트가 살짝 고개를 끄덕였다.

그러는 사이에도 둘을 포위한 사내들은 점차 거리를 좁혀오고 있었다. 그리고 재를 발라 놓은 검을 뽑는 것으로 자신들의 의도를 좀 더 구체적으로 드러내 주었다.

그들을 훑어보던 미스트의 눈이 워트에게 향했다.

"몇 분, 버텨 줄 수 있겠나?"

"그럼 해결되는 건가?"

"물론이지."

그리고 다시 그 눈이 사내들을 향해 움직였을 때였다.

챙! 챙! 챙!

미스트의 앞에서 연이어 쇳소리가 울렸다.

동시에 미스트의 앞과 좌우의 바닥에 검은 칼날의 비도가 박혔다.

그리고 워트의 주위에서도.

챙! 챙! 챙!

워트는 거침없는 동작으로 사방에서 날아드는 비도를 단

숨에 쳐 냈다.

"미스트, 일단……."

워트가 멈칫한 건 되레 미스트를 돌아본 직후였다.

그때 미스트는 빈민굴의 남자 앞에 박아 넣었던 단검을 들고 있었다.

그 단검에서는 그때 봤던 것과 같은 일이 벌어지고 있었다. 손잡이 부분에서 붉은 줄기가 가지를 벗듯이 솟아 나오는 것이다.

그리고 그 끝이 미스트의 팔목을 파고들어 가는 순간.

"헉! 뭐, 뭐야?"

거리를 좁혀 오던 사내들이 일제히 당혹성을 터뜨렸다.

"이, 이건……."

고개를 돌린 워트의 눈도 당혹감이 물들었다.

그들 옆에 떠올랐기 때문이다.

오른손이 단검에서 뻗어 나온 붉은 줄기에 휘감긴 미스트가, 그를 돌아보는 수십 명의 사내 뒤에서 동시에 말이다.

"이건 설마……."

"분신?"

"아니, 단순한 분신이 아니다! 저자가 파월의 단검을 사용할 수 있다면 이건……."

황급히 몸을 돌리는 사내들 뒤에서 미스트가 사라진 건 그때였다.

위트의 눈앞에 있던 미스트도 마찬가지였다.

"너로군."

미스트의 목소리가 들려온 것은 그다음.

당황하는 사내들의 뒤쪽, 10여 미터 정도 떨어진 곳에서 소리치던 사내의 등 뒤였다.

이에 움찔한 사내가 몸을 돌리는 순간!

쩡-!

파열음과 함께 사내가 휘청대며 뒷걸음질 쳤다.

"큭! 이런……."

"호오, 이걸 막는 건가? 내 단검을 알아보는 안목과 상황 판단, 거기에 내 기습을 막아 내는 실력까지, 나무랄 데가 없 군. 하지만 이쪽 세계에서 살아가기에는 각오가 부족한 감이 있군. 이쪽 세계에서 잔뼈가 굵은 녀석이라면 제힘으로 당해 내기 힘든 상대라는 걸 직감한 순간 팔 하나를 떼어 주더라 도 치명상을 입히는 방법을 선택했을 텐데 말이야."

"얕보지 마라!"

"얕봐? 그런 짓을 할 리가 없지 않나."

미스트가 다시 퉁기듯 돌진해오는 사내를 향해 단검을 들 어 올리며 대답했다.

캉! 파직! 카카카칵! 펑-!

그 사이에서 격렬한 섬광이 터져 나왔다.

그러나 결과는 좀 전과 마찬가지.

복잡하게 얽히던 섬광 속에서 붉은 검광이 수직으로 뻗어 올라가자 폭발이 일어나며 사내가 뒤로 퉁겨 나왔다.

그리고 휘청대는 다리를 세우며 멈춰 서는 순간, 그 주위에서 수십 개의 비도가 날아들었다.

미스트와 사내를 향해 몰려드는 자들이 날려 대는 비도였다.

그러나 미스트는 눈길조차 돌리지 않았다.

그 정도는 대부분 감각만으로도 피할 수 있었고, 미처 피하지 못한 비도에 갈라진 옷 사이로 피가 튀어 올라도 마찬가지였다.

칭! 카각! 텅-!

미스트는 아랑곳하지 않고 사내를 향해 속사포 같은 공격을 퍼부으며 돌진했다.

이에 주춤주춤 물러나던 사내가 한 걸음 내디디며 검을 내리쳤을 때, 갑자기 미스트의 몸이 아래로 훅 가라앉았다.

그리고 왼손으로 앞으로 나와 있던 사내의 발목을 움켜쥐며 그대로 회전!

미스트의 손에 잡힌 사내의 다리가 들어 올려졌다.

그리고 마치 그 다리를 타고 올라오는 듯한 미스트의 몸에 떠밀리며 뒤로 벌러덩 넘어졌다.

동시에 미스트의 몸은 자연스럽게 사내의 가슴에 올라타는 자세가 되었고…….

팍-!

사내의 목 옆에 단검이 박혔다.

"……난 진지하다."

채 10여 초도 되지 않는 사이에 몸 곳곳이 피로 물든 미스트가 내리꽂은 단검이었다.

순간 고개를 추켜 올리던 사내가 움찔하며 멈췄고, 둘을 향해 달려오던 사내들과 워트를 둘러싸고 있던 사내들까지 일제히 멈춰 섰다.

"후-!"

그제야 미스트가 꾹 눌러 뒀던 열기와 함께 한숨을 불어 내며 고개를 돌렸다.

"워트, 무사한가?"

"어? 그, 그래! 난 괜찮아!"

워트는 조심스러운 걸음으로 대여섯 명의 사내 사이를 빠져나오며 대답했다.

미스트가 다시 사내를 내려다보며 말을 이었다.

"다행이군. 나는 아무래도 상관없지만, 우리 쪽에서는 저 녀석도 나름 중요한 녀석이거든. 안 좋은 일이 벌어졌다면 일단 내가 바라던 대화를 하기는 힘들어졌겠지."

"대화?"

"말했을 텐데, 의뢰하고 싶다고 말이야."

미스트의 대답에 사내가 미간을 좁히며 생각하다가 되물

었다.

"……너희는 누구냐?"

"누구인 것 같나?"

"모르지. 그래서 알아보려고 했던 거고."

"시체로 만들고 나서 말인가?"

"너희에게는 달갑지 않은 방식이었겠지만, 우리도 정체도 모르는 사람들의 편의까지 생각해 줄 정도의 여유는 없다. 그러니 혹시라도 착각하고 있다면 미리 말해 두지. 날 인질로 잡았다고 뭐든 네 뜻대로 될 거라는 기대는 하지 마라. 내 목숨 따위는 아무런 가치도 없다."

"그런 것 같지 않은데?"

미스트가 불안하기 짝이 없는 얼굴로 둘을, 좀 더 정확히는 사내의 목 옆에 박힌 단검을 바라보는 사내들을 둘러보며 말했다.

그러나 정작 미스트 밑에 깔린 사내는 동요하는 기색도 보이지 않았다.

"네가 대화를 하고 싶다니 먼저 묻지. 네가 어떻게 파월의 단검을 가지고 있는 거냐?"

"파월의 단검?"

주위를 경계하며 다가오던 워트가 미간을 좁히며 되물었다.

"그게 어떤 단검인지도 몰랐던 건가?"

"아니, 모르는 건 저 녀석뿐이지. 나는 대강은 알아. 이 단검이 오래전 서방 대륙에서 전설적인 암살자로 이름을 날리던 자가 사용하던 것이고, 루이너 왕가와도 관련이 있다는 것 정도는 말이야."

"그걸 네가 어떻게……."

"그자는 중앙대륙에서도 꽤 유명하니까. 물론 유명하다고 해도 일부, 그것도 특정 직업을 가진 사람들에게나 해당하는 얘기지만 말이야."

"중앙대륙?"

사내가 움찔하며 되묻자 미스트가 눈가에 주름을 만들며 끄덕였다.

"이제야 겨우 본론으로 들어가게 되는군. 그래, 우리는 중앙대륙에서 온 사람이다."

"어떻게 이런 시기에 중앙대륙의 사람이……."

"이런 시기라서다."

사내의 말에 대답한 사람은 워트였다.

그리고 슬쩍 시선을 돌렸다가, 미스트가 고개를 끄덕이자 다시 입을 열었다.

"일단 잘 모르는 것 같으니 설명해 주지. 너희 왕국을 침공한 놈들은 현재 중앙대륙까지 넘보는 중이다. 물론 아직 본격적인 침공을 해 온 건 아니지만, 곳곳에 비밀 기지를 만들어 두고 수상한 음모를 꾸미는 중이지. 우리는 그 단서를 찾아 놈들의 본거지인 이곳에 온 거다."

"단둘이 말인가?"

"물론 아니다. 너희들을 찾은 이유가 그 때문이다. 우리가 그 임무를 수행하던 도중에 가장 중요한 두 사람이 사라졌다. 그때 그들과 싸우던 적 마법사가 만든 마법의 폭주에 휘말려서 말이다."

"마법……."

"우리는 그게 공간 이동 마법이었다고 추측하고 있다. 그리고 그 추측대로라면 둘은 서방 대륙 어딘가로 이동했겠지. 너희에게 하려던 의뢰가 그것이다. 둘이 떨어진 곳이 어디든, 서방 대륙에 대해 모르는 우리보다는 너희 쪽이 더 빨리 찾을 수 있을 테니까."

"그렇군."

사내가 고개를 끄덕였다.

"무슨 말인지는 이해했다. 근래 남부에 있던 놈들의 연구소 중 하나가 정체가 불분명한 군대의 공격으로 파괴당했다는 보고를 들은 적이 있으니 앞뒤 정황도 맞아떨어지지. 하지만 그 뒤의 얘기를 이어 나가려면 먼저 한 가지 확인할 필요가 있어 보이는군. 너희가 중앙대륙에서 온 자들이라는 증거 말이다."

"명확한 증거는 없다."

워트가 한 걸음 다가와 손에 든 검을 바닥에 박아 넣으며 말을 이었다.

"분하지만, 지금 내가 나를 증명할 수 있는 건 이 검에 새겨진 문장뿐이다. 아르키네아 제국의 서부 변경백 그라디오스 후작의 적자, 워레스트 벤 그라디오스가 내 이름이다."

"제국의……."

사내가 동요하는 눈빛으로 중얼거렸다.

그리고 잠시 미간을 좁히며 생각하다가 미스트를 올려다보았다.

"비켜 주겠는가?"

"비켜 줘도 되겠는가?"

"그래, 적어도 경들이 적이 아니라는 건 확실히 알았으니까."

이어지는 말에 미스트가 몸을 일으키자 뒤따라 일어난 사내가 워트를 돌아보며 말했다.

"일단 감사 인사부터 하지."

"말했듯이 남부의 연구소를 공격한 건 우리 쪽 사정에 따른 결과였을 뿐이다."

"들었다. 하지만 어떤 의도였건 우리에게 도움이 된 건 사실이다. 경들이 그 연구소를 파괴한 것도, 그 뒤에 놈들에게 끌려가던 루이너 국민을 구해 준 것도."

"알고 있었군."

"물론 알고 있었다. 어떤 자들이, 무슨 목적으로 그런 일을 해 왔는지는 지금 알게 됐지만, 내게는 감사를 표할 의무가 있다."

사내가 품에서 단검 한 자루를 빼 들었다.

그 검집은 보석으로 치장되어 있었고, 손잡이에는 워트의 장검처럼 가문을 상징하는 것과 같은 문장이 새겨져 있었다.

"그 문장은 혹시……."

"서방 대륙까지 위명이 알려진 그라디오스 후작의 적자가 알아봐 준다니 고맙군. 경처럼 나도 지금 나를 증명할 수 있는 건 이 문장뿐이다. 루이너 왕국의 왕가, 더러운 침략자의 손에 돌아가신 탄탈리온 국왕 폐하의 적자, 발투스 엘 루이너가 내 이름이다."

"왕태자……."

워트는 놀란 표정이 되었고, 곧 그 얼굴에 의문이 덧씌워졌다.

"하지만 왕도가 함락될 때 왕족은 모두……."

"죽었지. 아바마마와 어마마마, 그리고 내 동생과 사촌들도. 나와 닮은 기사를 제물로 바치고 살아남은 나를 제외하고 모두 말이야. 비참하고…… 부끄러운 일이지."

"왕자님……."

그, 발투스의 자조 섞인 목소리에 주위의 사내들에게서 신음 같은 목소리가 흘러나왔다.

그때 묵묵히 지켜보던 미스트가 코웃음을 터뜨렸다.

"하! 꽤 비싼 의자였군."

"뭐, 뭐야?"

"건방진…… 왕자님의 신분을 알고도 저런 태도를……."

"그만둬라."

발투스가 발끈하는 사내들을 제지하며 돌아보았다.

"그는 그럴 만한 자격이 있다. 너희의 방해 속에서도 나를 제압한 그 실력도 그렇지만, 그 손에 쥐어진 단검도. 경의 말대로 그 단검은 분명 루이너 왕가와 관련이 있다. 그것도 꽤 밀접한 관련이 있지."

"알 바 아니다."

미스트가 툭 던지듯 대답하며 말을 이었다.

"우리의 용건은 방금 설명한 대로다. 내 관심사도 그 둘, 아니 하나다. 레온이라는 남자를 찾는 것."

"그런가? 그럼 결론부터 말하지."

발투스가 고개를 끄덕이며 대답했다.

"그 의뢰는 받을 수 없다."

리디큘

"호오."

복면 사이로 드러난 미스트의 눈에 웃음이 번졌다.

물론 즐거워하는 웃음은 아니었다.

마치 흘러내리듯이 진득한 살기가 넘치는 웃음이었다.

"그렇게 나오는 건가? 아무래도 내 설명이 부족했나 보군. 아니면 네 이해력이 부족하던가. 말했을 텐데? 난 지금 매우 진지하다고 말이야."

"미스트, 기다려!"

그때 워트가 황급히 그 앞을 가로막으며 소리쳤다.

칭! 촤촤촤촤—!

워트의 어깨 위에서 붉은 섬광이 튀어 오르고, 그 뒤에서 멈춰 서는 미스트를 향해 십여 자루의 검이 겨눠진 건 그 직후였다.

그러나 미스트는 흘깃 쳐다보다가 워트의 뒤통수로 시선을 돌리며 중얼거렸다.

"뭔가 익숙한 장면이군."

"그때도 지금도, 네가 너무 성급해서라는 생각은 들지 않는 거냐?"

"그런 말을 하기 전에 내가 왜 성급하게 구는지를 먼저 생각해 주면 좋겠군. 뻔한 얘기를 뻔한 방식으로 주고받으며 시간을 낭비하는 건 내 방식이 아니다. 유일한 예외는 레온과 얘기할 때뿐이고, 좀 전에야 알게 됐지. 난 레온과 그런 대화를 하는 걸 꽤 즐기고 있었다고 말이야. 그러니 난 그 즐거움을 되찾기 위해 무슨 짓이라도 할 생각이다. 필요하다면 이해력이 부족한 놈의 팔다리를 떼어 내서라도 말이야."

"좀……."

"그런다고 해도 내 대답은 달라지지 않는다."

발투스가 워트의 말을 끊었다.

그리고 주위의 사내들에게 괜찮다는 듯이 고개를 끄덕여 주며 말을 이었다.

"경들이 놈들에게 끌려가는 루이너 국민을 구해 줬다면, 직접 봤을 것이다. 지금 루이너 왕국의 국민이 어떤 취급을 받고 있는지 말이다."

"나는 그 일에 가담하지 않았다. 하지만 조금 전에 도시로 들어갔을 때 봤지. 네가 졸개들에게 끔찍이 보호받는 동안 네 국민이라는 사람들이 어떤 꼴을 당하고 있는지 말이야."

"미스트!"

"왜 그러지? 보고 들은 걸 솔직하게 말했다만?"

미스트가 버럭 소리치는 워트를 돌아보며 퉁명스러운 목소리로 중얼거렸다.

발투스는 고개를 끄덕였다.

"경의 말을 부정할 생각은 없다, 모두 사실이니까."

"그런 말을 들으려고 한 말이 아니다."

"그렇겠지. 경의 관심사는 오직 그, 레온이라는 사람을 찾는 것뿐이라고 했으니까. 하지만 경이 내게 한 것처럼 그 역시 내 알 바가 아니다. 내 관심사는 오직 하나, 루이너 왕국에서 놈들을 몰아내는 것뿐이니까."

"왕자님의 입장은 이해합니다. 하지만……."

"이해한다고?"

슬쩍 눈을 움직여 워트를 돌아본 발투스의 얼굴에 메마른 웃음이 번졌다.

"내 국민이, 내 땅에서 개돼지와 같은 취급을 받으며 죽어가는 걸 지켜보는 내 심정을 이해한다는 건가?"

"물론 모두는 아니지만……."

"그렇다면 말을 삼가라. 누군가에게, 하물며 다른 대륙의 사람에게 이해받기 위해 한 말이 아니니까. 단지…… 아니, 그만두지. 경 뒤에서 바라보는 사내는 인내심이 없어 보이 니까. 인제 와서 목숨에 연연하고 싶은 생각 따위는 조금도 없지만, 아바마마께서 스스로 형장으로 향하시며 남긴 유 언도 지켜 드리지 못하고 살해당하고 싶은 생각은 들지 않 는군."

"유언?"

"그래, 내가 부모 형제의 죽음을 외면하고 왕도를 탈출하 고, 또 그동안 국민의 비참한 실상에서 눈을 돌릴 수 있도록 해 준 좋은 변명거리지."

발투스의 웃음이 자조적으로 바뀌었다.

"저도 왕자님이 그저 놈들이 두려워 국민을 모른 척하고 있었다고는 생각하지 않습니다. 적과 싸우려면 먼저 적을 알 아야 하는 법. 필요한 준비를 하고 계셨겠죠."

"아니, 이미 준비는 끝났다."

발투스가 고개를 저으며 대답했다.

"아까도 말했듯이 내가 왕도를 빠져나올 수 있었던 건 루 이너 왕가와 밀접한 관련이 있던 타크라마칸, 중앙대륙의 암 살 길드와 같은 조직의 도움을 받았기 때문이다. 그 뒤로 왕 국 각지에 흩어져 있던 기사들을 규합할 수 있던 것도 마찬 가지다. 그리고 마침내 결행의 때를 맞이하게 되었지."

"그 말은……."

"결전을 앞두고 있다는 말이지."

워트의 말에 발투스가 품에서 두루마리를 꺼내 들었다.

손으로 그린, 조악한 지도였다.

그러나 그래서 되레 전체적인 지형을 쉽게 알아볼 수 있었고, 미간을 좁히며 바라보는 워트의 눈도 지도 위에서 오래 헤매지는 않았다.

"여기군요."

워트의 눈이 산맥으로 표시해 놓은 선이 복잡하게 얽혀 있는 곳의 중심에서 멈추자 발투스가 슬쩍 입술을 추켜 올리며 고개를 끄덕였다.

"바로 찾아내는군. 만약을 대비해 일부러 표시도 해 두지 않았는데 말이야."

"제국 서부도 산세가 복잡합니다."

"그런 문제는 아니라고 생각하지만…… 경의 말대로다. 지금까지 확인한 바에 의하면 놈들의 거점은 대륙의 북부. 그 사이의 지형은 과거에도 험난했고, 이계와 합쳐진 지금은 더 험난해졌지. 그럼에도 놈들이 단시간에 루이너 왕국을 침공할 수 있던 이유가 바로 그곳, 대격변으로 생긴 아실라타 산맥의 틈을 중간 거점으로 활용했기 때문이다. 바꿔 말하면……"

"그곳을 함락시키면 적의 병력과 물자의 흐름을 차단할 수 있다는 말이겠죠. 그리고 본시 군대란 나무와 같은 법. 뿌리와 끊어진 가지는 말라 죽는 법이고 말입니다. 저절로 말라 죽지는 않겠지만."

"한결 쉬워지기는 하겠지."

"그럼 방금 말씀하신 결전이라는 게……."

"물론 그곳을 공격하는 것이다. 결행 일은 이틀 뒤, 이미 그 주위에 병력 배치까지 끝내 둔 상황이지."

"음……."

이어지는 발투스의 말과 함께 워트의 입에서 침음성이 흘러나왔다.

이제야 모두 이해했기 때문이다.

미스트의 협박에도, 아니 뭐 애초에 일국의 왕자에게 그런 협박이 통할 리도 없었지만 어쨌든, 발투스가 의뢰를 받아 줄 수 없다고 말한 이유를 말이다.

미스트 역시 마찬가지다.

발투스와 워트의 대화가 진행될수록 일그러지던 눈이 지금은 아예 썩은 것처럼 변해 버렸음에도 아무 말도 없이 지켜만 보는 이유가 그 때문이다.

아무리 미스트라도 일국의 왕자가 왕국의 사활을 걸고 준비해 온 일을 중지하고 레온부터 찾아내라고 말할 수는 없을 테니까.

따라서 이제 워트와 미스트에게는 두 가지 선택밖에 남지 않게 되었다.

하나는 이대로 돌아가 다른 방법을 찾아보는 것.

그리고 다른 하나는…….

"내가 직접 여기까지 찾아온 이유가 그 때문이다. 이런 시기에 우리와 접촉하려는 자가 있다면 둘 중 하나 외에는 없을 테니까."

"하나는 어디선가 새어 나간 정보를 듣고 움직인 적의 첩자겠죠. 하지만 그럴 가능성을 알고 있다면 되레 왕자님이 직접 나서는 건 가장 피해야 할 일 아닙니까?"

"아니, 그럴 가능성이 있으니 내가 직접 확인해야지. 만약 실제로 내가 놈들에게 잡히는 불상사가 일어난다면 혼자 살기 위해 부모 형제까지 버리고 도망친 나는 틀림없이 고문을 이겨 내지 못하고 술술 불게 될 테니까. 그럴 마음의 준비도 항상 되어 있다. 궁정 마법사 퀼린 경이 정신 계열 마법을 다루는 데 능숙한 덕분에 말이야."

"……그렇군요."

"하지만 가장 큰 이유는 두 번째 가능성을 무시할 수 없어서다. 근래 국민을 잡아가는 놈들을 습격해 온 자들 쪽에서 접촉해 오는 것. 만약 그게 놈들이 파 놓은 함정 같은 게 아니라면 그들은 아군이 돼 줄 수도 있다는 말이니까."

바로 이거다.

"경들의 실력은 이미 확인했다. 그리고 경들과 함께 왔다는 병사들 역시, 그 짧은 시간에 놈들의 남부 연구소를 괴멸시켰다면 실력을 의심할 여지가 없겠지. 만약 이번 일에 그대들도 동참해 준다면 더할 수 없는 힘이 될 터. 부탁한다, 중앙대륙의 기사들이여. 나를, 아니 이 대륙의 사람들을 위해 힘을 빌려줄 수 없겠는가?"

"하지만……."

워트가 한숨 섞인 목소리로 중얼거릴 때였다.

미스트가 불쑥 끼어들며 말했다.

"그런 말을 하기 전에 먼저 해야 할 말이 있지 않나? 우리가 원하는 게 뭔지 다시 설명해 줘야 하는 건가?"

"물론 알고 있다. 말했듯이 비록 루이너 왕국은 놈들의 손에 유린당하고 있지만, 타크라마칸은 건재하고 그 정보망은 방대하다. 경들이 찾고 있는 두 사람이 어디에 있든, 설사 적기지에 떨어졌다고 해도 찾아낼 수 있을 것이다. 약속하지. 경들이 우리를 도와준다면 이번 일이 끝난 뒤 모든 힘을 총동원해서 그 둘을 찾아내겠다고 말이다. 그 외에도 그대들이 원하고, 내가 할 수 있는 일이라면 뭐든지 해 주겠다."

"다른 건 필요 없다. 내가 원하는 건 그들을 찾는 것뿐이다. 나와 내 동료들이 목숨을 걸고 네놈들을 돕는 대가로 원하는 건 달랑 그거 하나, 그게 무슨 의미인지 잘 생각하고 대답해야 할 거다. 약속을 지키지 못하면 네 머리로 대가를 치러야 할 테니까."

"감히……."

살기를 번뜩이는 미스트의 말에 주위 사내들의 눈에서도 살기가 번뜩였다.

그러나 정작 발투스는 태연한 얼굴로 그들을 제지하며 끄덕였다.

"비명에 돌아가신 아바마마의 이름을 걸고 맹세하겠다. 그때는 어떤 변명이나 저항도 하지 않고 내 머리를 대가로 지불하겠다고 말이다."

"그런 맹세 따위는 하지 않아도 된다. 그때는 어떤 변명이나 저항을 해도 소용없을 테니까."

미스트는 코웃음으로 대답하며 워트를 돌아보았다.

"너희들은 어땠는지 모르겠지만, 나와 함께 온 녀석들이 이곳까지 온 이유는 오직 하나, 레온을 찾는 것이다. 남의 뒤나 닦아 주는 건 달갑지 않지만, 그런 이유로 멀리 돌아갈 생각도 없어. 난 무턱대고 서방 대륙을 뒤지는 것보다는 이쪽이 그나마 더 나은 방법이라고 판단했다. 하지만 너희에게까지 강요할 생각은 없다. 너희는……."

"나도 그래."

워트가 미스트의 말을 끊으며 발투스를 돌아보았다.

"모두 참전하겠습니다."

"고맙군."

"아직 그런 말을 하기는 이릅니다. 왕자님과 우리가 모두 원하는 것을 얻게 될지, 다 같이 죽게 될지는 뚜껑을 열어 봐야 알 수 있을 테니까요. 그런 사태를 피하기 위해서라도 이제 구체적인 얘기를 해 보죠."

워트와 발투스의 회의가 시작되었다.

처음에는 워트가 발투스의 설명을 듣는 쪽이었지만, 대화가 진행되는 사이 점차 워트의 말이 많아졌고, 언제부터인가는 되레 발투스가 듣는 쪽으로 바뀌었다.

그리고 대략 1시간 정도가 지났을 때.

"경의 식견은 놀랍군. 아직 서방 대륙에 온 지 채 보름도 되지 않았을 텐데, 그 정도로 놈들에 대해 정확히 파악하고 있다니……."

"제 식견 덕분이 아닙니다. 굳이 말하자면 제가 찾고 있는 사람이 중앙대륙에서도 비교할 대상이 없을 정도로 발이 넓어서죠. 저 같은 제국의 귀족이나 저 친구처럼 살기 빼면 남는 게 없는 사람, 심지어 얼마 전까지 디멘션 던전에서 왕 노릇을 하던 뱀파이어까지 혈안이 돼서 찾아 나설 정도로 말입니다."

"뭐?"

"왕자님도 곧 아시게 될 겁니다. 서방 대륙을 침공한 놈들이 그를 적으로 삼은 게 얼마나 큰 실수였는지 말입니다."

"……그리됐으면 좋겠군. 아니, 믿지. 경과 1시간가량 대화를 나눈 것만으로도 적어도 수백의 병사를 살릴 수 있게 된 것 같으니까. 그럼 이틀 뒤, 그곳에서 보세."

"네."

워트는 가볍게 인사하고 몸을 돌렸다.

그리고 말에 오르자 먼저 타고 있던 미스트가 슬쩍 돌아보며 물었다.

"승산은?"

"높진 않아. 왕자의 정보에 따르면 우리가 참전해도 병력부터 3 대 1 정도로 이쪽이 밀리니까. 게다가 놈들은 성채와 같은 건물을 가지고 있고, 아직 정확히 실체가 파악되지 않은 병기도 있는 것 같아."

"그런 건 알겠고, 그래서 승산은?"

"……이겨야지."

다시 묻는 미스트의 말에 워트가 쓴웃음을 지으며 대답했다.

그러다 문득 생각난 듯이 물었다.

"아, 그러고 보니 그 단검을 대체 어디서 구한 거야? 왕자가 한 말도 그렇고, 다른 사람들도 꽤 복잡한 눈으로 힐끔대던 걸 보면 평범한 단검은 아닌 모양인데…… 전에 사용하던 단검은 그게 아니었잖아."

"레온에게 물어봐라. 나도 레온이 대체 이런 걸 어떻게 알고 있었는지 궁금하니까."

미스트가 속도를 높여 비탈을 내려가며 대답했다.

그리고 그때 그 태영은…….

펑-!

"큭, 빌어먹을!"

피를 뿜으며 날아가고 있었다.

-주인!

"괜찮아! 이 정도는 끄떡없어!"

태영이 주르륵 미끄러지던 다리에 힘을 주며 소리쳤다.

치치칙-!

그 바로 뒤에서 매캐한 연기가 피어 올라왔다.

조금 전 태영에게 집게발을 휘둘렀던 전갈이 꼬리로 뿜어 내는 독액이었다.

물론 태영이 그따위 뻔한 공격에 맞을 리는 없었다.

치익! 치익! 치익!

그러나 이런 상황이라면 얘기는 달라진다.

독액을 피해 몸을 굴리는 태영의 앞에서 연기를 뿜어 올리는 쏟아지는 또 다른 독액!

방향을 틀어 몸을 날렸을 때도 마찬가지였고, 그다음에도 또! 또! 또!

한꺼번에 대여섯 마리가 독액을 뿜어 대니 숨돌릴 틈이 없었다.

그러나 문제는 독액 자체가 아니었다.

-주인, 옆이다!

"알아! 나도 봤어!"

치잉! 카카카칵, 콰직-!

때때로 집게발을 휘두르며 돌진해 오는 놈을 해치우는 것도 어려운 일이 아니었다.

그러나 그래 봤자 달라지는 건 아무것도 없었다.

"빌어먹을!"

지금까지 그랬듯이 이번에도.

대가리가 박살 난 전갈이 모래로 변해 흩어지기가 무섭게 근처의 공간이 일렁이며 바로 다른 전갈이 기어 나왔다.

위이이잉! 콰콰콰콰-!

카자드처럼 화염 폭풍으로 순식간에 서너 마리를 태워 버려도 마찬가지였다.

그 직후에 정확히 같은 숫자의 전갈이 기어 나왔다.

그러니 몇 마리를 때려잡든 숫자는 그대로.

그런 상황이 약 1시간째. 즉, 1시간 가까이 20여 마리의 전갈 떼와 싸우고 있다는 말이다.

그리고 태영과 카자드도 일단은 인간.

게다가 이게 처음도 아니었다.

그때마다 방식은 다르지만, 이곳에 와서 지금까지 얼마나 지났는지 모르는 시간 동안, 대체 몇 번인지조차 모를 정도로 반복되어 온 일이다.

끝없이 기어 나오는 놈들과 쉴 새 없이 싸우니 점차 상처가 늘어날 수밖에 없었고……

"카자드, 그런 식으로는 몇 마리를 죽여 봤자 소용없어!"

"큭! 젠장, 누굴 등신으로 아는 겁니까?"

"왜 성질이야? 누구 그렇대?"

"말이 그렇잖아!"

"얻다 대고 반말이야? 너, 내가 누구인지 몰라?"

"하! 언제부터…… 아니, 됐고! 내가 지금 그걸 몰라서 이러고 있는 것처럼 보입니까?"

"모르지 않을 테니 괜한 짓 하지 말라고! 얼마 남지도 않은 마력을 박박 긁어 그런 짓을 해 봤자 너덜너덜한 놈이 쌩쌩한 놈으로 바뀔 뿐이니까! 더 힘들어질 뿐이라고!"

"하! 언제부터……."

"언어 기능까지 마비됐냐? 뭘 똑같은 말만 반복 재생하고 앉았어? 그리고 널 걱정해서 하는 말이 아니야! 너는 여러모로 마음에 안 들고, 앞으로도 마음에 들 일은 없겠지만, 그런 너라도 지금 뒈져 버리면 곤란해지는 건 나라고!"

"하! 어련하시겠습니까?"

"이 자식이 정말 말끝마다……."

"내 말투를 지적하기 전에 공왕님의 말투부터 좀 생각해 보시지요."

"네가 사사건건 그딴 식으로 나오니까 그런 거잖아!"

"사사건건 그딴 식으로 반응할 수밖에 없도록 만드니까 그런 거 아닙니까! 애초에 전갈은 나만 죽였습니까?"

"난 너와 달라! 마력을 쓰지 않아도 죽일 수 있다고!"

"잘나셨군요."

그런 상황이 반복되니 체력과 마력, 더불어 인성까지 바닥을 드러내고 있었다.

─그딴 말들이나 떠들어 댈 때냐?

그리고 그게 그리모어에게는 어떻게 보이는지 모르지만, 적어도 태영에게는 도움이 되는 면이 없다고 할 수도 없었다.

'어떤 상황이든! 저 자식보다 먼저 쓰러지지는 않는다!'

카자드와 그딴 말을 할 때마다 절로 이런 의욕이 샘솟으니까.

─주인이나 저놈이나 성질을 내야 할 상대는 따로 있잖아! 그딴 말을 할 시간이 있으면 이번 관문을 통과할 방법이나 생각하라고! 그래야 조금이라도 빨리 놈을 만나서 욕을 하든 패 주든 할 거 아니야!

"그런 건 네가 말해 주지 않아도 알고 있어."

─그럼……

"방법도 이미 찾았고 말이야."

태영이 이렇게 대답할 수 있는 이유도 그 덕분이다.

1시간이나 이러고 있었다고 말한 것처럼 지금까지 답을 찾을 수 없었지만, 마음에 안 드는 카자드 덕에 의욕을 잃지 않을 수 있었고, 나아가 너보다는 낫다는 걸 보여 주고 싶다는 생각에 필사적으로 머리를 굴렸으니까.

방금 카자드에게 짜증 내듯이 말한 이유도 그 때문이다.

태영이 떠올린 게 정답이라면, 그야말로 쓸데없는 짓이라고밖에는 할 수 없으니까.

그러나 카자드는 아직 모르는 눈치인지라 태영은 사방에서 날아드는 전갈의 공격을 피하며 그에게 다가갔다.

"뭡니까?"

"확인할 게 있어. 너, 네 번째인가 다섯 번째인가 모르겠지만, 환영 마법을 쓴 적이 있었지? 지금도 쓸 수 있나?"

"그야 물론 쓸 수는 있습니다만……."

"동시에 만들 수 있는 환영의 최대 숫자는?"

"열 개, 아니 지금처럼 빛이 강할 때는 열다섯 개까지 가능합니다. 환영 마법은 빛을 굴절시켜 투영하는 방식의 마법이라 마력보다 빛의 양에 더 영향을 받으니까요. 하지만 말 그대로 환영이라 신기루에 불과할 뿐, 그 자체로는 아무것도 할 수 없습니다."

"그런데도 그때 너는 환영 마법을 사용했지. 왜지?"

"그야 놈들은……."

왜 뻔한 걸 묻느냐는 얼굴로 대답하던 카자드가 움찔하며 입을 다물었다.

그리고 미간을 좁히며 중얼거렸다.

"혹시……."

"경도 눈치챈 모양이군."

"글쎄요. 눈치챘다고 해야 할지는 모르겠지만, 일단 왜 그런 걸 물어보는지는 알겠군요. 그리고 확실히, 시도해 볼 만한 방법이라고 생각합니다."

카자드가 돌풍을 일으켜 사방에서 날아드는 독액을 쳐 내며 대답했다.

"그런 식으로 생각하면 이번에 나온 놈들이 유난히 독액을 뿜어내는 데 집착하는 이유도 설명이 되니 말입니다. 하지만 방금 말했듯이 제가 만들어 낼 수 있는 환영은 열다섯 개가 한계입니다. 놈들은 25마리. 공왕님이 생각한 방법을 시도하기에는 부족하군요."

"그건 내가 알아서 하지."

태영이 몸을 돌리며 말했다.

"내가 말한 방법을 이해했다면 어떻게 해야 하는지는 알겠지?"

"뭐 대강은."

카자드도 몸을 돌리며 대답했다.

퉁—!

동시에 좌우로 갈라지며 돌진!

태영과 카자드가 흩어지자 주위로 몰려들던 놈들이 한데 뭉쳐 따라붙었다.

그때 몸을 돌리며 한 번 더 가속!

우르르 몰려오는 놈들 사이를 파고들어 갔다.

태영과 카자드가 갑자기 방향을 바꿔 파고들어 오자 무턱대고 쫓아오던 놈들이 움찔하며 황급히 집게발과 독액을 날려 댔다.

그러나 그런 걸 피해 낼 자신도 없이 들어갔을 리는 없다.

카캉! 지지지직!

물론 숫자가 숫자다 보니 100%라고 할 수는 없었지만 어쨌든!

태영과 카자드는 막고, 피하고, 때로는 긁히면서도 반격조차 하지 않았다. 그저 놈들 사이를 가로지를 뿐이었고, 그 속도를 따라잡지 못하는 놈들은 점차 간격이 벌어졌다.

그리고 광장 전체에 넓게 흩어졌을 때!

"카자드, 준비해라!"

태영이 내디딘 발을 축으로 몸을 회전하며 소리쳤다.

부악-!

순간 그 몸에서 갈라져 나오는 또 다른 태영!

급격한 방향 전환과 함께 발동된 '광화 섀도 스텝'이 만들어 낸 분신이었다.

그리고 또! 또! 또!

태영은 쉬지 않고 방향을 틀며 움직였고, 그때마다 분신이 갈라져 나왔다.

그사이 처음 만든 분신 몇 개가 집게발에 찍히고, 독액을 뒤집어쓰며 폭발했지만, 딱히 상관은 없었다.

일단 '광화 새도 스텝'이 발동되면 분신은 얼마든지 만들어 낼 수 있으니까.

─……대체 뭘 하려는 거야?

"카자드에게 말하는 거 들었잖아. 방법이 떠올랐다고."

─그러니까, 그게 뭐기에 이렇게 정신없이 돌아다니며 분신이나 만들어 내는 거냐고 묻는 거잖아!

"여기에 와서 처음 본 힌트에 나와 있는 그대로지."

태영이 빠르게 주위를 훑으며 대답했다.

그리고 그 말대로, 지금까지 그랬듯이 이번에도 처음부터 힌트가 될 만한 건 있었다.

바로 광장 중심에 놓여 있는 석판이었다.

광장 바닥처럼 격자 모양으로 나누어져 있고, 곳곳에 붉은 점이 찍혀 있는 석판이 말이다.

그리고 보는 순간 답이 나왔다.

아니, 나왔다고 생각했다.

'석판의 격자 모양과 바닥의 격자 모양은 정확히 숫자가 일치해. 즉, 이 석판은 광장의 축소판. 붉은 점이 찍혀 있는 지점이 스위치 역할을 하는 발판이라는 의미겠지.'

그 위치를 모두 밟아 보기 전까지는 말이다.

'그리고 보니……'

대신 그사이에 다른 걸 알게 되었다.

이곳에서 나오는 전갈도 그 붉은 점처럼 정확히 25마리였
고, 그중 몇 놈을 해치우든 바로 보충되어 계속 25마리를
유지한다는 사실을 말이다.

　그리고 그때 다시 답이 나왔다.

　'지금까지의 패턴을 보면 이유 없이 그런 것은 아니겠지.
그럼 생각할 수 있는 건 둘, 석판에 찍혀 있는 붉은 점과 같
은 위치에서 놈들을 해치우거나, 혹은 놈들을 유인해 동시에
그 위치에 세우는 거겠지.'

　둘 다 아니었다.

　태영과 카자드가 1시간 가까이 헤매고 있던 이유다.

　더 짜낼 만한 게 없었으니까.

　석판이나 바닥에만 신경 쓰느라 미처 의식하지 못했던 두
가지를 깨닫기 전까지는 말이다.

　하나는 조금 전 카자드가 말한 것처럼 이번에 나온 놈들은
다른 때와 달리 유난히 독액 뿜어 대는 데 집착한다는 것.

　그리고 다른 하나는 태영이 방금 확인한 것.

　잠깐이지만, 놈들의 뿜어낸 독액에 젖은 바닥이 순간적으
로 검게 변한다는 사실이다.

　'……이거다!'

　순간 퍼뜩 떠오르는 게 있었다.

　태영과 카자드가 놈들을 광장 전체로 흩어놓는 이유가 그
때문이었다.

펑! 펑! 펑!

태영이 만들어 내는 분신도 그저 폭죽처럼 터지고 있는 것만은 아니었다.

분신 역시 태영처럼 놈들의 공격을 피하고 있었다.

그럼에도 터져 나가는 이유는 일정 범위 안을 벗어나지 않고 있어서다. 그 분신이 터져 나가기가 무섭게 교대하듯 빈자리를 채우며 들어오는 다른 분신도.

'석판에 찍힌 점이 이곳을 통과하는 스위치 역할을 한다는 건 맞을 거다. 하지만 그 스위치를 작동시킬 수 있는 건 나나 카자드, 그리고 전갈도 아니야. 놈들이 뿜어 대는 독액이다! 그리고 놈들이 항상 그 점과 같은 숫자를 유지하게 되어 있다면……'

의미하는 바는 명확하다.

"카자드, 지금이다!"

바로 이런 거다.

위이이잉! 팡! 팡! 팡! 팡!

태영의 고함에 와글대는 놈들의 위로 솟구쳐 올라오는 카자드의 아래에서 연이어 터지는 빛과 함께 떠오르는 사람들!

카자드가 환영 마법으로 만들어 낸 분신이었다.

그 숫자는 카자드가 말한 것처럼 열다섯 개였고, 위치는 석판에 찍힌 25개의 붉은 점 중 열다섯 곳이었다.

동시에 '광화 섀도 스텝'으로 만든 태영의 분신이 나머지 열 곳으로 뛰어 들어가며 정지!

푸확! 푸확! 푸확!

전갈의 꼬리에서 일제히 독액이 뿜어져 나온 건 그때였다.

그리고 분신을 없애며 바닥을 적시는 순간!

쿵-!

묵직한 굉음과 함께 빛이 뿜어져 올라왔다.

석판에 찍힌 것과 같은 붉은색 빛이었다. 그리고 다음 순간, 그 빛이 복잡하게 얽히며 만들어 내는 폭풍에 잘게 부서지기 시작했다.

독액을 뿜어 대던 전갈도, 놈들이 날뛰며 돌아다니던 바닥도, 그 바닥을 둘러싸고 있던 경기장 같은 건물도, 모든 것이 모래처럼 흩어지며 사라졌다.

그리고…….

-……뭐 그렇겠지.

태영도 달리 할 말이 없었다.

폭풍이 휩쓸고 지나간 자리에는 좀 전과는 다르지만 같은, 또 다른 형태의 경기장 같은 건물이 떠올라 있었기 때문이다.

-빌어먹을! 대체 언제까지 그 리디큘인지 뭔지 하는 놈의 장단에 맞춰 줘야 하는 거야? 대체 이따위 어린애 장난 같은 짓을 몇 번이나 더 해야 하는 거냐고! 아니, 정말 이렇게 해서 그 자식을 볼 수 있기는 한 거야?

그 부분은 태영도 의심스럽기 짝이 없었다.

그러나 태영과 카자드는 놈이 어디에 있는지도 모르는 상황. 그러니 당장은 디스바로스라는 미라의 말을 믿고 놈의 장단에 맞춰 주는 수밖에 없지만…….

"미라에게 들은 말이 모두 사실이라면 언젠가 나타나기는 하겠지. 우리가 버둥대는 걸 보며 혼자 조롱하는 것보다 너덜너덜해진 우리 앞에 나타나 조롱하는 편이 놈에게는 훨씬 즐거운 일일 테니까 말이야."

"그럼 아직 한참 남았다는 말이군요."

그때 뒤에서 카자드의 목소리가 들려왔다.

고개를 돌리자 카자드는 광장의 중심에 우뚝 솟아 있는 모래시계, 정확히는 그 모래시계의 위에 적혀 있는 신대 문자를 바라보고 있었다.

"무슨 말이지?"

"저 모래시계 위에 적혀 있습니다."

태영의 말에 카자드가 일그러진 눈을 한층 심하게 일그러뜨리며 대답했다.

"휴식 시간이라고 말입니다."

❧

"뭐랄까……."

카자드의 입술을 실룩였다.

"저는 지금까지 누군가를 죽이고 싶다는 생각을 해 본 적이 없습니다만……."

"의외로군. 난 경이 사람 목숨을 파리 목숨 정도로 보고 있다고 생각해 왔는데 말이야."

"잘못 생각하고 계셨다고 말할 수는 없겠군요."

"바로 인정이냐?"

"사실이니까요. 하지만 파리 목숨처럼 생각하는 것과 죽이고 싶은 마음이 드는 건 별개의 문제죠. 제가 죽인 사람이 적다고 할 수는 없지만, 그들 역시 죽이고 싶어서 죽인 건 아닙니다. 제 할 일을 하는 과정에서 방해가 돼서 쳐 냈을 뿐, 개인적인 감정으로 죽인 사람은 없습니다. 설사 정말 마음에 안 드는 사람이라도 말입니다."

"그런 말을 왜 굳이 내 얼굴을 돌아보면서 하는 건데?"

"글쎄요."

태영이 뚱한 얼굴로 바라보자 카자드가 피식 웃으며 어깨를 으쓱였다.

그러나 그것도 잠시.

다시 모래시계를 돌아보며 입술을 일그러뜨렸다.

"하지만 이제 더는 그런 말도 못 하겠군요. 누군가를 죽여 버리고 싶다는 생각이 들기 시작했고, 참을 생각도 없으니 말입니다."

"없으면? 어쩔 건데?"

"그건……."

"열 받을 필요 없어. 사실 열 받을 일도 아니잖아? 내가 제대로 들은 거라면 저기 적혀 있는 게 쉽게 해 주겠다는 말 아니야."

태영도 모래시계를 돌아보며 대답했다.

그러자 이번에는 카자드가 퉁한 얼굴로 태영을 돌아보며 말했다.

"아무래도 제가 저기 적혀 있는 글자의 의미를 잘못 전달한 모양이군요. 방금 말한 휴식 시간은 직역이고, 의역하자면 더 오래 가지고 놀고 싶다는 말이 되겠죠."

"그래서 하는 말이야."

태영이 고개를 돌리며 빙긋 웃었다.

"그게 놈이 저지른 가장 큰 실수가 될 테니까."

"글쎄요. 확실히 죽이고 싶어지게 만들어 준 건 실수라고 할 수 있을지도 모르겠지만, 웃으며 할 얘기는 아닌 것 같군요. 그놈의 치 떨리는 배려 덕분에 체력과 마력을 회복한다고 해도 상황이 나아질 것처럼 보이지는 않으니까 말입니다."

"그렇겠지. 그러니 지금 우리가 할 일은 체력과 마력의 회복이 아니야."

히죽 웃으며 고개를 돌린 태영이 손가락으로 머리를 툭툭

치며 말을 이었다.

"이걸 이용해 답을 찾는 거지."

"무슨 답 말입니까?"

"물론 경이 나아질 것처럼 보이지 않는다고 말한 이 상황에서 벗어날 방법이지. 좀 더 정확히 말하자면 경이 죽이고 싶어진 놈을 만날 방법 말이야."

"그야……."

"처음에는 나도 긴가민가했는데, 이제 장담할 수 있어. 지금까지처럼 놈의 장단에 맞춰 주기만 해서는 절대 놈을 만날 수 없다고 말이야. 이유는 방금 경이 한 말속에 담겨 있어. 놈이 우리를 더 오래 가지고 놀고 싶어 한다고 한. 바꿔 말하면 놈 마음대로라는 말이지. 앞으로 몇 번이나 그런 짓을 시킬지, 또 결국 놈이 나타날지 어떨지도 말이야."

"모르고 있던 일도 아니지 않습니까?"

"모르고 있던 일은 아니지. 하지만 잘못 이해하고 있었던 것 같아."

"무슨……."

"지금까지 우리가 답을 찾아 통과해 온 열 개 남짓한 관문, 뭐 그걸 관문이라고 해야 할지는 모르겠지만 어쨌든, 그게 어디서 나왔다고 생각해?"

"그야 모르죠. 하지만 리디큘이라는 놈은 공간을 조작하는 미라의 힘을 빼앗아 가지고 있다고 하지 않았습니까? 그러니……."

"역시 경도 그렇게 생각하고 있었군."

"아니란 말입니까?"

"실제로 그런지 아닌지는 나도 몰라. 하지만 공간을 조작하는 힘이라는 말을 들은 탓에 착각하고 있던 건 분명해."

"착각?"

"그래, 놈이 그런 힘을 가지고 있으니, 칼자루를 쥐고 있는 건 놈이라고 말이야. 아니, 칼자루를 쥐고 있는 게 놈인 건 사실이지. 그러니까…… 젠장, 잘 설명을 못 하겠군. 어쨌든 내가 말하고 싶은 건 경기장은 몰라도 우리가 해결해 온 문제는 이전부터 있던 게 아니라는 거야. 놈이 즉흥적으로 만들어 내고 있는 거지."

태영이 그렇게 확신하는 이유는 방금 넘어온 곳의 과제 때문이다.

전갈을 유인해 동시에 25개의 발판에 독액을 뿜어내게 만드는, 본래 2명만으로는 할 수 없는 과제 말이다.

"경의 말대로 놈은 우리를 좀 더 가지고 놀고 싶어 하고 있다. 그러니 놈이 설사 공간을 조작해 번번이 우리를 다른 곳으로 이동시키고 있다 해도, 애초에 우리가 해결할 수 없는 문제가 있는 곳에 던져 넣을 리는 없어. 즉, 놈은 알고 있었다는 말이지. 경이 환영 마법을 쓸 수 있다는 것도, 내가 분신을 만드는 기술이 있다는 것도 말이야."

태영이 목소리를 낮추며 말했다.

"새삼스럽지는 않군요."

그러나 카자드는 대수롭지 않은 표정으로 툭 던지듯 대답했다.

"그 디스바로스라는 미라도 몇 번이나 말하지 않았습니까? 아마 놈은 우리를 지켜보고 있을 거라고 말입니다. 하물며 지금이라면 말할 것도 없겠죠."

"그래, 그게 핵심이야."

"무슨 말을 하고 싶은지는 대충 짐작이 갑니다. 저 역시 처음 이곳에 왔을 때부터 탐지 마법으로 계속 주위를 확인해 보고 있었고 말입니다."

물론 태영도 해 보고 있었다.

놈이 지켜보고 있다는 건, 가까운 어딘가에 숨어 있을 확률이 높다는 말이니까.

그러나 어디서도 놈의 흔적은 찾을 수 없었고, 카자드 역시 뭔가 짚이는 구석이 있었다면 이런 말이나 하고 있지는 않을 것이다.

그리고 그게 당연하다.

"그때 미라는 놈이 우리가 이 세계로 들어온 걸 모를 리가 없다고 했어. 그리고 그때부터 계속 지켜보고 있었을 거라고도 했지."

"하지만 그때도 아무것도 찾지 못했죠. 이 세계에 대해 알아내기 위해 저와 공왕님이 가능한 모든 수단을 동원해 주위를 탐색해 봤는데도 말입니다. 문자 그대로 허허벌판, 모래 외에는 아무것도 없는 곳에서도 말입니다."

"아니, 있었어."

"네?"

"있었다고. 우리가 깨닫지 못하고 있었을 뿐이지. 그때도, 그리고 지금도 말이야. 뭐 다른 이유도 있지만 어쨌든……."

태영이 씨익 웃으며 카자드에게 다가갔다.

이어 한층 낮아진 목소리로 소곤대자 카자드의 움찔하며 태영을 돌아보았다.

그리고 잠시 생각하다가 미간을 좁히며 중얼거렸다.

"그건…… 확실히 맹점이었다고 말할 수밖에 없겠군요."

"경의 생각은?"

"가능성이 없다고 생각했다면 맹점이었다고 말하지도 않았겠죠."

"그럼 뭘 해야 하는지도 알겠군."

"네, 대강은."

카자드가 눈을 빛내며 살짝 고개를 끄덕였다.

그러나 태영은 피식 웃으며 몸을 돌렸다.

"그래서 열 낼 필요가 없다고 한 거다. 앞으로 해야 할 일이 명확하다면, 지금 해야 할 일도 명확해지니까. 어디 보자…… 대략 10분 정도 지난 것 같고, 그사이에 모래가 3분의 1 정도 떨어졌으니 남은 휴식 시간은 대략 20분인가? 잠을 자기에는 부족한 시간이군."

"서두르면 식사 정도는 할 수 있는 시간이죠."

결국, 카자드도 피식 웃으며 대답했다.

그 앞에서 공간이 갈라지며 테이블이 밀려 나오고, 곧 그 위에 김이 모락모락 올라오는 각종 음식이 푸짐하게 차려졌다.

"경은 어느 때든 변함이 없군. 번번이 얻어먹는 처지에 할 말은 아니지만."

"송구합니다, 번번이 대접하는 처지에 할 말은 아니지만."

태영과 카자드는 지금까지 그렇듯이 화기애애한 담소를 나누며 식사를 시작했다.

그리고 후식으로 회복 포션과 마나 포션, 스태미나 포션, 강화제 등등, 그동안 아껴 왔던 물약을 종류별로 원샷!

─뭔가…… **최후의 만찬** 같은 느낌이 든다만?

그렇게 되지 않기 위해 그러는 것이다.

태영의 예상이 적중한다면 진짜 힘쓸 일은 이다음부터가 될 테니까. 이에 태영은 남는 시간 동안 가부좌를 틀고 앉아 마력을 정돈했고…….

"시간이 됐군요."

잠시 후 들려오는 카자드의 목소리에 눈을 떴을 때였다.

쿠쿠쿠쿠─!

모래시계의 끝에 걸려 있던 모래가 떨어지는 것과 동시에 공간이 진동했다.

　그리고 장소가 바뀔 때마다 몰려들던 폭풍이 다시 휘몰아치며 가루로 변해 흩어지는 모래시계와 경기장을 휩쓸기 시작했을 때였다.

　"카자드, 지금이다!"

　태영이 대기를 밟고 날아오르며 소리쳤다.

　"아까 말한 대로다! 여기는 놈의 손아귀나 다름없는 곳! 그런 곳에서 놈을 찾을 수는 없어! 놈에게 희롱당하다 죽을 뿐이다! 하지만 공간이 바뀌는 지금이라면 놈도 방심하고 있을 터! 일단 그 틈에 이곳을 벗어나 우리 힘으로 놈을 찾아내는 게 최선이다!"

　"네!"

　카자드가 그 뒤를 따라 날아오르며 대답했다.

　그 양손에서는 무수한 빛줄기가 얽히며 마법 술식을 그려내고 있었다.

　쉽게 예상할 수 있기 때문이다.

　놈의 목적이 태영과 카자드를 가지고 노는 것이라면, 이미 손아귀에 들어와 있는 둘이 벗어나도록 지켜만 보고 있지 않으리라는 것쯤은 말이다.

　그리고 역시나.

　콰지지지─!

카자드의 양손에서 떠오르던 술식이 겹쳐진 곳에서 거대한 뇌전이 뿜어져 날아갔을 때였다.

퍼펑-!

폭음과 함께 그 끝에서 돔 형태의 투명한 막이 떠올랐다.

그러나 뚫리지는 않았다.

카자드가 뿜어낸 굵은 뇌전은 물결처럼 출렁이는 막의 내벽을 타고 뻗어 나갈 뿐이었다.

파파파팡-!

그리고 그 뇌전 앞에서 연이어 터져 올라오는 섬광!

문자 그대로 빛줄기처럼 내벽을 따라 뻗어 나가는 뇌전을 밟고, 그때마다 '에어 워크'로 마력을 터뜨리며 질주하는 사람은 바로 태영이었다.

'처음 우리가 떨어졌던 장소에도 있던 것! 그리고 수없이 장소가 바뀌어도 여전히 같은 곳에서 우리를 내려다보는 것! 그리고 우리가 확인해 볼 생각조차 못 하고 있었던 것!'

그 모든 조건을 충족시킬 수 있는 건 하나밖에 없기 때문이다.

태영과 카자드가 이 세계에 들어온 이후로 한 번도 지지 않고 떠 있는 두 개의 태양!

콰콰콰쾅-!

내벽을 가로지른 뇌전이 폭발한 곳이다.

동시에 거대한 백광이 일대를 집어삼키며 퍼져 나갔고, 그 너머로 보이는 두 개의 태양 앞에서 거미줄 같은 균열이 퍼져 나갔다.

"와일드 오러!"

거대한 검 형상의 오러가 백광의 중심을 가로지르며 떨어진 건 그때였다.

그리고 정확히 균열 사이를 파고들어 가며 박히는 순간!

쩌쩌쩌쩡—!

공간을 가로지르는 파열음과 함께 허물어져 내리기 시작했다.

마치 장소가 바뀌기 전에 모래폭풍이 휘몰아칠 때처럼, 균열에 뒤덮인 공간이 가루처럼 변해 우수수 쏟아져 내렸다.

그 너머에서 떠오른 것은 빛도 어둠도 아닌, 마치 블러드 폴에 들어갈 때 지나간 공간처럼 기괴하게 일그러진 회색의 공간이었다.

그러나 폭발에 떠밀리다가 대기를 밟으며 멈춰 서는 태영의 눈도, 그 뒤에서 부유 마법으로 날아오는 카자드의 눈도 한곳에 향해 있었다.

- 왜 번번이 재수 없이 생긴 전갈만 나오나 했더니…… 이유가 있었군.

그곳에 떠 있었기 때문이다.

그리모어가 번번이 나왔다고 말하는 재수 없이 생긴 전갈을 수백 배로 확대해 놓는 것 같은 거대한 전갈이 말이다.

그러나 확실히 다른 부분이 있었다.

그 앞부분에는 전갈의 머리가 없었고, 대신 수인족처럼 털에 뒤덮인 사람 형상의 상반신이 팔짱을 낀 자세로 태영과 카자드를 바라보고 있었다.

- 용케 알아냈군. 그럼 장소가 바뀔 때를 노려 이곳을 탈출하겠다고 떠들어 댄 건 내 주의를 끌기 위한 속임수였다는 말일 테고…… 한 방 먹었군.

놈이 입 끝이 추켜져 올라가는 것과 동시에 머릿속으로 끈적끈적한 목소리가 흘러 들어왔다.

- 그래도 일단 칭찬해 주지. 내가 기대하던 방식은 아니지만, 이것도 내가 낸 문제를 제대로 풀었다고 할 수 있을 테니까 말이야. 하지만 뭔가 착각하고 있는 모양이군.

그리고 놈이 천천히 팔짱을 풀며 말했을 때였다.

단지 그뿐이었지만.

콰콰콰콰—!

마치 폭탄이 터지듯 그 주위로 엄청난 힘의 파동이 줄기줄기 뿜어져 나왔다.

그 순간 알 수 있었다.

'젠장, 디스바로스라는 미라가 이놈을 사도라고 부를 때부터 찜찜한 느낌이 들기는 했지만…….'

- 큭! 이, 이 기운은 그때 그…….

놈이 그리모어가 말하는 그, 태영이 마인으로 알고 있는 놈들과 같은 존재라고 말이다.

- 한낱 인간 따위가 나를 상대할 수 있다고 생각하는 거냐?

그리고 다시 놈의 목소리가 울렸을 때!

to be continued

꿈의 도약, 로크에서 하십시오
(주)로크미디어에서 신인 작가를 모십니다

즐거운 세상, (주)로크미디어는 꿈을 사랑하고 도전을 두려워하지 않는 작가분들의 참신한 작품을 기다리고 있습니다. 21세기 장르 문학계를 이끌어 갈 차세대 선두 주자 (주)로크미디어에서 여러분의 나래를 활짝 펴 보시길 바랍니다.

모집 분야 판타지와 무협을 포함한 장르 문학
모집 대상 아마추어 작가, 인터넷 작가
모집 기한 수시 모집
작품 접수 시 유의 사항
1. 파일명은 작가명_작품명.hwp 형식을 갖춰 주십시오.
1. 파일에 들어갈 내용은 다음과 같습니다.
   - 성명(필명인 경우 실명을 밝혀 주세요), 연락처, 이메일 주소.
   - 제목, 기획 의도.
   - A4용지 1장 분량의 등장인물 소개.
   - A4용지 2장 분량의 전체 줄거리.
   - 본문.
1. 작품이 인터넷에 연재되고 있다면, 게시판명과 사이트의 구체적이고 정확한 주소를 기재해 주십시오.

선택된 작품은 정식 계약 후 출판물로 간행되어 전국 서점에 유통됩니다.
작가분은 (주)로크미디어의 전폭적인 지원하에 전속 작가로 활동하시게 됩니다.
※ 자세한 내용은 로크미디어 홈페이지(rokmedia.com)를 참조하세요.

(03920)서울시 마포구 성암로 330 DMC첨단산업센터 3층 318호
(주)로크미디어 편집부 신간 기획 담당자 앞
전화 : 02)3273-5135
www.rokmedia.com   이메일 : rokmedia@empas.com

만렙닥터
13월생 현대 판타지 장편소설
리턴즈

인생 2회 차 경력직 신입
칼솜씨도, 인성도 '만렙'인 의사가 돌아왔다!

만성 인력난에 시달리는 흉부외과에 들어온 인턴
메스도 잡아 본 적 없는 주제에
죽을 생명을 여럿 살려 내기 시작한다?

"이 세끼, 꼴통 맞네."
"죄송합니다."
"잘했어!"
"네?"

출세만을 좇으며 살았던 전생
이렇게 된 이상 인생도 재수술 한번 가자!

무대뽀(?) 정신으로 무장한 회귀 의사
이제부터 모든 상황은 내가 집도한다!

南魔宮帝 남궁마제

문운도 신무협 장편소설

회귀한 뇌왕, 가족을 지키기 위해
정파의 중심에서 제대로 흑화하다!

세상을 뒤집으려는 귀천성에 맞서 싸우다
가족을 모두 잃고 제물로 바쳐진 뇌왕 남궁진화
마지막 순간 원수의 뒤통수를 치고 죽으려 했으나
제물을 바치는 진법이 뒤틀리며 과거로 회귀하다!?

남궁세가의 양자가 된 어린 시절로 돌아온 후
귀천성이 노리는 자신의 체질을 연구하다 기연을 얻고
회귀 전과 다른 엄청난 미모와 함께
뇌전의 비밀마저 알아내 경지를 뛰어넘는데……

가족들에게는 꽃처럼 사랑스러운 막내지만
적이라면 일단 패고 보는 패악질의 끝판왕!
귀천성 패려잡기에 나서다!